二見文庫

危険すぎる恋人

リサ・マリー・ライス／林 啓恵＝訳

Dangerous Lover

by

Lisa Marie Rice

不可能な夢を持つ人たちにこの本を捧げます。
夢のすべてが実現しますように。

エージェントのイーサン・エレンバーグと編集者のメイ・チェンへ。
あなたたちふたりには、いくら感謝しても感謝したりないくらいよ。

危険すぎる恋人

登　場　人　物　紹　介

ジャック・プレスコット(ベン)	元レーンジャー隊員。 養父のセキュリティ会社を継ぐ
キャロライン・レーク	書店〈ファーストページ〉のオーナー
ユージン・プレスコット	ジャックの養父。 セキュリティ会社を経営
ビンス・ディーバー	ユージン・プレスコットの元部下
サンダーズ・マカリン	弁護士。キャロラインの元恋人
ジェナ・ジョンソン	キャロラインの友人。銀行の出納係
トビー・レーク	キャロラインの弟
ロバート・レーク	キャロラインの父
モニカ・レーク	キャロラインの母
アクセル	シエラレオネの国連平和維持軍隊員
ドレーク	ニューヨークに住む武器商人

サマービル、ワシントン州
聖ユダ・ホームレスシェルター
クリスマスイブ

彼にはキャロラインが必要だった。明かりや空気のように、いやそれ以上に、彼女を必要としていた。

痩《や》せ細った長身をぼろに包んだ彼は、シェルターの冷えきったコンクリートの床に父親の死体を転がして、立ちあがった。

父はとうに死んでいた。生きていたことのほうが少ない人だった。父のなかにはつねに生きるのを忌避《きひ》するなにかがあった。最後に素面《しらふ》ですっきりとした父を見たのはいつだったろう？　もはやそれすら記憶にない。母親はいなかった。物心ついてからずっと父とふたりきり、シェルターに身を寄せては追いだされ、また次のシェルターへと移ってきた。

彼はしばし立ちすくんだまま、吐瀉《としゃ》物と排泄《はいせつ》物にまみれて横たわっている血を分けた唯一の肉親を見おろした。まだだれも父の死に気づいていない。だれが好きこのんで彼らを気にかけてやろう、見てやろうとするだろう。シェルターに寄り集まったよるべない不幸な者たちですら、自分たちより下だとみなした相手は遠ざけたがるものだ。

彼は周囲をうかがった。顔がそむけられ、視線が床に落とされた。

二度と起きあがらない酔っぱらいのことなど、歯牙《しが》にもかけていない。その息子がどうなろうと知ったことか。

ここにはもう、彼にとって意味のあるものがなにもなかった。なにひとつとして。

キャロラインのもとへ行くしかない。

父の死がみんなに知れわたる前に、急いでここを出なければならない。ここで死体が見つかったら、警察とソーシャルワーカーと行政官に追いまわされる。十八歳になるのに、それを証明する手だてがないからだ。世の中の仕組みはわかっている。州の管理下に置かれ、刑務所のような施設に入れられるだろう。

いや。そんなことはさせない。死んだほうがましだ。

彼は階段へと近づいた。それをのぼればシェルターを出られる。午後に入ってみぞれ混じりの雨が降りだし、凍るように冷たい。

通りすぎざま、ひとりの老婆が顔を上げ、曇《くも》った瞳を一瞬、煌《きら》めかせた。歯なしの老いぼれ、スージーだ。彼の父親と違って、スージーが溺《おぼ》れているのは酒ではなく、霧のかかった彼女自身の精神だった。

「ベン、チョコレート、チョコレートは?」老婆は甲高い声で言い、皺《しわ》の寄ったゴムのような唇をぴちゃぴちゃいわせた。前に一度、キャロラインからもらったチョコレートバーを分けてやってから、スージーは彼を見ると甘いものをねだるようになった。

ここでの彼はベンと呼ばれている。この前にいたシェルター——ポートランドだったか?——では、父からディックと呼ばれていた。父は毎回、時間稼《かせ》ぎのために息子にシェルターの責任者の名前をつけた。だが、それも時間の問題だった。やがて父は酔っぱらって暴れ、それが嫌われて、ていよく追い払われた。

スージーがぼろぼろの黒い爪のついた長い指でベンをつかんだ。ベンは立ち止まり、しばしその手を握る。「チョコレートはないよ、スージー」やさしく話しかけた。

スージーが子どものように、目に涙をためる。ベンはかがんで皺の寄った垢《あか》だらけの頬《ほお》に口づけすると、階段を駆けのぼって、外に出た。

迷うことなくモリソン通りに折れて歩きだした。行き先は決まっている。目指すはグリーンブライアース。キャロラインのもとだ。

この地球上でただひとり、自分のことを気遣《づか》ってくれる人。汚れた衣類と腐った食べ物の匂いのする半分獣《けだもの》としてではなく、人間として扱ってくれる唯一の人のもとへと向かう。

もう二日、なにも食べておらず、つんつるてんのコットンのジャケットだけが寒さをしのぐ衣類だった。大きな手首の骨が袖口から突きだしているので、腋《わき》の下に手を差し入れて暖をとった。

かまうものか。寒さも空腹もはじめてのことではない。

いま求めているぬくもりを与えてくれるのは、キャロラインの笑顔だけだ。

北極星を差すコンパスの矢のように、風のなかに体を倒して、グリーンブライアースまで二キロ半の道のりを歩きだした。

だれひとりとして、重い足を引きずって歩く彼を見ていない。ぼろをまとってひとりきりで歩く背の高い姿は、見えない存在と化している。だからこそ、生き延びてこられた。

天候は悪くなる一方だった。風に吹かれた凍雨《とうう》が針となって目に突き刺さるので、目を細めなければならない。

それがどうした？　方向感覚がいいので、グリーンブライアースには目隠ししていてもたどり着ける。

顔を伏せ、シェルターでかろうじて感じ取っていたぬくもりを守るために腕を体に巻きつけて、陰気な建物がならぶシェルターのある市の一角をゆっくりとあとにした。まもなく三車線の大通りに出た。古めかしいレンガ造りの建物が消え、ガラスと鋼鉄からなる優美で近代的な建物にとってかわられた。

車の往来は途絶《とだ》えていた——運転するには天気が悪すぎる。通行人もいなかった。足の下で積みあがった氷が音をたてている。

もう少しだった。お金持ちの住むこの界隈《かいわい》まで来ると、一軒ずつの家が大きい。造りのいい大きな家が立ちならび、なだらかな起伏を描く緑の芝地がいまは氷と雪におおわれている。いつものベンは裏道を使って、見えない存在であることを心がける。彼のような人間が金と力のある人びとの住む地域に立ち入れば、すぐに警察から止められるのがおちなので、裏道を通るのがつねだった。けれどまるでひとけがない今日は、広い歩道を隠れずに進んだ。

ふつうならグリーンブライアースまで三十分の道のりなのに、今日は歩道に張った氷と強い風のせいで時間がかかる。シェルターを出て一時間たつが、まだ歩いている。体は丈夫だけれど、空腹と寒さに体力を奪われつつあった。穴の空いた靴のなかで、足が感覚を失っていた。

音楽が聞こえた。ごくささやかな音だったので、最初は寒さと空腹がもたらした幻聴かと思った。雪に運ばれてきたように、空気中に旋律が漂《ただよ》っていた。

ある角を曲がった先が目指す場所、グリーンブライアースだった。キャロラインの家だ。

みぞれに曇る空にその家が大きく浮かびあがってくると、心臓が大きく打った。ここへ来ると毎回こうなる。彼女が近づいてくるときと同じだった。

いつもは裏の勝手口を使った。キャロラインの両親が仕事に出かけ、彼女と弟が学校に出かけているあいだのことだ。手伝いの女性は正午に帰り、それから一時までは彼ひとりのものとして、幽霊のように出入りができた。五歳のころからこそ泥をはたらいてきた彼にしてみたら、裏口の戸締まりはあまりにお粗末《そまつ》だった。

部屋から部屋へとさまよい、キャロラインの家の持つ豊かな香気を全身に浴びた。シェルターで湯が使えることはめったにないけれど、グリーンブライアースを訪れるときは体を洗うようにしている。キャロラインの家に場違いなシェルターの臭気を持ちこみたくないからだ。

グリーンブライアースは手に入れようと夢見るにはあまりに現実離れしていたため、かえって嫉妬することも羨《うらや》むこともなかった。図書室にならぶ何千という本の背表紙に触れ、新しい服がぎっしり詰まった甘い匂いのするクロゼットに入りこみ、巨大な冷蔵庫の扉を開けて新鮮な果物や野菜を眺めた。キャロラインの一家は彼の理解の域を超えたお金持ちであり、別の惑星に住む別の種のようなものだった。

彼にとっては、それがすなわちキャロラインの世界だった。日に一時間その空間に身を置くのは、天空に触れるようなものだった。

嵐の今日は、だれも彼が近づくのを見ていない。まっすぐに私道を進み、薄い靴底に砂利《じゃり》を感じた。雪が強くなり、風に吹かれた氷の粒子が皮膚に刺さる。いざとなったら、こっそりと静かに動くだけの技術は身につけている。でも、いまはその必要もなかった。砂利を踏み鳴らして窓に近づいても、気づく人はいなかった。

音楽が大きくなった。そのでどころが黄色く輝いている。私道の端まで来てようやく、黄色い輝きが十二に区切られたリビングの大きな窓であり、その内側でだれかがピアノを弾《ひ》いているのだとわかった。

リビングのことはよく知っていた。お屋敷の部屋は全部知っている。もう何時間もさまよい歩いてきたからだ。リビングには大きな暖炉があるので、材木を燻《いぶ》したような匂いが染みついている。カウチの座面が広くて坐り心地のいいことや、ラグが厚手でやわらかなことも、彼は知っていた。

まっすぐ窓に近づいた。足跡ができる先から雪がそれを消してゆく。彼の姿が見える人はおらず、その物音が聞こえる人もいない。

背が高いので、つま先立ちになると、窓からなかがのぞけた。空は明るさを失っている。だれからも自分が見えないのは、わかっていた。

一枚の絵のような光景だった。たくさんのロウソクが部屋のあちこちで揺らめいていた。マントルピースや、いくつもあるテーブルの上。コーヒーテーブルにはご馳走《ちそう》の残りがのっている。カッティングボードの上にあるのはハムの塊《かたまり》の半分。大きなパンの塊。チーズを盛りあわせた大皿。ケーキが何種類かに、パイがふたつ。ティーポットとカップとグラス。開けたワインのボトル。ウイスキー。

口が唾《つば》でいっぱいになった。もう二日間、なにも食べていない。胃がからっぽで痛みすらある。窓のガラスを通して、室内の食べ物の匂いが漂ってくるようだった。

次の瞬間、食べ物のことがきれいさっぱり頭から消えた。

美しい声が鳴り響いた。曇りのない清らかな歌声。父と一緒にショッピングモールで物乞《ものご》いをしたときに聴いたことがあるクリスマスキャロル——羊飼いの少年が出てくる歌だ。

キャロラインの声だった。どこにいても彼女の声ならわかる。

一陣の寒風が庭を駆け抜け、みぞれが顔を引っかいていく。彼はそれすら感じず、窓枠からさらに顔を上げた。

いた! いつものように、彼女が目に飛びこんでくるや、息を呑《の》んだ。

きれいすぎて、見ていて胸が痛くなることもある。彼女がシェルターに来たときは、最初の何分かはあえて見ないようにしている。太陽を直視するようなものだからだ。

むさぼるように彼女を見つめ、一瞬一瞬を記憶に刻みこんだ。彼女がかけてくれた言葉は一語一句頭に残っているし、彼女が持ってきてくれた本はすべてくり返し読んだし、彼女が着ていた服はどれも記憶にしまってある。

その彼女がいま、ピアノを弾いている。人がピアノを弾く姿など見たことがないので、魔術を見ているようだ。黒鍵と白鍵の上を優雅に指が行き交い、音楽が川の水のように流れだしている。頭が驚異の念でいっぱいになった。

彼女は横顔を見せていた。目を閉じて、うっすらとほほえみながら、ピアノを弾いている。まるで彼女と音楽のあいだで秘められたなにかが行き交っているようだ。彼女が次の歌を歌いだした。これも知っている。『きよしこの夜』。澄んだ歌声が軽やかに、高くなった。ピアノは黒くて縦に大きく、両サイドにロウソクの灯る真鍮《しんちゅう》の燭台《しょくだい》が置いてあった。ロウソクは部屋じゅうにあるが、ほかのなによりもキャロラインが輝いていた。弾き語りをする白い肌が、ロウソクの明かりを受けてちらちらと煌めいた。

歌が終わった。彼女は手を膝に置き、顔を上げた。笑顔で拍手を受け、次のキャロルを歌いだした。澄んだ高音が響きわたる。

家族全員が集まっていた。大物実業家のミスター・レークは、背が高くてブロンドで、世界を統《す》べているような顔つきをしている。ミセス・レークは信じられないほどきれいで、上品だ。キャロラインの弟のトビーは、いま七歳。リビングにはもうひとり、ハンサムな若者の姿があった。しゃれた恰好《かっこう》をして、濃い色のブロンドを後ろに撫でつけた若者が、ピアノに手を置いて、演奏に合わせて指でリズムを刻んでいる。その若い男は、演奏が終わると、かがんでキャロラインの唇にキスをした。

彼女の両親が声をたてて笑い、トビーが大きなラグの上ででんぐり返しをした。

キャロラインはハンサムな青年を笑顔で見あげ、なにかを言って彼を笑わせた。青年はかがんで彼女の髪にキスした。

ベンの心臓は停まりそうになった。

あれはキャロラインのボーイフレンドだ。まちがいない。外見からしてふたりは似ていた。ブロンドで、均整がとれていて、良家の子女。端正で、豊かで、教養がある。彼らは同じ種に属している。見るからに、一緒にいるべき相手だった。

彼の心臓の動きがのろくなった。このときはじめて、寒さに身の危険を覚えた。冷たい指が手を伸ばしてきて、父親が向かった場所に自分を引きずりこもうとしているのを感じた。

このまま連れていかれたほうがましかもしれない。

ロウソクに灯されたこの美しい部屋には、彼のためのものなど、もはやなかった。けっして踏みこむことのできない世界。彼がいるべきは、寒くて暗いところだった。

ベンはかかとをおろすと、ゆっくりとあとずさりをして家から離れた。やがてみぞれと霧にまぎれて、黄色い窓が見えなくなった。寒さに震えながら私道をとぼとぼと引き返す。靴の穴から染みこんだ雪で足がびしょ濡れだった。

それから三十分後、ベンは州境の交差点で立ち止まった。体がゆらゆらと揺れていた。彼のなかの人間は、地面にしゃがみこんで丸くなり、父が連れ去られたときのように、絶望と死が順番に訪れて自分を連れ去るのを待ちたがっていた。たいして時間はかからない。だが、彼のなかの獣《けだもの》は力強さを失わず、ひたむきに生を願っていた。

右に伸びているのは北へ向かう道。これを行くとカナダに出る。そして左は南。北へ向かえば命はない。それは決まっている。

ベンは左に折れ、重い足を前に出した。凍《い》てつく風のなか、こうべを垂れて歩きだした。

1

サマービル、ワシントン州
十二年後、クリスマスイブ

彼女はここにいる。

彼はその存在を感じた。匂いがするのだ。

ジャック・プレスコットと名乗るようになった男は、ドアに古めかしいベルのついた小さな書店に入ったとたん、彼女が見つかったことに気づいた。

四十八時間ぶっ通しで移動してきたせいで、疲れはてていた。アブジャからフリータウンまでは丸太船。アフリカ航空でルンギ国際空港からパリへ出ると、フランス航空に乗り換えてパリからアトランタ、さらにデルタ航空でアトランタからシアトルへと飛び、そのあと自分で飛んだほうがましなほどおんぼろの小型機でサマービルへとやってきた。

疲労困憊《こんぱい》しているにもかかわらず、五感は冴《さ》えていた。十二年の歳月をへても、いまだ彼女の気配を感じ取ることができる。窓の下枠に置かれたロウソク。背後に流れる静かなハープのしらべ。シナモンとバニラと薔薇《ばら》と、そして彼女の匂い。忘れようにも忘れられない、まぎれもない彼女の匂いだった。

空港からの道すがら、彼女がまだサマービルに住んでいて、しかもなんと独身であると聞かされたときは、衝撃を受けた。まったく想定していなかった現実だった。苦労して彼女を見つけださなければならないだろうと頭から思いこんでいた。

またいまなら、そうできるだけの時間があった。

ジャックはユージン・プレスコット大佐の死によって、忠誠と愛情の絆から解き放たれた。大佐が亡くなった翌日にはＥＮＰセキュリティ社を売り払ってシエラレオネに飛び、父親となってくれた男にたいする最後の責任を果たした。

それには銃撃戦と流血、苦痛と暴力をともなったものの、死の床にあった父から頼まれたとおりに雑事を処理した。すべきことをなして父の名声を救い、不正行為をはたらいたごろつきどもを懲《こ》らしめたら、それでついにすべての責任から自由になった。この十二年ではじめてのことだ。

レーンジャーとしての活動と、大佐にたいする忠誠心と、会社の経営とで、ジャックは忙しい日々を送ってきた。大佐が生きているあいだは、キャロラインのことを忘れようとつとめてきたし、実際、そのとおりになった。そう、夜をのぞいて。それがどんなものであるにしろ、彼女には彼女の人生があり、ジャックには仕《つか》えるべき大佐がいた。だが、ビンス・ディーバーを阻止したら、あとは自由だった。さっさと方向転換をし、現在の航空事情で許されるかぎりの近道でアフリカからサマービルへと舞い戻った。

まともな人間のすることではない。十二年もしてから、ここで彼女を捜す愚《ぐ》は自分でもわかっていた。キャロラインがサマービルに留《とど》まる理由があるか？　彼女は才能にも賢さにも富にも恵まれた美しい女だ。そういう女にふさわしい場所に引っ越しているにちがいない。そう、海沿いの大都会に。海外で暮らしていてもおかしくないくらいだ。

さらに独身のわけがなかった。キャロラインほどの美貌に恵まれた女なら、すでに結婚して子どもがいるだろう。ちゃんとした男なら、さっさと彼女をかっさらい、どこかへ行ってしまわないよう妊娠させておくはずだ。

だから、幻想はいだいていなかった。キャロラインは自分のものにはならない。たぶん家族をつくって、満ち足りた人生を送っているだろう。一方ジャックの運命には、家族を持つことは入っていない。

キャロラインの人生に立ち入るつもりはなかった。そこにジャックの居場所はない。

だが、どうしても彼女が見たかった。息をしなければならないように、見なければならなかった。どんな将来が待ち受けているにしろ、人生の次のステージに進む前に、彼女をひと目見ておきたい。父を埋葬《まいそう》したとき、ENPセキュリティにはけりをつけた。会社はもうなく、家も売り払った。必要なものはすべてダッフルバッグとスーツケースに収まっている。最後に一度だけ彼女の姿を見られたら、すぐにも過去のページをめくるつもりだった。

ここへは探索の旅の始発点としてやってきた。ジャック・プレスコットになる前、最後にいた場所がここであり、キャロラインを最後に見たのがここだった。彼女の家族はこの地に根付いていたので、彼女を捜す手がかりが見つかると思った。

キャロラインがどこへ行っていようと関係がなかった。国内にいようと、よその国に住んでいようと、あるいは月へ飛んでいようと。人の追跡にかけては、ジャックの右に出る者はいない。時間がかかったとしても、いつかはキャロラインを見つけだす。そのためなら残りの人生をすべて費やしてもいい。金に困ることがないのはたしかだった。

ひと目だけ。それだけで、彼女の前から永遠に消える。

だが、いざ蓋《ふた》を開けてみると、追跡の必要はなかった。空港から乗ったタクシーの運転手が彼女の居所を知っていたのだ。

キャロラインはここ、ずっと暮らしてきたこの町にいた。そう、サマービルに。

独り身で。

ジャックの当初の予定では、ホテルに直行して旅の汚れを落とし、レストランでちゃんとした食事をとって、二十四時間眠るつもりだった。銃撃戦のあと、二日間ぶっ通しで旅をしてきた。体は疲れはてている。

クリスマスイブだった。クリスマスはどの店も閉まっているし、翌日曜日も同じだった。キャロライン捜しに着手するのは月曜からのつもりだった。

だが、そんなときタクシーの運転手からキャロライン・レークが——そう、ジャックのキャロラインが——まだサマービルにいて、小さな書店を営んでいることを聞き、おのずと行き先が決まった。

まっすぐ彼女のもとへ駆けつけるしかない。

硬材の床を軽やかな足取りでさっさと歩きだしたとき——まいった——心の準備が整うより先に彼女に出くわしてしまった。

「あら！」キャロライン・レークはふいに立ち止まり、ジャックを見るとお客さんを迎える笑顔を凍りつかせた。「い、いらっしゃい」

彼女の目に映っているのはこんな男だ。

筋肉におおわれた長身の男。黒くて長い髪を無造作にまとめ、汚れていてしわくちゃの粗れた顔には疲れによる皺が刻まれている。この三日間はシャワーも浴びず、ヒゲも剃《そ》らず、無精《ぶしょう》ヒゲにおおわれた顔には疲れによる皺が刻まれている。

そしてキャロラインが感じていることも、ジャックにはわかった。怯《おび》えだ。

いまキャロラインはジャックとふたりきりだった。人並みはずれて聴覚の鋭いジャックは、小さな店舗のなかにほかに人がいないのを音で察知していた。みぞれ混じりの雨風が吹き荒れているせいで、外の通りにも人影はない。もしいまジャックが暴力に走ったとしても、だれも助けを求めるキャロラインの悲鳴を聞きつけてくれないだろう。

いまさら外見を取り繕《つくろ》うことはできない。どうせ危険そうにしか見えないし、実際、その見た目どおりの危険な男だった。

ショルダーホルスターのグロックも、ブーツにしのばせたタクティカルナイフも、アンクルホルスターの二二口径も、キャロラインにはけっして見えないとはいえ、武装した人間はおのずと身のこなしが違ってくる。二日前には二大陸先で四人の男を殺してきた。キャロラインは潜在意識の部分で、それを感じ取っているのかもしれない。

彼女は立ちすくんだまま動かず、鼻腔《びこう》をかすかに動かしている。走らなければならない場合に備えて、無意識のうちに酸素を取りこもうとしているのだ。キャロライン本人には自覚がなくとも、ジャックにはそれがわかった。

餌食《えじき》となる人間の習性に通じているので、彼らが危険にどう反応するかわかっている。まずは彼女の恐怖をやわらげなければならない。

ジャックはいっさいの動きを止め、彼女のようすに目を光らせた。なんにしろキャロラインを傷つけるくらいなら自分の喉《のど》をかき切ったほうがましだが、彼女はそんな思いを知らない。知っているのは、危うさを秘めた大男とふたりきりでいることだけだ。

「こんばんは」ジャックは低い声で、抑揚をつけずに言った。穏やかに。ボディーランゲージで脅威《きょうい》がないことを伝え、動かすのは息をする肺だけにした。笑顔にも、しかめ面にもならない。

それがジャックが知っている、彼女を安心させる唯一の方法だった。言葉では伝えられないことが、じっとしていることで通じる。異常者ならば、そうそうじっとしておられず、心の動揺がおのずと動きとなって体に表われるものだ。

案のじょう、キャロラインが少し緊張を解き、うなずいて笑顔になった。

ジャックは笑顔を返せなかった。一瞬、息が止まった。

まいった。なぜこんなにきれいなのか？　どういうわけか、記憶にある以上に美しかった。

どうしたらそんなことが可能なのだろう？

痩せているのにたおやかで、背は高くないのに手足が長い。髪はこれまで見ただれよりも豊かな色合いをしている。赤毛とブロンドが大胆に混ざりあい、淡いシャンパン色の髪が縞《しま》状に入っている。全体として鮮やかな印象なので、自然と彼女のいる場所に目が引きつけられる。キャロラインが同じ部屋にいたら、ほかの女など、見ていられないだろう。

キャロラインがわずかにあとずさりをした。

自分が見つめているせいだ。また怖がらせてしまった。

「ひどい天気だ」低い声で話しかけた。人一倍太い声だが、強弱をつけずに小声にした。

そして労の多いジャックの人生にあっても、これほど苦労したことはないが、キャロラインから目をそむけた。彼女を見ていたいのはやまやまながら、このままでは怖がらせてしまう。

周囲を見まわし、彼女がつくりあげた店を観察した。

きれいな書店だった。梁《はり》がむきだしになった高い天井。高そうなラグがあちこちに置かれた硬材の床。棚と、ベストセラーを置くための平台はマツ材の細工。いつしかハープの音色が消え、マドリガルの女性合唱が流れだした。キャロラインの匂い——石鹸《せっけん》とシャンプーと、夜になるとジャックを悩ませてきた薔薇の香り——に加えて、ポプリやロウソクの蠟《ろう》、それに樹脂の匂いがする。店の一隅に小さなクリスマスツリーを立てた大きな赤い陶製のポットがあって、ミニチュアの本とともに飾りつけてあった。

店全体に行きわたったぬくもりと歓待《かんたい》の精神が、訪れる者によろこびをもたらす。視野の広いジャックはしばらく店内を見つづけ、キャロラインが目に見えてリラックスするのを待って、彼女に顔を向けた。「とてもいい書店だ。すばらしい」

彼女の唇が持ちあがり、淡い笑みが浮かんだ。「ありがとう。いつもはこれほどがらんとしていないのよ。まだプレゼントを買っていない人たちが、クリスマスイブに押しかけるのを期待していたんだけれど、この天気だもの、外に出てくる人なんていないわね」

ジャックは非難がましい顔をしないように気をつけた。彼女はなにを考えているんだ？男とふたりきりのときに、相手にそれを意識させるようなことを絶対に言ってはいけない。

キャロラインはいつもこんな調子だった。簡単に人を信じてしまう。

かつてシェルターのなかで、年寄りのマクマーティが通りで仕入れてきた得体の知れないドラッグをやり、笑いかけてくれたキャロラインに近づいたことがあった。

ジャックはハイのときのマクマーティを知っていた。ジャックが介入しなければ、薄汚いドラッグ野郎はキャロラインに触れていただろう。キャロラインが帰ると、ジャックはマクマーティを壁に押しつけ、万引きした猟刀を突きつけて、今後キャロラインのいるほうに息を吐いたら睾丸《こうがん》とはお別れだぞと脅《おど》しつけた。

本気だった。

指輪をはめていない、細くて美しいキャロラインの手が大きく開いた。「なにか探していらっしゃるの？　うちにはいい本がそろっているし、在庫がなければご要望に応じて注文を出すわ。届くのは一週間後になるけれど」笑顔でジャックを見あげた。

そこにいるのは大人の女だった。息を呑むほど美しく、顔にはこれまで味わってきた悲しみが刻まれている。おしゃべりなタクシーの運転手がキャロラインとレーク家の没落についてその一部始終を語ってくれた。彼女の両親の命を奪い、弟に傷を負わせた交通事故のこと。両親の死後、父親が投資に失敗していたことがわかり、治療費はおろか、ふたりの葬儀を出すのもやっとだったこと。その後、六年にわたって不自由になった弟を面倒みてきたものの、その弟も二カ月前に亡くなり、彼女にはさらに多額の借金だけが残されたこと。

そのすべてが彼女の顔に表われていた。印象深いシルバーグレーの瞳は相変わらずだが、その脇には薄い皺が刻まれている。体はさらに細くなった。娘時代のキャロラインは、美しい顔にいつもお日さまのような屈託のない笑み浮かべていた。いまここにいる彼女は悲しみと平穏をたたえ、太陽のような明るさは消えている。

それでも、ジャックには若いころのキャロラインが、その心根が見えていた——悲嘆と苦悶を知った美しい女の内側にいる、世間のはみだし者と友情を結んでくれたやさしくてかわいらしい娘が。

夜となく昼となく、その娘の面影をしのんできた。いま本人を前にすると、ひざまずいてしまいそうになる。

まずい。また呆然と見つめてしまった。いまキャロラインがなにか言っていた。そう、本がどうのと。本はいらない。

「張り紙が」彼は言った。

「え?」彼女は金髪と赤毛の巻き毛を小さな耳にかけた。彼女がこうするのを何百回となく見たことがある。

「店の前に、貸部屋の張り紙があった。まだ空いてるだろうか?」

書店経営だけでは足らず、彼女が下宿人に部屋を貸していると教えてくれたのは、やはりおしゃべり好きな運転手だった。

キャロラインが顔を上げ、いかにも品定めをする目つきでジャックをじっくりと見た。だが、いまさら小さくなることはできない。シャワーを浴びることもヒゲを剃ることも服を着替えることも、やはりできなかった。できることはただ動かないことと、表情を変えないことだけだった。家に迎え入れてもいいと思えるほど信頼されないかぎり、言葉や行動は無力だ。いまは待つしかない。

そして祈るしか。

ついにキャロラインがため息をついた。「ええ。たまたま前の下宿人が出ていったところだから、部屋は空いているわ。でも、まずは坐って話をしませんか？　もしよければ、それはわたしのデスクの奥に置いて」それとは、新品のロックのついた古ぼけたダッフルバッグと、スーツケースのことだった。

目の届かない場所には置けない。「どうも。邪魔にならないように、おれの隣りに置こう」軽い調子で受け流すと、ダッフルバッグをしょって、スーツケースを持ちあげた。

キャロラインはうなずき、書棚の列のあいだを店の奥へと向かった。狭いながらも、坐って憩《いこ》えるスペースがあった。

以前より痩せたとはいえ、彼女はいまも女らしい体つきをしていた。ウエストはつかんでと言わんばかりに細く、丸みを帯びた臀部《でんぶ》は非の打ちどころがない。ジャックは必死に視線をそらした。彼女がふり返って、じろじろ見ているのに気づいたら、その場で即刻追いだされてしまう。

見覚えのあるカウチと肘掛け椅子二脚が置いてあった。彼女の父親の書斎にあったものだ。古くなってすり切れているが、坐り心地がよさそうなのは変わらない。ジャックは小型の肘掛け椅子の背後にダッフルバッグを置き、椅子が壊れないことを祈りながら腰をおろした。

古くてもろい椅子に坐っていいような体格ではないと思っていたが、いらない心配だった。見た目はくたびれていても、造りは頑丈《がんじょう》だった。

「上着を預かりましょうか、ミスター――？」キャロラインが手を突きだした。

「プレスコット。ジャック・プレスコットだ。上着はこのまま。外の天気のせいで、まだ少し寒い」

「この天気ですものね」つぶやいて、手を引っこめた。

実のところ、上着を脱ぐわけにはいかなかった。丸腰でいるのがいやで、回転式のコンベヤからダッフルバッグを回収するやいなや、もよりの男子トイレに急ぎ、ショルダーホルスターにグロックをすべりこませた。それきり、完全に銃のことを忘れていた。着陸からわずか一時間でキャロラインの前で椅子に坐り、上着を預かると言われるとは予想外だった。

ジャックは戦略の立案がだれよりも得意だった。天性の才能があった。プレスコット大佐とその部隊は、その才能を買って磨きをかけた。ジャックは工作員として傑出した能力を発揮し、つねに何手も先を読むことができた。

書店に入れば、上着を脱ぐことも考えられる。その前に銃器を隠すことを思いつかなかったという事実は、自前のレーダーが作動していないことを意味する。仕事なら命取りになりかねない類《たぐ》いのミスだった。

だが、たとえグロックを携帯していなくても、上着を脱ぐことはできなかった。銃器を持っているからでなく、勃起しているからだ。股間で硬くなったペニスは棍棒《こんぼう》のようで、しかもそれがよくわかるゆったりしたズボンをはいていた。

彼女の腰が揺れたり、肩で髪が弾《はず》むのを見ながら、キャロラインの残り香のなかを歩いていたら、全身のホルモンが活性化して、彼女の薔薇の匂いを嗅ぎ取り、体じゅうの血がまっすぐ股間に流れこんだ。

これでは下宿人の候補者からはずされてしまう。どこの世の中に、彼女を見ただけで勃起してしまう男を家に入れる女性の家主がいるだろう?

しっかりしろ。

これまで肉体はジャックの部下だった。つねに指示に従ってきた。食物と水と睡眠をとらずに前進しなければならないときは、その状態を受け入れた。厳しい暑さも寒さも、ジャックには関係がなかった。セックスで苦労したことはなかった。したいときは硬くなり、そうでないときは股間でおとなしくしていた。

だが、キャロラインが腰を軽く振って優雅な足取りで店の奥に進むのを見ていたら、彼女がひと足進むごとに猛烈に刺激されてしまった。

彼女をひと目見られれば、それでいいはずだった。空港に着陸して一時間もしないうちにグリーンブライアースで彼女と一緒に住めるかもしれないとは、考えることすらかなわなかった。そしていまのジャックは、あと五分か十分でキャロラインの家に住まわせてもらえるかもしれないという瀬戸際になって、それを台なしにしかけている。下宿人候補として、彼女の眼前にペニスを突きつけるぐらい、不適当な行為はないはずだ。

ジャックの心と股間をこれほど惑わせることができるのは、この地球上でキャロラインただひとりだった。これまでは、いったん決めたら、何事にも邪魔されなかった。もちろんセックスにもだ。セックスは楽しみであり、ときには射精するのに必要な行為ではあるが、人生の邪魔になっていいものでは断じてなかった。

最優先すべきは、任務だった。どんな任務であろうと、それに専念し、ほかのすべてを排除した。いまの任務はキャロラインの家に引っ越すことだった。心を曇らしている場合ではないし、股間を大きくするなどもってのほかだ。

だから、屹立《きつりつ》したのがショックだった。自分らしくなかった。これまではいつでも自分をコントロールできた。

それがいまはできない。キャロラインの後ろを歩いていると、頭のなかがからっぽになった。彼女はつま先の尖《とが》ったハイヒールをはいていた。みぞれ降る午後には、外ではけない靴だが、長くてほっそりとしたふくらはぎと華奢《きゃしゃ》な足首のショーケースとしては完璧だった。

彼女の足の動きにつれて、ストッキングのすれるかすかな音がリズミカルに聞こえ、皮膚を通じて彼女の脈動が感じ取れた。ハイヒールが木の床を叩くリズムと、ジャックの心臓の鼓動がぴたりと合い、シルクのブラウスがはためく小さな音が、血管を流れる血のさざ波立つ音と響きあった。

「ここよ」キャロラインがあたりを見まわし、ジャックは思った。そうか、ここか、いいぞ。カウチでも、ラグでも、硬材の床でも。壁にもたれても、カウンターに寄りかかっても。要は彼女のなかに入れられて、数時間そのままにさせてもらえるなら、どこでもよかった。

キャロラインが小首をかしげ、金褐色の眉を軽くひそめた。「プレスコットさん？」問いかけるような小声を聞いて、ジャックは衝撃とともに自分がしていることに気づいた。ふいにしかけている。それがいま自分のしていることだ。

失敗は許されない。

奥歯を噛みしめ、「ありがとう」とこわばった口から声を絞りだしながら、あえてシエラレオネやアブジャやビンス・ディーバーのことを考えた。血と裏切り、拷問と女たちの悲鳴。大量の血が大地に染みこみ、赤い小川となって流れた。ナイフで刺し殺される女たち。厳しい訓練を受けた兵士たちは子どもを射撃の標的に使い、弾《たま》が命中するたび子どもの頭は赤い霧に包まれた……。

うまくいった。そうしたイメージのおかげで興奮が鎮《しず》まり、胸が締めつけられた。いきり立っていたものがまっすぐ下を向いた。

歯を食いしばりすぎているので、欠けたエナメル質が耳から飛びだしてこないのが不思議なほどだ。

変化を感じ取ったのだろう。キャロラインはそろそろと肘掛け椅子に腰をおろすと、浅く腰かけたまま膝とふくらはぎと足を一直線にして、腹部に両腕を巻きつけた。拒否を示すボディーランゲージだ。無意識のうちに、いつでも立ちあがれるよう、あるいはジャックからさらに居心地の悪い思いをさせられたら飛びあがれるように準備をしている。

武装戦では平常心を保てるのに、彼女のボディーランゲージが変わるのを見るのが怖くてたまらなかった。おれのせいだ。おれが彼女をいらだたせ、警戒させている。是が非でも彼女を安心させなければならない場面だった。

なぜこうもだらしなく欲情して、ふらふらしているのかわからないが、急いで立て直さないと、放りだされる。

ジャックは咳《せき》払いをした。「それで、マダム」まっすぐ彼女の目を見た。胸や脚には目もくれず、淡々とした表情をつくった。「さっき言ったとおり、あなたは部屋を貸している。おれはいま寝泊まりする場所を探していて、落ち着き先が決まるまで、当面住むにはぴったったりじゃないかと思った。それで、その部屋が空いているんだね？」

キャロラインが息を出し入れした。彼女の頭のなかの声が聞こえるようだ。だめよ、絶対に。正気なの？　恐ろしげな顔をしているし、まともな人だという保証はないのよ。

だが、キャロラインは心でも考える人だ。顔を伏せたついでに、ジャックのブーツに目を留めた。それは戦闘用のブーツで、古くてひび割れていて汚れが染みついている。そして、かかとがすり減っていた。

兵士というのは、足に気を配る人種だ。戦場では、ただの水ぶくれから感染して、二十四時間で壊疽《えそ》になることもある。ジャックの戦闘用ブーツははき心地がよく、水を漏《も》らさず、よく酷使に耐えている。帰国するときも、靴を変えようとは、つゆほども思わなかった。

キャロラインが目の当たりにしているのは、くたびれた服を着て、無精ヒゲを生やし、かかとのすり減ったブーツをはいた男、長く苦しい旅をしてきて、運に見放された男だ。彼女の瞳がやわらぐのがわかった。視線をジャックの顔に戻し、腕をほどいて、少しだけ深く腰かけた。

心臓が高鳴った。

よし。そうだ、それでいい！　決まった。これで受け入れてもらえる。キャロラインのやさしさに感謝。彼女はもう心を決めている。あとは適切な言葉を見つけて、一か八《ばち》か彼を受け入れてみようと頭に訴えかければいい。まだ失敗する可能性は残っているが、気を引き締めて言葉を選べばうまくいく。

多少緊張を解いたとはいえ、キャロラインはまだ笑顔になっていない。「ええ、そうね、空いているわ。実際はシングルとダブルのふた部屋あって、どちらもいまは空き部屋なの。二週間前にひとり出ていったあと、残っていたふたりも四日前にいなくなって」

「よかった、ついてるな」ジャックは小さくほほえもうとした。「借りるよ。広いほうがいいんで、ダブルにしてくれ」

キャロラインはため息をついて視線を落とし、ほつれた糸をいじっているピンク色の爪先を見つめた。唇を噛んでいるようすからして、葛藤《かっとう》を抱えている。またため息をつき、そっと息を吐きだした。彼女が目を上げたとき、腹を決めたのがわかった。

「ダブルルームは広々していて快適よ、プレスコットさん。シティセンターから三キロくらいのところに立つきれいな古い家のなかにあるの。家賃には食事代も含まれていて――」にこっとする。「とてもおいしい料理をお出しすると約束するわ」

神よ、感謝します。キャロラインに食事をつくってもらえるとは。ジャックはひざまずいて、むせび泣きそうだった。ちゃんとした食事をとるのは……なんと、アフガニスタン入りする前以来だ。

ジャックは下を見て言った。「助かるよ、マダム。自分でお湯ひとつ沸《わ》かせないんで、おれにはあつらえむきだ。おれは――」

「待って」ほっそりした手を上げたキャロラインは、自分を励ますようにひとつ深呼吸し、まっこうからジャックを見た。「そこまでがいい話よ。悪い話は、その家には故障してばかりいる地獄のボイラーがついていること。地獄の修理人に修理を頼んだんだけど、直らなくて」ホワイトアウト状態になった窓の外をちらっと見た。ふいに静けさが訪れ、氷の針が窓ガラスに突き刺さる音が聞こえた。「それにこのお天気だと……そうね、居心地が悪くなるとだけ言っておくわ。照明も調子がよくなくて、どこかで配線が交差してるようなんだけれど、だれにも見つけられないの。もしあなたがコンピュータを使うのなら、それが障害になるかもしれない。この前出ていった下宿人は、大切なファイルをいくつか失ったわ。わたし、告白モードになってるみたいだからついでに言うと、階段の踏み板が二枚割れていて、それを忘れて夜中にミルクでも飲もうと階段をおりたら、かなりの確率で首の骨を折ることになるでしょうね」音をたてて大きく息をついた。自分の発言にたいする反応が知りたくてジャックの顔を凝視《ぎょうし》した。「これですべてよ。やっぱり部屋を借りるのをやめるとあなたが決めても、文句は言えないわ」

とっさに鼻を鳴らしそうになった。ジャックはこの十二年間、実現する見こみもないのに彼女との再会を待ちわびてきた。一週間におよぶ訓練中に、石のように凍《こお》った冷たい大地の上でそれを夢見た。その夢によってインドネシアのジャングルで眠気を遠ざけ、冬のアフガニスタンで、六カ月の長きにおよぶ凍《こご》えるような兵舎暮らしを耐えてきた。

それなのに彼女は、ちょっとした寒さと、明滅する明かりと、割れた踏み板があれば、ジャックを遠ざけられると思っている。

たとえ地獄の番犬だろうと、おれを遠ざけることはできない。

「不便な環境には慣れている、マダム」ジャックは言った。「心配しないでくれ。少々の寒さは気にならない。コンピュータはラップトップで、できのいいバッテリーが内蔵されているし、階段は気をつければすむことだ。それに、手先は器用なほうだ。おれにできることがあるかどうか、調べさせてくれ」

「そうなの？」キャロラインがまばたきした。「それは――ご親切に。それにとても助かるわ。あなたが能なしマックより――家のなかをあれこれいじくりまわして、わたしからお金を奪っていった男のことだけれど――優秀であることを祈らないと」唾を呑み、きれいな白い喉が動いた。「当然だけれど、修理代の分は賃料から引いてね。あらかじめお願いしておきます」

胸が締めつけられるようだった。彼女には必要な金のはずだ。タクシーの運転手ですら、彼女が金に困っているのを知っていたくらいだから、サマービルじゅうの人間が知っているだろうに、この期《ご》に及んでなお、ジャックの申し出にたいして賃料の割引で応じようとしている。他人を利用することなど、文字どおり不可能なのだろう。

　これからなにが起き、ふたりのあいだがどうなろうが、キャロラインには二度と金の苦労をさせない。ジャックはそう心に誓った。

「気にしないでくれ、マダム」ジャックは穏やかに言った。「体を動かすのが好きで、ぐうたらするのは性に合わない。修理や修繕ぐらい、どうということはないよ。落ち着くまで、やることができて助かるくらいだ」

　キャロラインが小首をかしげた。「軍隊にいらしたの、プレスコットさん？」

「ああ、マダム。陸軍のレーンジャー部隊に七年いた。おれの親父は職業軍人で、やはり陸軍にいた。大佐で満期引退して、そのあと警備会社を興《おこ》したんで、おれも退役して会社を手伝った。その親父が先週、亡くなってね」悲しみが抑えようもなく、ふいに襲ってきて、顔をよぎった。

「そうだったの」彼女は小声で言うと、手を伸ばしてジャックの手に触れた。ほんの一瞬の、慰めのしぐさ。触れられた部分に火がついたようだった。彼女の手をつかまないでいるのが精いっぱいだった。「お気の毒に。親を失ったときの気持ちは、わたしにもよくわかるわ。

どうしていいかわからないほど、苦しいものよね。お悔やみを言わせて」

言葉を失ったジャックは、ただ首をかしげた。

沈黙。沈黙が実体をもって室内に居坐っている。聞こえるのはただ、窓枠のガラスを揺さぶる風の音だけだった。

ジャックの股間は鎮まっているものの、こんどは喉がおかしくなった。締めつけられて、熱を帯びている。乱雑に絡《から》まりあった感情が胸のなかで争っており、吐きだすつもりはないものの、熱いナイフで内側から切り刻まれるようだった。悲嘆。欲望。悲哀。歓喜。父親を失い、キャロラインを見つけた。

彼女はジャックの胸の内が理解できるように、黙ってこちらを見ている。ついにキャロラインが沈黙を破った。「どうやら、プレスコットさん、わたしには新しい下宿人が見つかったようよ」

ジャックは目を上げて彼女を見ると、咳払いをして喉をゆるめた。「そのようだね、マダム。おれのことはジャックと呼んでくれないか」

「わかったわ、ジャック。わたしはキャロライン。キャロライン・レーク」ジャックはあやうくほほえみそうになった。これまでの人生で唯一、一度きり酒に飲まれたのは、大佐が手術できない胃ガンにかかっていると医者から告知された日だった。一緒に家に帰って大佐をベッドに休ませると、その足でふたたび外出した。その夜は正体をなくすまで飲み、二日後にどこぞの売春婦のベッドで目を覚ましたときには、右二頭筋に凝った書体で大きく〝C〟の字が刻みこまれていた。

だから、彼女がだれかはよくわかっている。

彼女が尋ねられるだろうと思っていることを尋ねた。「賃料は?」

「月に五百ドル」キャロラインは申し訳なさそうに言い、またジャックの目を見た。「高いと思うかもしれないけれど、実際——」

手のひらを彼女に向けて先を制した。「いや、けっこうだ。妥当な値段だよ。食事つき、しかも優秀な料理人の手になる食事だからな。これでレストラン代がずいぶん浮く。それで……そこへはどう行ったらいいんだ?」グリーンブライアースへの道のりは熟知しているが、尋ねなければ不審に思われる。

「車はあるの、プレスコットさん?」

「いや、まだないんで、空港からタクシーでまっすぐここへ来た。月曜日には借りるよ」

キャロラインが立ちあがった。続いてジャックも立ちあがり、バッグの持ち手をつかんだ。

彼女との距離が近すぎたので、急いで下がった。とっさに反応していた。やたらと背が高いので、他人に威圧感を与えないように気をつけなければならない。とくにキャロラインを不安にさせたくなかった。

「そうね。この天気じゃ、今日はこれ以上お客さんを望めそうにないから」悲しそうに肩をすくめた。「もうお店を閉めるわ。わたしの車で一緒に帰りましょう、プレスコットさん」

「ありがとう、マダム。助かるよ」

「いいのよ、ジャック。わたしのことはキャロラインと呼んで」

「キャロライン」ジャックは言った。この十二年ではじめてその名が唇のあいだを通った。

キャロラインがこちらを見あげている。考えごとに没頭しているようだ。

しばらく待ってから、声をかけた。「キャロライン、マダム？」

彼女が軽く身震いした。「ええ、そうね……入口のところで待っていてくれる？　コンピューターの電源を落として、靴をはきかえないといけないから」

キャロラインは雪道では跡形もなく消えてしまうであろうきれいな靴を見おろした。ジャックも足元を見おろした。ふたりの足が愕然《がくぜん》とするほどみごとな対比を見せていた。性別ではなく、種別が違うのかと思うほどだった。キャロラインがはいているのは小さくて先の尖ったベージュのきれいなハイヒール、かたやジャックは古くて傷んだ巨大な戦闘用ブーツをはいている。ふたり同時に顔を上げ、視線が絡みあった。

ジャックはバッグを持つ手に力を込めた。彼女に触れたいという衝動が耐えがたいほど強かったからだ。

キャロラインがシェルターを訪ねてきていた時期を通じて、彼女には一度も触れたことがなかった。触れたいという思いはつねにあったものの、その度胸がなかったのだ。

キャロラインは、オフィス代わりにしている腰までの高さのあるカウンターの奥に移動した。

間仕切り越しにコンピュータが終了するビープ音を聞きながら、ジャックはバッグの持ち手をきつく握りしめていた。靴をはきかえるため、彼女の頭がカウンターの下に沈んだ。

キャロラインは裏つきのブーツに毛糸の帽子、足首まで届きそうなアイダーダウンのコートという恰好で現われた。しっかり着こんでいるせいで、男だか火星人だかわからないくらいなのに、それでも胸が痛くなるほど愛らしかった。彼女は優雅な足取りで壁のパネルに移動し、明かりのスイッチを切って、ドアを開けた。

風のうなり声に混じって、彼女が息を呑む音が聞こえた。

凍える極寒地獄への入口を開けたようなものだ。勢いを増した風が、地下世界の最深部で痛めつけられている魂のような咆哮《ほうこう》をあげ、みぞれの鋭い針を肌に突きたててくる。肺から息が奪われるほどの寒さだった。

「あ！」キャロラインは顔に平手打ちを食らったようにあとずさりをして、まっすぐジャッ

ク の腕のなかに入った。

ジャックは彼女を奥へ引き入れ、風にあおられそうになるドアを押さえた。実際、力を入れないと押さえておけなかった。ドアにもたれて手を突きだし、有無《うむ》を言わせぬ口調で言った。「車のキーを貸してくれ」

ほんの一瞬冷気に当たっただけで、キャロラインは震えが止まらなくなっていた。バッグを開けるのに手間取ったものの、五、六度めで取りだすと、彼の手のひらにキーを落とした。そしてまばたきをして、素直に指示に従った自分をいぶかしんだ。「どうして――」

「きみを外にやると凍え死ぬ。どんな車でどこに停めてあるか教えてくれ。この悪天候のなかをきみが歩きまわらないでいいように、おれが運転してきて、店の前につける」

キャロラインは困惑のていだった。「グリーンのフィアットよ。右の角を曲がってすぐのところに停めてあるわ。でも、あなたのその恰好じゃ――」

気がつくと、キャロラインは虚空《こくう》に向かって話しかけていた。

2

たいへんな幸運に恵まれたか、頭がおかしくなったかのどちらかだ。キャロラインはコートのなかで体を震わせながら、そう思った。極寒地獄に三十秒さらされただけで、冬季の南極で野営でもしたように、骨の髄《ずい》まで冷えきっている。

わたしは運がいいの？　それとも頭がおかしくなったの？

幸運のほうが勝者の可能性が高いのは、是が非でも必要だった五百ドルが手に入ったからだ。しかも、新しい下宿人など絶対に現われそうにない日に、空からそのお金が膝に落ちてきた。トビーの治療費を完済するためには、グリーンブライアースを担保《たんぽ》にして多額のローンを組まなければならず、下宿人から支払われる家賃は収入として欠かせなかった。賃料の五百ドルが入らなければ、一月なかばの返済が滞《とどこお》っていただろう。

四日前、朝食におりてきたキッピング夫妻から、残念だけれど、ここを出ていくことにしたと聞かされたときは、心臓がつぶれるかと思った。ふたりは自宅の改装が終わる五月までいてくれる予定だった。だが、家のどこかで漏電《ろうでん》を起こしているせいでミスター・キッピングが執筆していたアレグザンダー・ハミルトンの伝記の五、六章分が失われ、さらにきわめつけとして、頻繁《ひんぱん》にボイラーが動かなくなるせいで奥さんのほうが慢性気管支炎にかかってしまった。

漏電箇所を特定したくても電気技師を雇う余裕はなく、新しいボイラーを買うよりは、月まで飛ぶほうがまだ実現の可能性が高かった。

このままだと、八十歳になっても借金を返しつづけなければならない。そこまで長生きできればの話だけれど。これまでのところ、レーク家の寿命延長成功率は、はかばかしいとは言えなかった。

グリーンブライアースを去ると想像しただけで目を赤くしているミセス・キッピングを前にしたときは、自制心がはじけ飛んで、涙がどっと流れた。すてきなご夫婦だったし、すでに同居して一年近くがたっていた。一緒にいて気持ちのいい人たちで、トビーの最期の日々にはどれほど慰められたかわからない。もしあのときだれもいなかったら、病院から帰ってきたとき、からっぽの家に耐えられたかどうかわからない。そしてトビーの葬儀のあとも……。キャロラインは身震いした。

住みだした当初のキッピング夫妻は、いくら自宅を改装してもグリーンブライアースのような美しさは望めないとよく口にしていた。そのときはまだ、ご主人のファイルは消えていなかったし、シャワーはしょっちゅう水にならなかったし、朝起きてもバスルームのシンクは凍っていなかった。キャロラインは夫妻にとても好かれ、料理も気に入ってもらえていたので、引っ越しの決め手は奥さんの慢性気管支炎以外にありえなかった。アンナ・キッピングは体が弱く、夫のマーカスは妻を失うことを恐れていた。

それでも、引っ越しの当日、そのご主人の目にもやはり涙があった。

そのあと新しい下宿人がクリスマスイブに、しかもひどい悪天候のなか見つかるとは、まさに奇跡だ。

しかも、最大の問題まで解決した——これでクリスマスの日にひとりでいなくてすむ。恐ろしい交通事故で両親を失ったのは、クリスマスの日だった。その日、大怪我をしたトビーは二度と歩けなくなり、それから亡くなるまでの六年を苦痛にさいなまれて生きた。

そうやって考えると、やっぱり幸運説に傾きたくなる。

けれど、頭がおかしくなった説も成り立つし、たぶんそちらが正解なのだろう。ジャック・プレスコットのように物騒《ぶっそう》な雰囲気の男性を自宅に受け入れ、しかもそれではまだ足りないのか、会って三十分後に愛車の鍵を託してしまったのだから。

キッピング夫妻は世界じゅうどこを探してもいないほど人畜無害な人たちだった。最大の悪徳行為はダブルのチョコレートファッジ・アイスクリームを食べることと、ギルバート・アンド・サリバンにたいする度を超した熱愛ぶりという、六十代後半の愛すべき夫婦だった。

マーカスはつねに合図ひとつで歌劇『軍艦ピナフォア』の歌詞を暗唱できた。彼

反面ジャック・プレスコットは、どう逆立ちしても安全には見えない男性だった。彼と話と話しているうちに、おかしな話だけれど、胸の鼓動が速くなるのがわかった。そう、むしろ恐ろしげな人だ。見た目は無骨で、背が高く、ジムではつかない種類の筋肉をまとい、岩のように強靭《きょうじん》な印象があった。

そのくせとびきり魅力があって、いままでの下宿人にはいないタイプだ。恐ろしいけれどセクシー。だとすると、いまのこの状況を示す選択肢をもうひとつ増やさなければならないのかもしれない。突然のホルモン過多。

一瞬彼の腕に触れたときは、背筋に震えが走った。上着とシャツの向こうに鋼《はがね》のような筋肉を感じ、これまで触れただれよりも硬い肉体の持ち主だとわかった。そして、たぶん同じくらい硬い――いたるところが――と想像した瞬間、熱が体内を駆け抜けた。

悪いのは、彼ではない。ただ、一瞬ひるむほど体格がよくて……危険な風貌をしているだけだ。

丸い肩と細い腕を包むカーディガンを偏愛していたマーカス・キッピングとは正反対。シ

ヤツと上着の上からでも、ジャック・プレスコットがみごとな筋肉の持ち主であることがわかる。これまで会ったなかでもっとも男らしい男であり、いやになるほどセクシーだった。

そして自分に嘘をついたことのないキャロラインは、最後には彼を受け入れた理由に思いあたった。ああ、神よ。体内を駆け抜けた熱のせいで、イエスと答えました。そんなふうに感じたのは、久しぶりのことだった。

神さまがカモに授けた程度の分別があれば、断っていたはずだ。下宿人として受け入れるのを拒否すべきだったし、赤の他人に車のキーを渡すなどもってのほかだった。どこの馬の骨かわからない。連続殺人鬼だったらどうしよう。外傷性ストレス障害をわずらう退役軍人で、いつかぷつんと切れて塔にのぼり、通りがかりの人たちに狙撃しだすのでは？ あるいは、ある日キャロラインが死体となって血溜まりにつかっているのが発見されるともかぎらないし、彼がなけなしの家族の財産を奪って逃げるかもしれない。

紹介もなしに自宅に人を住まわせる家主など、どこにいるだろう。キッピング夫妻は、キャロラインが使っている銀行の頭取であり、同時に両親ともつきあいのあった人物から推薦された下宿人だった。

ジャック・プレスコットのことは、だれが知っているの？

けれど彼の低音は穏やかで、身のこなしは落ち着いていた。それに父親の死を語ったときにかいま見させた悲しみの表情……あれは本物、深い悲しみが表われていた。薄っぺらな悲しみはキャロラインにもわかる——悲しみのなんたるかをよく知っているから。

彼はみすぼらしく疲れていて、長い旅を終えたあとのようだった。凍えるような外の寒さにたいして上着はあまりに薄く、着衣のまま眠ったように皺が寄っていた。ブーツは古くすり切れていた。結局、あのボロブーツがだめ押しになった。

あれはつきに見放された男のブーツだ。

つきに見放されるとどうなるかも、キャロラインはよく知っていた。

彼にはセクシーで落ち着いている以外にも、なにかがあった。どことなく……懐《なつ》かしさというか。一度も会ったことがないのだから、それも頭がおかしくなった説を補強するだけのことだ。彼と似た人にすら、会ったことがない。

あんなに大きくて力強い手を持つ男性、肩幅の広い男性には、会ったことがない。彼のように力強くて優雅な動き方をする人は、ひとりも知らない。それにあれほどエネルギーを強く押しこめている人は、はじめてだ。まるで必要とあらばいつでも赤々と燃えあがることのできる、灰をかけた熾火《おきび》のようだった。

軍隊はもう出たと言っていたけれど、身のこなしはいまも軍人風だった。肩を引き、堅苦しいほど背筋を伸ばし、動きにはいっさい無駄がない。そしてなにを言うにもマダムをつける。感じはいいけれど、二十一世紀の女性に受ける語りかけ方ではない。大佐を父親に持ち、その影響を受けて育ってきたのだろう。

キャロラインがいちばんよく知っている男性といったらサンダーズ・マカリンで、彼は考えうるかぎりジャック・プレスコットとはもっともかけ離れた存在だった。サンダーズは長身にして——ジャックほどではないけれど——ブロンドの髪という、古典的なハンサムで、このうえなく洗練されている。

毎月、彼がおしゃれに使っている金額の半分があれば、キャロラインはお金の苦労から解放される。もちろん、サンダーズからも、その気になれば明日にも金銭問題を片付けられると言われていた。もはやかわいそうなトビーがいないので、なおさらだった。サンダーズと結婚して、ミセス・マカリンになれば、両親を失う前の生活に戻ることができる。安心で、安定していて、なに不足なく暮らせるだけの富のある暮らしが保障される。

そしてときには今日のように冴えない日もある。キッピング夫妻がいなくなり、冷凍庫のようになっているかもしれない家に帰り、その寒さが月曜日の午後まで続くかもしれず、それもこれもボイラーを一時的に生き返らせられるのがこの地球上に能なしマックしかいないのに、そのマックは休日には出張修理をしてくれず、クリスマスイブなのにまったく売上げが立たず、よりによって年に一度のクリスマスにひとりで過ごすことになりそうな、こんな日には、サンダーズと結婚するのが理にかなったことのように思えてしまう。

とはいえ、彼とのキスを想像しただけで肌がむずむずするくらいだから、同じベッドに入ることなどとても考えられないというささやかな問題があり、それこそがキャロラインの異常さの証明とされた。町に住む女性の半分はサンダーズと寝たがっており、残る半分はすでに寝ているため、キャロラインはここでも例によって少数派だった。

そしていま、頭がおかしくなった説を裏付けるように、知らない男性に自分の車の鍵を渡してしまった。ジャック・プレスコットについて知っているのは、この町の住民ではなく、ほとんどお金を持っていないということだけだった。そうとわかっていて、なにをしたの？　言われるがまま、ご丁寧に自分の車の鍵を渡してしまった。

おバカさんだこと。

もし車を盗まれたら、どうやって家に帰るの？　天候が回復するまで足留めをくらい、小型の冷蔵庫に入っている食べ物といったら、数週間物のヨーグルトとダイエットコークとしなびたリンゴだけだ。こんな天気ではタクシーも来てくれないし――。

勢いよく窓を叩く音に、キャロラインは跳びあがった。次の瞬間には雪にまみれたジャック・プレスコットが店内に戻ってきた。長い黒髪は雪をかぶり、黒い睫毛《まつげ》までが白くなっている。それでも、寒がるそぶりはまるでなく、不快なことなど、ないようだ。さっきとまったく同じ――屈強で落ち着いている。

「すぐそこに車を停めた」距離が近かったので、ジャックの目を見るために頭を後ろに倒した。「外はひどいありさまだから、急いだほうがいい。そのコートで充分寒さをしのげるのか？」

デニムの上着を着た人が、おもしろいことを言ってくれる。「ええ、わたしは大丈夫よ」

キャロラインは重いブリーフケースを片方の手からもう一方の手に持ち替え、ジャックにそれを無造作に奪われたときには驚いた。それでなくとも彼はダッフルバッグとスーツケースを持っている。「心配しないで」キャロラインは訴えた。「自分で運べるわ」

彼は返事すらしなかった。「店を出る前に、防犯システムをセットしなくていいのか？」

防犯システム。そうでしょうとも。無謀な泥棒が涎《よだれ》を垂らしてジェーン・オースティンとノーラ・ロバーツの完全コレクションを盗んでいかないためだけに、三千ドルの防犯システムを導入できるとでも？

「いいえ――ここは戸締まりするだけでいいの」鍵を掲げて見せた。「でも、デッドボルト錠もあるのよ」

彼は底なしの黒い瞳でじっとこちらを見ていたが、やがてうなずいて鍵をつかんだ。「いいだろう。おれが鍵をかける。手袋があるんなら、はめたほうがいい。車内を暖めるためにエンジンはかけたままにしておいた。急ごう」

どうやら彼は……自分に指揮権があると思っているようだ。軍隊と大佐だった父親の影響が強いのだろう。

だとしても、この天気なので、自分以外の人と一緒に車に乗れると思うと、ずいぶんと気が楽だった。悪天候の日の運転は怖いし、今日の荒れ模様は並大抵ではなかった。愛車のフィアットは気むずかしがり屋の癇癪《かんしゃく》持ちで、イタリアの穏やかな気候に適するようにできているため、寒さのなかを走らされるのを猛烈に嫌う。猛吹雪の最中にエンコするのは、いかにもフィアットが好んでしそうなことだった。

少なくとも、最悪の事態になっても新しい下宿人が一緒だ。もし途中で車が動かなくなっても、強そうなジャック・プレスコットなら前のフェンダーにベルトをかけてグリーンブライアースまで引っぱってくれそうだ。

彼がドアのハンドルを握ったまま、こちらを見ている。「いいかい?」静かに尋ねた。キャロラインがうなずくと、ドアを開けた。「行こう」

まさに凍った巨大なこぶしで顔と腹を殴られたような衝撃があった。一歩外に出たとたん、十センチ先すら見えなくなった。激しく降りしきる雪は風にはためくシーツとなり、その合間を縫《ぬ》うようにしてみぞれが針となって横殴りに降った。風の咆哮でなにも聞こえず、冷気が芯《しん》まで達して、その場から動けなくなった。筋肉が言うことを聞かない。

そのとき背後に硬いものがぶつかり、前に押された。追いつこうと足がばたつき、氷におおわれた歩道で少しすべった。道路までわずかな距離しかないのはわかっているのに、車すら見えなかった。

荒々しい突風のせいでみぞれが目に突き刺さり、足をすべらせた。もしジャックがつかまえてくれなかったら、そのまま転んでいただろう。彼は片腕でこともなげにキャロラインを抱きあげ、車のドアを開けて運転席に押しこむと、ドアを閉めた。数秒後には助手席のドアが開いて、彼が入ってきた。

キャロラインは呼吸を整えようと、ぬくもった空気を肺に取りこんだ。

車のなかが暖かくて助かった。ほんの数秒外にいただけなのに、死ぬほど怖かった。ほとんど動けず、ただ震えていることしかできなかった。手袋をはめているにもかかわらず、手がかじかんで、ハンドルすら感じ取れない。

ハンドルを握りしめて、身震いした。「すごい雪」ささやき声になった。「こんな天気、はじめてよ」静かに自分を見ている大きな男性に目をやった。小さな車の半分が彼によって占領されているようだった。「車まで連れてきてくれてありがとう。ひとりだったら乗れたかどうか。凍死体になって、お店のすぐ前に転がっていたかもしれないわ」

「お安いご用だ」ジャックは長い脚が窮屈らしく、シートをいっぱいまで後ろに下げてから、シートベルトを締めた。「だが、もう出たほうがいい。この先もひどくなる一方だ」

冗談じゃない。「わかったわ」

玄関の敷居をまたいだとたんに、それまで考えていたことがすべて飛び去った。あまりの寒さで頭が真っ白になり、ジャックが鍵をかけたかどうかさえ確認しなかった。いや、考えすらしなかった。あのとき彼は――いまあらためて思いだしてみると、鍵がかかるカチリという音を背後で聞いていた。だがもし自分ひとりだったら、力まかせにドアを閉めるのが精いっぱいだっただろう。そして店は週末のあいだ、戸締まりもせずに放置された。

ジャックが車を運んでくれたのも助かった。もし自分ならすぐに居場所がわからなくなって、歩道を右往左往したあげく、雪に視界を奪われたまま、通りで凍え死んでいただろう。

小型のフィアットが軽く風に揺さぶられながら、足の下でハミングした。キャロラインは雪の積もったウインドウを透かして絶望的な気分で前方を見つめると、シフトレバーを手探りし、ワイパーのスイッチを入れた。雪がひどすぎて、ボンネットの先が見えない。車の横に街灯柱があるのはわかっているが、それもいまは見えなかった。

これこそ悪夢だ。

ジャックの視線を感じた。「おれが運転しようか?」心を見透かされたようだった。

ええ、お願い！　そのひとことがいまにも喉から飛びだしそうになり、唇を噛みしめて、それを押し戻した。ほんとうは運転を放棄したくてしかたがなかった。悪天候での運転には恐怖を感じる。天候が悪いと事故が起きやすい。両親が死んだのは今日と同じような猛吹雪の日だった。ふたりの車が交差点にすべりこみ、近づいてきたトラックに正面から突っこんだ……考えてはいけない。

「キャロライン？」ジャックが再度、言った。「おれは雪のなかの運転も苦にならない」

そそられる申し出だった。ああ、そうできたら。恐怖の道のりを、この大きくて有能そうな手にゆだねてしまいたい。しかも、彼のほうがうまく切り抜けるという確信があった。けれど、これは自分の車だし、新しい下宿人を自宅まで送るのは家主である自分の仕事だ。ときには厳しい道を選び、人の助けを得ることなくひとりで問題に向きあわなければならないこともある。

「いいえ、大丈夫よ」シートを前に出し、ギアを一速に入れてから、アクセルを踏んだ。ハンドルが回転して、そこで停まった。いまのところは順調だ。「自分で運転できるから」嘘をついて、ゆっくりと通りに出た――そこが通りであると願いたい。

慣れた帰宅路なのが救いだった。目隠しをしていてもたどり着けるし、実際、似たような状況だった。空から舞い降りてきた大きな白い雪のシーツは、ときおり突風に吹かれて横に舞い、雪片が激しく渦を描いた。雪が下から降っているような錯覚を覚える瞬間もあった。

キャロラインはラジオのスイッチを入れた。悪天候で運転するときは、昔からラジオを聴くことにしている。車内にひとりのことが多く、ラジオが流れていると、ほかの人間たちにつながっていると感じることができる。

「――うちのお天気係によると、一九五七年以来、最悪のブリザードで、二〇〇一年よりひどいらしいんだけど、たしかに、そんな感じだよな」

聞き心地よく調整されたロジャー・スコットのバリトンを耳にして、キャロラインはほほえんだ。こんなにひどい天気も彼にかかるとセクシーに聞こえる。ただその声に惹かれて、何週間か彼とつきあったことがあるけれど、それもトビーのことがわかるまで。キャロラインの抱える問題を直視できない求婚者候補の長い列に、さらにもうひとり加わっただけの話だった。

「さて、次は海外からのニュースだ。シエラレオネ駐在の国連の平和維持軍から、合衆国の傭兵《ようへい》グループがある村の女性と子どもを皆殺しにして、大量のブラッド・ダイヤモンドを持ち去ったとの報告が入った。グループを率《ひき》いていた男は、国連の刑務所で現在送還待ちだ。国連のエルフリード・ブライトワイザー報道官によると、男たちはノースカロライナに本社のある米国籍のセキュリティ請け負い会社に雇われていた。会社の名前は――」

ラジオがぷつりと切れた。キャロラインがびっくりして助手席を見ると、黒い瞳がこちらを見ていた。「これだけ天気が悪いと、悪いニュースまで聴く気になれない」

それに聴いてもいられない。キャロラインは小さな愛車をいたぶる風にあらがい、車が横すべりせずに道路を走りつづけられるように奮闘していた。関節が白く浮くほどハンドルを握りしめ、前のめりになってフロントガラスに目を凝らす。道の端はほとんど見えず、視覚よりも本能と記憶に頼っての運転になった。

悲惨だった。時速十五キロでのろのろと進んでいた。この速度だと、家まで一時間かかる。キャロラインはアクセルを踏んだ。

すべてがいちどきに起きた。

まずいと思ったときには、路面をまったくとらえておらず、次の瞬間には、風のうなり声に負けじと鋭い音が響いた。すぐさま車体が傾きながら勝手に走りだし、どうすることもできないまま、容赦なく回転して左にそれた。パニックに陥《おちい》ったキャロラインは、思い切りブレーキを踏んだものの、車は止まることなくスピンした。

黒々とした物影がふいに眼前に現われ、地面よりずいぶん高い位置にあるふたつの明るいライトが、巨大な猛獣の目のようだった。ブレーキの悲痛な金切り声と、霧笛《むてき》のように大きく低いクラクションの音……。

大型トラックに頭から突っこもうとしているのに気づくまでに、たっぷり一秒かかった。「きゃあ！」キャロラインの悲鳴とともに、薄氷に車体がすべって、迫りくる黒くて大きい物体の軌道へ突入した。

「ハンドルを放して、縮こまれ」落ち着いた低音が聞こえた。褐色のがっちりした手がハンドルを握って車をスライドさせ、ジャックの左足が伸びてきて、ゆっくりとした一定のリズムでブレーキを軽く踏んだうえで、ギアを低速に切り替えた。

すべる速度が遅くなると、制御が利くようになり、恐怖のスピン地獄から解放された。車はくるりと三百六十度回転した。ジャックはなおも車を左にすべらせ、左の路肩にある街灯柱のすぐ手前でストップした。次の瞬間、大型トラックが腹立たしげにクラクションを鳴らしながら隣りを通りすぎた。その風を受けて、小型車の車体が揺れた。

またたくまの出来事だった。風と雪と闘っていると思っていたら、制御不能の自由落下の世界に入っていた。事故を起こしかけたことによるアドレナリンショックのせいで、体が痛めつけられている。もしジャックがハンドルを奪ってくれなければ、つぶれた車体のなかで折れた骨と血の塊になっていただろう。

ふたりとも死ぬところだった。

キャロラインは口に両手を当てて、飛びだそうとする悲鳴を押さえた。喉を這いのぼってくる苦い胆汁を飲みくだし、吐かずにすむことを祈った。

震えが激しすぎて体がばらばらになりそうだ。のしかかってくるようなトラックの正面が、目にくっきりと焼きついている。パニックで喉がせばまり、必死に空気を送りこんだ。ジャックがシートベルトをはずして、太い腕で広い胸に抱きよせてくれる。

なんて力強くて、安心できるのだろう。

彼の胸に飛びこんだ。小さくなって震え、首にしがみついて、引きつったように息を吸いこんでいるうちに、ひどい震えが収まってきた。

後頭部には大きな手があって、ほぼ全体をおおってくれている。顔を彼の首筋にうずめ、顎《あご》の無精ヒゲに額を引っかかれた。鼻を押しあてているのは首筋の脈の部分だ。キャロラインの早鐘《はやがね》を打つような脈とは対照的に、メトロノームのようにゆっくりとした一定の脈が刻まれていた。

ミントのような雪の匂いと、彼自身のものだと思われる心地よい麝香《じゃこう》の香り、それにいくらか革の匂いがする。彼の顔の周囲で波打つ、風に吹かれて乱れた長い黒髪は、思いのほかやわらかかった。

けれど、しがみついている肉体のほうには、やわらかさなど微塵《みじん》もなく、鋼を抱えているようだった。彼は激しい震えを吸収しようとでもするように、きつく抱きしめてくれていた。

「大丈夫だ」ジャックがつぶやき、深い低音の振動が伝わってきた。「なにも起きなかったんだから、大丈夫だ」

大丈夫ではない。長期的に見れば。

両親が死んだときとまったく同じ状況だった。ひどい吹雪と、薄氷と、迫ってくるトラックと。車体も肉体もぐちゃぐちゃになっていたので、ジョーズオブライフを使って遺体を取りだすのに六時間かかった。それでも父親のほうは、埋葬するだけのものがかろうじて回収できた程度だった。

その後、何度、事故の直前の数秒を想像して、夜中に汗だくになって目を覚ましたかわからない。雪のなかからふいにトラックが現われたときの恐怖に、間に合わないと知ったときの胸苦しさ。父親はハンドルに押しつぶされ、脚は腿《もも》から切断されていた。母は意識不明のまま二週間生きた。

そしてトビー、かわいそうな弟。かわいくて、やさしいトビー。それから六年を車椅子と絶え間ない痛みとともに暮らすよう運命づけられ、それだけでは足りないのか、二十歳の誕生日を待たずに亡くなってしまった。

キャロラインはそれを毎夜、夢に見て、夢のなかの現実を生きた。そしてそんな悪夢のなかにはつねに死が存在して、家族の命を奪っていったように、彼女の命をも奪いにやってきた。永遠に死から逃れることができそうになかった。

いまのこの感覚は、いつもの悪夢がもつ暗くて金属的な味わいと同じだけれど、今回は夢でなく現実だった。キャロラインは支えを求めて深く潜行し、ジャックのなかにそれを見いだして、慰めを得た。

「どうしてこんなことに?」息が切れ、声がうわずった。目を上げてジャックを見ると、厳しくこわばった顔をしていた。ストレスを感じさせるものがあるとしたら、小鼻に刻まれた皺くらいだ。彼だって踏んばっているのだから、自分だけ弱音を吐いているわけにはいかない。キャロラインは切れぎれに息を吸いこみ、声を落ち着かせようとした。「車になにが起きたの?」

「タイヤがパンクした」彼は容赦なく事実を告げた。「左の前輪だ」

そんな。フィアットのタイヤは古くてつるつるにすり減っていたのに、キャロラインは新しいタイヤを買うのを先延ばしにしてきた。どうかしているし、いい加減にしなければならないとわかっていながら、あとひと月はもたせたいと思っていたのだ。

新しいタイヤを買う余裕がないせいで、ふたりとも命を落としそうになった。そしていまタイヤの一本がパンクした。

万事休す。この悪天候のなかでタイヤの交換? どうしたらブリザードのときにタイヤなど交換できるだろう？

「スペアのタイヤとジャッキはあるか？」

「ええ」予備のタイヤもほかと同じくらい古いけれど、ジャッキともどもあることはある。いまの状況からして、寒さのせいで錆《さ》びたジャッキがふたつに折れそうだけれど。

キャロラインはハンドルに突っ伏し、怒りと失意を涙にして流したくなった。だが、それで気持ちはさっぱりしたとしても、家にはたどり着けない。

暴風に車が揺さぶられたので、ジャックの上着をつかんでバランスをとった。いつまでもここでまごついているわけにはいかない。ふたりとも凍え死んでしまう。キャロラインは坐ったまま体をひねり、ドアのハンドルに手をかけ、すぐに手の震えが止まることを祈った。

「なにをするつもりだ？」彼の低音がかすれている。キャロラインが驚いて顔だけふり返ると、彼が眉をひそめてこちらを見ていた。高い頬骨のあたりの皮膚が引きつっている。

「あの……」あなたこそ、なにを考えているの？　いつまでもぐずぐずしていられないのに。

「外に出てタイヤを交換するのよ。これ以上、天気が悪くなる前に家に帰らないと。もう少ししたら、道を走ることもできなくなるわ」

日は落ちていた。街灯の明かりは雪に遮断《しやだん》され、車内はほぼまっ暗だった。いま彼の顔で見えるのは目の白い部分と、白い歯だけだった。彼の手が一瞬、腕に触れた。

「きみはここにいて、トランクを開けてくれ。一秒たりともドアを開けるなよ」

言い返す隙もなかった。助手席側のドアが開き、彼がするりと外に出た。ドアが開いていたその一瞬に突風が雪片を吹きこみ、車内の熱を奪った。キャロラインはトランクを開け、背後で金属がぶつかりあう音を聞いた。

あれよあれよという間に、彼が左前のフェンダーの脇に立ち、ジャッキで車を持ちあげだした。ほとんど視覚を奪われた状態で作業をしている。ときおり強い風で雪のカーテンが開くと、作業に没頭しているらしい大きくて黒っぽい人影がフェンダーの隣りに膝をついているのが見えた。キャロラインは、いくらかでも助けになることを願い、無駄を承知で頭上のライトをつけた。彼の助けになるからというより、自分を慰めるためだ。

考えられないほどすぐに、ジャックがウインドウをノックした。

彼がかがんでガラスに口を近づけ、「おれが運転しようか?」風のうなり声に負けじと、太い声を張りあげた。

ええ、お願い! 是非、そうして!

政治的に正しいかどうかなど、この際、二の次だった。家主の義務も知ったことではない。この悪天候のなか、つるつるのタイヤで薄氷の張る道路を走ることを考えただけで汗が噴きだした。このまま運転していたら、事故が起きるのを待つようなものだ。

キャロラインはガラス越しに彼の目を見てうなずいた。

「席を移って、ベルトを締めて」彼は両手を口にあてがって言ったものの、それでもどうにか聞こえる程度だった。

外に出て歩かないでいいように気を遣ってくれている。ありがたい。キャロラインはシフトレバーを避けて助手席に移動した。そのあとシートベルトを締めると、それを待って、ジャックがドアを開けた。

足を置くのさえむずかしそうだ。ジャックはシートを助手席と同じくいっぱいまで下げ、キーをまわして、エンジンを温めた。

キャロラインは運転席側を向き、暗がりに浮いた大きな黒い人影に話しかけた。「手早いのね。この天気だと、わたしなら一時間はかかって、それでも結局交換できなかったかもしれない」

ジャックがこちらを見た。一瞬白い歯がのぞき、唇の片方だけを持ちあげて半笑いになったのがわかった。「敵の砲火を受けながら、たくさんのタイヤを交換してきた。おのずと手早くもなるさ」

「そうなんでしょうね。それで——」キャロラインは深呼吸した。彼に謝《あやま》らなければならない。「タイヤを交換してくれたこと、お礼を言いたくて。ほんとうならわたしがすべきだし

――たいへん、怪我をしているわ！」彼の右手で黒っぽい液体がちらっと光った。「ごめんなさい。わたしのかわりにタイヤを交換しくれたのに、その手をわたしの車が嚙むなんて」グラブコンパートメントを手探りし、取りだしたティッシュを彼の手に押しつけた。またたく間にティッシュが赤黒く染まる。ひどい傷を負っている。キャロラインはティッシュを交換した。「五分くらい押しつけて、血が止まるのを待つのよ。ひどい傷だから、縫わなきゃいけないかも。家に帰る途中で救急に寄っていきましょう」

「いや」ジャックが野太い声でやさしく言い、手を重ねてきた。運転する前に手袋をはずしていたキャロラインは、大きくてざらついた手に手を包みこまれて、衝撃を受けた。彼の手は熱く、手を通じて全身に熱が伝わった。

彼の皮膚の感触にぞくぞくした。暗がりのなかで、温かなその手が自分をつなぎとめてくれているようだった。そっと握られているだけなのに、その効果たるや絶大なものがある。体を突き抜けた熱が、さっき感じた寒さやパニックの感覚と鮮やかな対比をなしていた。

彼の手がパニックに凍りついていた体に力と熱を送り届けてくれる。

ジャックは軽くキャロラインの手を握ってから、手を放した。「おれは傷が治りやすい体質だから、心配いらない。いますぐ出発しないと、家にたどり着けなくなるぞ」

「でも、あなたの手――」

「大丈夫だ」彼は頭上のライトを切り、ギアを入れてアクセルを踏んだ。次の瞬間には、道路を横切って右車線に戻っていた。「おれの手の心配はいいから、家までの道を教えてくれ。なるべく早く着かないとな。どこで曲がったらいい？」

傷は急速によくなった。深い傷口なのに、出血が止まりつつある。

視界はゼロに近いけれど、キャロラインは不安げに窓から外をのぞいた。これでは交差点の位置など伝えようがない。ほかの車に衝突でもしないかぎり、わからないだろう。

「この道を一キロくらい直進して、そこで右折よ。なんとか誘導してみるわ」

「わかった」ジャックの声は淡々としている。そして考えられないほど高速を出していた。スピードの出しすぎは怖いので、なにか言ってもいいのかもしれないが、ジャックは完全に車を制御しているし、キャロラインにしても早く着けるのは歓迎だった。

外に目を凝らし、目印を見つけようとした。偶然に頼るしかない。ときおり強風が吹き、雪のカーテンが一瞬持ちあがる。グレーソンパーク沿いの手すりの外にあるベンチが見え、続いてセンター・ストリートとファイフの角に立つ大きなクリスマスツリーが見えた。「ここよ」唐突に指示を出した。「ここを右に折れて」

穏やかな夏の夜にドライブでもしているように、ジャックはすんなりと角を曲がった。キャロラインは街灯柱を数えるうちに、リラックスしてきた。あと五分か、長くても十分もあれば、家に帰り着く。「最初の角を左、次を右に曲がって、そこから右側四つめの私道よ」

車はガレージの正面で止まった。キャロラインは目をつぶり、車に乗りこんでからはじめて、深々と息をついた。

家に着いた。わが家に。

いいえ、まだそうは言えない。嫌悪《けんお》に似た気持ちで、錆びたガレージのドアを見つめた。また謝らなければならない。「ごめんなさい」深い悔恨を込めて言った。バッグのなかで鍵を探す手がまだ震えている。「リモートコントロールが利かないから、手で開けなければならないの。わたしがやるわ」

「いや」ジャックが手を伸ばして、鍵を奪った。「きみは出るな。おれがやろう」

ボイラーのほうは気まぐれだが、ガレージのドアには気まぐれなところがない。絶対にリモコンでは開かないのだ。錆びた鍵を開けてドアを持ちあげるには、筋力と時間がいるし、爪が欠けることもしょっちゅうだ。

「いいの？　わたしにも――」

ジャックはふたたび大きな手を手に重ねた。熱さと安心感と性的な刺激。彼が手を持ちあげるとそれが消え、寒さとパニックの残滓《ざんし》が戻ってきた。「おれに任せて」

キャロラインは頭上のライトをつけて彼の作業を見ていた。ジャックはかがむと、新品かあるいはオイルを差したばかりのように、軽々とドアを持ちあげた。まもなく、ふたりは無事ガレージに入った。

わが家よ。こんどこそ着いた。

車を降りたキャロラインは、しっかりしろと膝に命じなければならなかった。脚が震えている。事故を起こしかけたせいでいまだ全身が動揺していて、自分では抑えきれない深い部分にこまかな震えが残っていた。手のなかのキーがじゃらじゃら鳴る。その音を消すためには、鍵束を握りしめるしかなかった。

「ありがとう」車のルーフの向こうに見えている大男にもう一度、お礼を言い、黒くて謎めいた瞳を見た。「あなたに借りが——」

ジャックは大きな手を上げて、かぶりを振った。「頼むから、やめてくれ。それよりなかに入ろう」彼は自分のバッグとスーツケース、それにキャロラインのブリーフケースを持った。「先に行ってくれたら、ついていく」

キャロラインは家のドアを開き、指を重ねて祈りながら、最悪の事態を予期して身構えた。助かった。最悪の事態は起きていない。いまのところ。

室内の空気が凍えておらず、足の下のどこかから低いハミングのような音が聞こえてくるのを確認して、少しだけ緊張を解いた。今日はまだボイラーが動いている。出かけるとき最低の温度設定にしてつけていった。パイプが凍りつくのが心配だったからだ。調子が悪くなると、ちょくちょく凍りつく。いまのところはボイラーの神さまのご機嫌も麗《うるわ》しいようだが、先週、痛い目にあわされた回数を考えれば、それも当然のことだった。

快適な温度というには寒すぎるけれど、ボイラーが動いていさえすれば、心配はいらない。設定温度を上げれば、三十分ほどで家全体が暖かくなる。

目をおおいたくなるほど光熱費がかかるが、光熱費はケチりたくない出費のひとつだった。新しい下宿人を迎えたとなればなおさらだし、ブリザードのさなかとあらば、絶対だった。

ジャックを連れてマッドルームを通り、二層になった大きな広間《アトリウム》に出た。家に入るたびによろこびが湧いてくる。フランク・ロイド・ライトの弟子のひとりによって設計されたグリーンブライアースは、どの部屋にも広がりと軽さがあり、完璧に均衡《きんこう》がとれている。アトリウムはみごとのひとことだった。家族の昔からの友人のひとりから、グリーンブライアースは美しい女と同じ、アトリウムはその顔だ、と言われたことがある。両親が生きているあいだのアトリウムには、ウィンズロー・ホーマーが二枚に、明朝時代の花瓶がひとつ、イタリアはムラノのシャンデリアに、バルーチーのアンティークの大きなカーペットがあった。

そのすべてがいまはない。

残されたのは、部屋そのものの軽快さと優雅さだけだった。床は白黒二色の大理石。図書室やリビングや彼女の書斎につながる戸口はアーチ状になっており、寝室のならぶ二階へと続くカエデ材の大きならせん階段があった。

キャロラインは厳しい年月を過ごしてきた。痛みに満ちたトビーの衰弱と死があり、幾多の悲しみと困難があったけれど、グリーンブライアースに足を踏み入れるたびに元気になれた。

キャロラインにとって、この屋敷は生き物であり、残された最後の家族だった。それを残すため遮二無二《しやにむに》がんばり、みんなから――銀行預金がないことを彼女に伝えなければならなかった一家の弁護士にも、グリーンブライアースにこだわるのはバカげていると思っている親友のジェナにも、小銭にも困るようになったキャロラインにすぐにいやけが差し、やがては彼女を捨てたサンダーズにも――口をそろえて屋敷を売れと言われたが、頑として首を縦に振らずにきた。

トビーの命を救えるのなら売っただろうけれど、そうする必要が生じる前に弟は死んでしまった。そしていま、そういまとなっては、グリーンブライアースは唯一家族につながる絆であり、ただひとつの慰めだった。キャロラインは切っても切れない愛の絆でこの家に結びつけられている。売ることは心から愛した人たちを否定するのと同じ。考えられない行為だった。

生あるかぎり、グリーンブライアースは手放さない。どれほどお金がかかろうとも。

キャロラインは屋敷内を眺めるジャック・プレスコットを観察した。グリーンブライアースにたいする反応のしかたは人によって異なる。驚いて大口を開ける人もいれば、無感動な人もいる。なかには美しさに気づかず、ペンキの剝《は》げた、修理と新しい家具の必要な大きな家としか思わない人もいる。

この最初のときが試金石となる。

ジャックの反応は完璧だった。一分ほど無言で立ちすくんで、建物の細部に黒い瞳を凝らしたのち、キャロラインを見た。「すごくきれいだ。下宿人として受け入れてもらったことを、感謝する」

満点の答え。キャロラインは彼を見あげてほほえんだ。「気持ちよく暮らしてもらえるといいんだけど。ダブルの部屋は三階のひさしの下よ。いま案内するわね」

ジャックが首を振った。「おれのために三階までのぼってもらう必要はないよ。行き方を教えてくれたら、それでいい」

うれしい。それを聞いてほっとした。大きな震えは収まったものの、いまだ脚ががくがくしている。

「メインの階段をのぼって右に曲がると、廊下の突きあたりに別の階段があるの。それをのぼるとあなたの部屋よ。あなた専用の広いバスルームがついているわ。シーツはきれいだし、清潔なタオルはバスルームの白いキャビネットに入ってる。たっぷりお湯が出るからシャワーを使って。夕食は七時半よ」

「それはどうも」ジャックは首をかしげて言った。「七時半になったら、おりてくる」キャロラインを離れて、きびきびと一度に二段ずつ階段をのぼった。キャロラインは広い背中が視界から消えるまで見送りながら、ほかに選択肢はなかったとはいえ、自分の決断の正しさを祈らずにいられなかった。

3

言うまでもなく、指示などいらなかった。ジャックはどうしたら家のいちばん上にある広々とした大きな部屋へ行けるか知っていた。ドアの前に立つと、ノブに手をかけ、大きく息をついた。自分がここにいることがいまだ信じられない。あのキャロラインと同じ屋根の下にいるとは。

記憶にあるとおり美しい屋敷だが、以前よりりがらんとして簡素な印象があった。以前は壁に絵がかかり、大きな古い家具があり、やわらかなラグや、細工の凝った壺《つぼ》が置いてあった。若かったジャックにはどれほど高価なものかわからず、ただ、キャロラインの家ほど美しいものがたくさんある家は見たことがなかった。

いまも専門家ではないが、長い年月のうちに学んできたこともある。絵画やラグや彫刻やアンティークがたいへんに価値のあるものだということだ。その大半がなくなっていた。

それでも大差はなかった。屋敷はいまも豪華で、素顔の美女のようなものだ。とはいえ、キャロラインが遺品を切り売りしてきたと思うと、胸が痛む。さぞかしつらかったにちがいない。

ひさしの下の部屋は十二年前と同じまま、ただくたびれて、塗装が古くなっていた。調度は変わらず、感じはいいなりに、ふつうだった。もともと売りにだすほど高価な家具がなかったからにほかならない。室内には白と緑のキルトのかかった大きな四柱式のベッドと、張り替える必要のある肘掛け椅子と、整理ダンスと、小さなデスクがあって、デスクにはテレビとラジオがのっていた。

快適に暮らすには充分すぎるほどの部屋だった。とりわけ、ジャックのように厳しい生活を送ってきた男には不足がないし、それもキャロラインの寝室に移るまでのことだ。誓ってもいいが、長くはかからないだろう。

下宿人から恋人になるという、その手法については考えなければならないが、戦術を練るのはジャックの得意とするところ。いずれは思いどおりになる。キャロラインが独身なのはまちがいのない事実として、恋人はいるはずだ。そうだろう？　脈があって、ちゃんと使える道具を持った男なら、キャロラインと同じ部屋にいて、彼女が欲しくならないわけがない。

バスルームも以前と変わらなかった。設備が白で統一された広い空間で、壁にはクリーム色と緑色のタイルが張ってあった。洗面台のボウルにはヒビが入り、壁のタイルは何枚か剥がれているが、イラクで汚物を燃やしたり、アフガニスタンで自分の便所を掘ったりしてきた身にしてみると、ぜいたくすぎる空間だった。彼女が言ったとおり、白い木製のキャビネットに白いタオルが積んであった。きれいに洗ってあるけれど、古くてすり切れている。それがどうした？　ジャックは瞬時に汚れた衣類を乱雑に脱ぎ捨て、シャワーの下に進んだ。シャワー室のホルダーには、シャンプーと石鹼が置いてあった。生ぬるい湯しか出ないけれど、石鹼を塗りたくるといい気分だった。

石鹼もシャンプーも薔薇の香りだった。その香りが薔薇とキャロラインを結びつけている脳の原始的な部分を直撃した。

まいった！　脳のその部分こそが下半身に直接つながっており、この十二年ずっとそうだった。つまり、薔薇すなわちキャロライン、キャロラインすなわち勃起を意味した。

念入りに体を洗い、四十八時間におよぶアフリカからの旅の汚れと汗を落とした。だが、洗い流していたのは旅のほこりだけではなく、以前の生活そのものだった。

十二年のあいだ、ジャックは大佐の命令に従って生きてきた。大佐は大型ゴミ容器《ダンプスター》の裏で見つけた空腹で半分おかしくなっていた野良犬を引き取った見返りとして、永遠の忠誠を手に入れた。名誉を重んじる人、ユージン・ニコラス・プレスコット大佐。それがジャックの心の父だった。もし大佐が病気で死んでいなければ、いまもここにはいなかっただろう。いまだ大佐のもとで、ENPセキュリティの経営を手伝っていたはずだ。

大佐が生きているあいだは、ほかの人生について淡い白昼夢以上のことを夢見ないようにしてきた。中世の騎士が王に忠義を尽くしたように、ジャックは大佐に尽くした。だがいま、わずか一週間のうちにその父を埋葬し、会社と自宅を売り払って、シエラレオネでの悪事に決着をつけてきた。ジャックをかつての生活に結びつけていた絆は、すべて断ち切られた。なにもかも終わった。いまは新生活の入口に立ち、キャロラインの家のシャワーで薔薇の香りを嗅いでいる。

肌は彼女と同じ香りになったにしろ、肌触りは大違いだった。青白い彼女の肌は、すべすべとしていた。すべすべしていて、信じられないほどやわらかな触れ心地だった。

ジャックは車のなかで彼女が自分の腕のなかにいた一分一秒を思いだした。強く奥歯を噛みしめ、キャロラインの顔をそらせて唇を奪わずにいることに全神経を傾けた。息をする以上に彼女の唇を唇でこじ開け、舌を差し入れたくてたまらなかった。

キャロラインはキスをするためにあるような唇をしていた。やわらかくてピンク色で、進んで落ちたくなる甘い罠のようだった。長い自己鍛錬《たんれん》だけがジャックの頼りだった。

さっきはほんとうに危なかった。トラックとの一件だけではない。彼女の車のタイヤはいずれもすり減っており、スペアのない状態であともう一本パンクしていたら、運命は尽きていた。ブリザードのなか車のなかに取り残されたら、長くはもたない。それでみずからを律して彼女を抱くときもただ慰めることに徹し、彼女が自制心を取り戻すと腕をほどいた。キャロラインは腕のなかで震えていた。ジャックがすべきことは、まずひどい震えが収まるまで抱えていてやること、そして早急に暖かな場所に移動することだった。

ジャックの想像力は暴走していた。頭のなかで、自分の上着とセーターとジーンズとショーツとブーツを脱ぎ、彼女の厚手のコートとセーターとブラジャーとパンティとストッキングを脱がした。これでふたりとも裸だった。そしてブリザードのなか極寒の車中ではなく、日差しの燦々《さんさん》と降りそそぐひとけのないビーチにいると想像した。そんな場所なら彼女の体を心ゆくまで延々と探索できて、薔薇の香りのするなまめかしい象牙《ぞうげ》色の肌の隅々にまで触れられる。あの青白く長い首に口をつけ、セーターを持ちあげていたあの乳房まで這わせる。

死との接近遭遇《そうぐう》によって放出されたアドレナリンが股間に溜まり、棍棒のように硬くなっている。息をするよりなにより、彼女にまたがってその体を奪いたかった。

そそられる想像ではあったものの、危険なこと、このうえなかった。ふたりがいたのは日差しの燦々と降りそそぐビーチではなく、死の危険と隣りあわせのブリザードのなかだった。

それで彼女にはわからないようそっと頭頂部にキスすると、彼女を放して、グリーンブライアースに無事たどり着くことに専念した。

だがいまは――キャロラインの匂いのする暖かで湿ったシャワー室にいて、妄想をたくましくしている。あの美しい口のなかで舌を吸い、肌に鼻をつけて、頭が薔薇の香りで満たされるところを想像してみる。唇に軽く歯を立て、さらに抱きよせ、長く白い首筋を撫でる。ジャックは下を向き、痛々しいほど勃起し、赤くて硬くなったものを見て、うめいた。車のなかにいたときよりもさらに張りつめている。

勃起状態が続いてしまう理由は、わかっていた。

半年近くセックスしていないのが理由のひとつ。アフガニスタンはこの地球上でもっとも非セックス地域に近かった。アフガニスタンのあと、このひと月近くは父のベッドサイドで過ごし、そのあとビンス・ディーバーの不始末を片付けるためアフリカにいた。たしかに半年もセックスにご無沙汰なのは珍しいが、任務の内容によってはこれまでも経験があった。

理由のひとつとして、危険を切り抜けたことにたいする男としての生理的な反応という面がある。少なくともジャックはそうだった。銃撃戦を生きて切り抜けたときは、毎回こうなる。まだ息があることを祝い、地中に埋められていないことを感謝するため、なにがそそり立った。可能なときは、戦いのあとに息抜きとして女を捜しにでかけたし、それが許されないときは、手で済ませるまでのことだった。

さっきは、バグダッドの市街地で任務を果たしているときと同じくらい、キャロラインとふたりして危険のまっただ中にいた。

取りたててなにも言わなかったが――それでなくとも、キャロラインは震えあがっていたから――道路であのまま死んでいてもおかしくなかった。車のハンドルと格闘していたとき、いかなる緊急事態にも冷静で、次に打つべき手を考えている頭の部分が、運命のめぐりあわせの皮肉に思いを馳《は》せていた。

これまでに考えうるかぎり最悪の事態を何度もくぐり抜けてきた。キャロラインとの再会を待ちわびながら、何百回となく死の手を逃れてきた。彼女を見つけだして三十分後にトラックに轢《ひ》かれて死ぬのは、〝こういう日もある〟としかいいようのない皮肉だった。

だが、それらはいずれも、ジャックがかくも勃起している真の理由ではなかった。

ここまで興奮させられているのは、キャロラインと同じ家にいること、彼女と話すこと、触れること、腕に抱くこと――ペニスが怒張《どちょう》して涙を流しているのは、だからだった。長い年月の果てについに夢見てきたキャロラインと一緒になり、そのことが底知れぬ恐怖をもたらした。

この機会を台なしにするんじゃないぞ、とジャックは自分に言い聞かせた。

冷たく硬い簡易ベッドに横たわりながら、彼女の顔をまぶたによぎらせてきた夜がどれだけあったことか。最初は彼女のことを考えながらみずからを慰める自分を恥じたものの、どんなに女を抱いても、考えるだけでその気になれるのはキャロラインだけだとわかった。女は好きだった。その匂いも柔肌も声も。そしてセックスも好きだった。相手にはやさしく接した。それが一夜かぎりの仲でも同じだったし、だいたいはそれだけの関係だった。多少の前戯のあと、しばらく行為があって、出してしまえば、あとは別れを告げて、立ち去るのみだった。いや、スタミナはあった。そのことが問題になることはなかったが、困るのは、部屋を出たとたん、相手の女のことをほとんど思いだせないことだった。

その点、キャロラインのことは丸ごと覚えていた。なにもかもを。ポニーテールを結ったときや、髪を垂らしているとき。着ていた服のいちいちに、表情のひとつずつ。彼女から話しかけられた言葉の一語一句。そうしたものがすべて脳裏に焼きついていて、消すとなったら、頭を撃たれるしかなさそうだった。

当然のなりゆきとして、ストレスをゆるめたくて股間に手をやるとき、属《ぞく》としての女――頭がひとつに乳房がふたつ、腕と脚が二本ずつにあそこがひとつ――では、役に立たなかった。そんなときはキャロラインが頭に浮かんだし、それを追いだそうとする試みはとうに放棄してしまった。

そしていまはそれ以上のもの、予想外のものが加わった。十二年のあいだ夢想してきたキャロラインはいなくなり、年月の経過のうちに消えていた。きれいだった少女は美しい女になった。落ち着いていて理知的で上品で、屍衣《しい》のように悲しみをまとったその女には、抗しがたい魅力があった。

少女のときもきれいだった。それは歯列矯正《きょうせい》に何万ドルもかけた明るい笑顔を持ち、千ドルの価値のある服を着た、育ちのいい少女たちに共通するきれいさだった。彼女は毎日のように入浴し、彼女のために服を洗ってアイロンをかけてくれる人がいた。そういう環境にいる少女たちの多くは、きれいに見えるものだ。

だが、その少女が長じた姿に、ジャックは驚きを禁じえなかった。キャロラインは失われた王国を思慕《しぼ》する悲しみの王女のようだった。

ジャックは彼女を腕に抱いたときのことをつぶさに思いだしながら、自分自身に手をやった。慣れた手つきで大きく手を上下した。

いますぐ処理しなければならない。この状態で食事に行こうものなら、即刻、追いだされてしまう。無難に一夜を切り抜けさせてくれ、とジャックは神に祈った。

ムスコをまちがいなくおとなしくさせておくためには、冷たいシャワーを浴び、さしあたっての痛烈な欲望を抑えるために何度か自分で処理しなければならない。彼女に触れたくて皮膚がちりちりした。こんど触れるときはもっと快適な場所に身を置き、一糸もまとわぬ状態で触れたいものだ。

いや、こんど触れるときは、あのなめらかな象牙の肌が欲望にピンク色に染まるかどうか確かめたい。そして両胸に口づけをしながら、乳房が色づくのを眺める。大切な部分に触れて、自分を受け入れようと濡れるのを感じたかった。

キャロラインはいま階下《した》にいる。おれが行くのを待っている。もう思い出でも、写真でも、頭に刻まれたイメージでもなかった。血の通った生身の女として、夢に見ていた以上の美しさを備え、階下《した》で食事を用意してくれている。

これからは毎日、好きなだけ会える。彼女をベッドに誘いこまないでいることは、とうてい考えられなかった。想像しただけで、股間が重くなった。

ジャックはいまや激しく手を動かしながら、自分のためにベッドに裸で横たわるキャロラインの姿を脳裏に思い描いた。昂《たかぶ》った彼女の声を聞きたかった。背中にはかかとや爪が食いこみ、差し入れたものは内側へと引っぱられる……。

これまでよりもいっそう切実さを増している。彼女と再会し、彼女に触れ、その匂いを嗅いだからだ。彼女と交わる場面を想像するのにも、感覚として入ってきたものがたくさんある分、何時間でも続けられそうだった。

いまそこに彼女がいたら、シャワーの下に連れこんで、受け入れる準備をさせるため、流れ落ちる湯のなかで体じゅうにキスをするだろう。そして最初は指を、ごくごく慎重に差し入れる。ジャックのものは大きいので、体を備えさせなければならない。彼女にはしっとりと濡れて、やわらかく体を開いてもらいたい。触れ具合で準備ができたのがわかったら、抱えあげて脚を開き、少しずつ……。

ときにはクライマックスまでに時間がかかるジャックだが、キャロラインと再会してから半勃起状態がずっと続いているせいで、腰を押しだして彼女の襞をかき分ける場面を想像しただけで、うめかずにいられなかった。

信じがたいほどの熱とともに、その場面が頭のなかに広がった。薔薇の香りのするシャワー室にふたり、飛沫《しぶき》を浴びながら彼女に腰を打ちつけている。ジャックにはそのふたりが見えた。想像のなかでまとわりつく彼女のやわらかな皮膚を感じるや、その時がやってきた。赤くなるほど熱された欲望の針が背筋をくだってくる。ジャックは手の動きに合わせて腰を突きだしながら、激しく精を放ちだした。シャワー室の壁に片手をついて延々と放ち、最後には膝から力が抜け、体じゅうの水分を吐きだしたような気分になった。

みずからのものを見おろした。こぶしの先に出ている赤くふくれあがった部分からガラスの壁に大量の液体がほとばしり、降りそそぐ湯に洗い流されていく。肺が苦しく、皮膚は張りつめて、頭はいつ破裂してもおかしくないくらいぱんぱんだった。

一瞬、絶頂感で頭が真っ白になり、動物的な感覚だけが残った。いつもは出すものを出すと、緊張が解けて晴ればれとする。軽いジョギングに出かけて汗をかいたようなものだ。セックスは最後に気持ちのいいおまけがついてくる良質な身体運動だった。

だが、これはまったく違った。むしろ死を感じさせた。まるですべてがペニスから排出されたようで、本体は弱りきって茫然自失している。

それほど強烈な絶頂感があるのに、それでもまだ足りなかった。膝に力が戻ってくると、シャワー室をあとにした。まだ彼女を求めているせいで、完全には萎《な》えていない。困ったことに、体じゅうの全細胞が覚醒《かくせい》して、階下《した》の女に反応している。うんざりして股間を見おろすと、半分マストをあげた大きな旗が揺らめいていた。

ひどく感じやすくなっているせいか、シャワー室の外の空気が氷のように突き刺さる。ぬくもりが欲しくて、こぶしをキャロラインと思いこんでいられた幻想が恋しくなった。

そう考えただけで、いっきに隆々と起きあがってしまった。

かんべんしてくれ。

こんな状態で階下《した》に行けるのか？　ひとつだけ、方法がないこともない——貞操帯をつければいい。あるいはぴっちりした黒のジーンズをはいても、同じ効果が見こめる。そのジーンズなら勃起できる余地がないことを、痛みとともに学んできた。大きくなると硬いデニム生地に当たり、その痛みでもとに戻る。とまあ、もくろみとしてはそうだ。うまくいくことを祈るしかない。

いつまでもシャワー室のなかで自慰しているわけにはいかない。からっぽにするにはひと晩じゅう、あるいは明日一日かかるだろう。

バッグの南京錠をはずし、衣類をすべて出した。身軽に移動したかったので、たいして枚数はなかった。残っている着替えはスエットの上下にブラックジーンズ、黒いタートルネックセーターのみだ。予備の靴のことは思いつきもしなかったので、ブーツで通すしかない。衣類は月曜日に買えばいい。

バッグのなかに残っていた品々をベッドの上にあけた。五万ドルは五千ドルずつ十束にしてある。ツールキット。グロックと弾薬の詰まった弾倉が五つと布袋がひとつ。幸いまだセキュリティパスを持っているので、空港でも銃器を預けることができる。

ツールキットから小さなドライバーを取りだし、部屋の幅木《はばき》を調べて整理ダンスの近くに換気口を見つけた。かがんでじっくりと見た。完璧だ。小さな錆《さび》があるおかげで、壁の金属板に換気口の格子を留めている四つのネジの位置がわかる。煤《すす》と錆の溜まり具合からするに、格子ははめっぱなしにされていたのだろう。ネジをはずすには時間も力も必要だったが、それでもどうにかやり遂げ、取りはずしたネジと格子を床にならべた。

腕時計で時間を確認してから、のぞきこんでも見えない換気口の奥のほうにバッグから取りだした品々を入れた。だれが部屋の掃除をするか知らないが、キャロラインにしろ掃除の人を雇っているにしろ、そのだれかにグロックや弾薬や――ましてや――布袋の中身を見つけられないように、スチールの管のなかに保管しておいたほうがいい。それも月曜日までのことだ。

月曜日には銀行に口座を開いて、現金と八百万ドルの預金小切手を預け、金庫を借りて布袋の中身をしまわなければならない。

もう一度、腕時計を見た。七時二十五分。ちょうど食事の時間だ。

最後にもうひとつ。しゃがみこんで、布袋の中身を硬材の床にあけると、大小さまざまの曇った石がざらざらと流れ落ちた。

ジャックはごつごつとした石の山を見つめた。自然な切子面《きりこ》がときおり光を反射する以外は、川底の小石と言ってもとおりそうだった。

だがそこにあるのは、控えめに見積もっても二千万ドルに相当するダイヤモンドの原石の山だった。

この石たちが想像を絶する苦難を象徴していることをジャックは知っていた。この石たちは強制労働によって掘りだされた。灼熱の太陽のもと、労働に駆りだされた者たちはカップ一杯の米と引き替えに日の出から日没まで働き、衰弱して働けなくなったとたん、即刻、後頭部から撃たれた。曇ったこういう石のせいで、ひとつの国全体がばらばらになり、シエラレオネでは過去一年のうちに八万を超す人びとが殺された。そのほかにも数えきれない人たちが、革命軍に所属するドラッグ漬けの少年兵たちによって手や唇や耳を切り落とされる憂《う》き目にあってきた。

ビンス・ディーバーたちはそんな連中のために、女と子どもしか住んでいない村を根絶やしにしようとした。

その名のとおり、まさにブラッド・ダイヤモンド。
石から血が滴《したた》り落ちないのが不思議なようだ。だが、これは自力では動くことのできない物質――そう、ただの石にすぎない。

ジャックは人びとが進んで殺し殺される原因となる石の小山を見おろし、嫌悪に鼻を鳴らしてから、袋に戻した。二千万ドルに相当する痛みと苦悩と悲嘆。殺人、レイプ、手足の切断――それがダイヤモンドによって象徴されるものだった。

そんなダイヤモンドを持ってきたのは、それを渡すべき村人がひとりも生き残っておらず、ディーバーには死んでも渡したくなかったからだ。

袋を現金とグロックと弾薬の奥に入れると、格子をもとどおりにネジで留めつけながら、石の入った袋のために殺しあう人間の愚かさに思いを馳せた。

立ちあがると、軽い足取りで階段に向かい、温かくて活力があって美しいなにかに向かって一段飛ばしに階段をおりた。そのなにかのためなら、殺し殺される価値もたしかにあるが。

国連シエラレオネ監視団の野営地、アブジャ近辺
クリスマスイブ、午後四時五十八分

男の名はアクセル。ビンス・ディーバーの新たな親友だった。

アクセルはフィンランド人で、コンピュータとアメリカのジャズをこよなく愛し、ヘルシンキにいる婚約者のマヤを恋しがり、アフリカとそれに関係のあるすべてを嫌悪している。なにより好都合なのは、身長百八十センチ弱、体重八十キロ弱のブロンドだという事実だ。おれとほとんど変わらない、とディーバーはほくそえんだ。

アクセルは一七〇〇時に歩哨の任務を終えると、UNOMSIL――国連シエラレオネ監視団――の小さな留置センターに立ち寄る。一七〇三。ディーバーには、いい子のアクセルがこの時刻に判で押したように現われるとあてにすることができた。

留置センターそのものは、冗談のようにちゃちだった。この三日間、その気になればいつでも逃げだすことができた。これならディーバーの祖母でも、入れ歯とヘアピンで脱出できたにちがいない。国連の平和維持軍が拘束業務に長《た》けていないのがよく表われている。だが、ことは留置センターを出るだけではすまなかった。ダイヤモンドを取り戻したいのならば、野営地を出たうえに、シエラレオネを脱出しなければならない。そのチケットとなってくれるのが心やさしきアクセルだった。

留置センターのなかは暗かった。しばしば電気が切れ、エアコンは気まぐれにしか作動しないので、十二月でも厳しい熱帯の焼けつくような暑さを遮断するため、鎧戸《よろいど》とドアは閉め切られていた。

鎧戸のせいで室内が半分暗いときでも、ディーバーは昼のあいだ明かりを消すように気をつけてきた。それもこれもアクセルを暗い部屋に慣らすためだ。

腕時計を見ると、発光性の文字盤に一七〇〇ちょうどの文字が浮かんでいた。

アクセルは時間に正確だ。ディーバーは昆虫学者が昆虫を観察するように、友の生態を観察してきた。刺激にたいしてどう反応するかを見きわめ、細部にいたるまで綿密な計画を練りあげた。軍隊の訓練がそこで生きた。

一七〇一。

ディーバーは一度飛びあがってから坐った。自分の体が物音をたてないのを確かめてから、体を叩いて所持品を確認した。すばやく静かに動かなければならない場面が出てくる。ナイフがベルトのバックルに当たる音で位置がばれ、そのせいで命を落とす兵士は少なくない。

ポケットを調べ、ブーツを調べてから、腕を曲げたり伸ばしたりした。留置されて三日になるので、筋肉がこわばってきている。厳しい訓練に慣れた体に、監禁はなじまなかった。故国に引き渡されて大量虐殺で裁判にかけられることも、やはりなじまない。

ジャック・プレスコットを見つけだしたあかつきには、ダイヤモンドを取り戻すのはもちろんのこと、いらない邪魔だてをしたことを心から後悔させてやる。頭を撃ち抜くのはそのあとだ。ディーバーは昨夜、椅子に縛りつけたジャックにナイフを使う場面を想像し、しばし楽しい時間を過ごした。

ナイフさばきには自信がある。

一七〇二。

いま一度、計画を見直し、頭のなかで千回めとなる点検を行なった。軍事行動の善し悪しの九十パーセントは、計画の立案と準備にかかっている。計画はよくできており、準備のほうも万端だった。

一七〇三。

ディーバーはドアに背を向けた。

大きくドアが開いて、アクセルが入ってきた。頭のてっぺんから足のつま先まで、善良なフィンランド兵士そのものだ。作業服は清潔で、アイロンをかけたばかり。目を引く明るいブルーの国連のヘルメットを――世界じゅうの狙撃兵にしてみると、事実上、目印となっているヘルメットを――しっかり頭にかぶせ、ブーツをぴかぴかに輝かせている。

「やあ、ミスター・ディーバー」アクセルは英語がうまい。「元気かい?」

開いたドアから差しこんだ光が部屋を満たした。ドアに背を向けているので、背後からそそぎこんでくる光にも早々に目を慣らすことができる。暗がりから、熱帯の日差しのもとへ出ると、しばらくは目がくらんでなにも見えない。

「やあ、アクセル。ドアを閉めてもらえるか?」

「もちろんだとも」ドアがかちりと閉まる音を聞いてから、ディーバーはふり返った。いまではアクセルも、ディーバーの暗がり好きに慣れてきている。

掘っ立て小屋は床から天井までの柵《さく》によってふたつに分けられている。ディーバーはこの独房を自分にたいする侮蔑とみなしていた。棒は厚い木の板にゆるく差しこまれ、スタッコの天井にネジで留めてある。錠前は玩具《おもちゃ》同然、思いきり叩いたら壊れそうな代物《しろもの》だ。こんな独房におれのような男を閉じこめておけると、本気で考えているのか?

問題はここを出ることではなく、そのあとどうするかだった。ここからセレ川までは三十キロ近くある。仮にジャングルを突っ切って川まで行けたとしても、フリータウンまで下るには船とモーターを盗まなければならない。船で最低でも三日かかり、逃げるとしたら行き先がひとつしかないのは周知の事実、フリータウンだ。

そしてディーバーが首都に着くころには、フリータウンには――悪くしたらルンギ国際空港まで――写真を手にした国連軍の兵士が、アメリカ人の裏切り者をつかまえようとうろついているだろう。

それを避けるために、だれにも捜されないように手を打っておく必要があった。彼らが納得できるように、ビンセント・ディーバーに見える死体を用意しておかなければならない。

アクセルはディーバーに同情しており、それを隠そうともしていない。アクセルはアメリカを愛しており、整然としていることをよしとする彼のフィンランド人としての魂は、中央アフリカでの二年におよぶ任務中に目撃した出来事に震えあがっていた。彼はそれを〝地上の地獄〟と呼んでいる。

アクセルは一度ならず、ディーバーを留置センターに留めておくのは時間と手間の無駄でしかないという考えを表明した。

もちろん、彼の言うとおりだ。地球上のこの地域は十五年にわたって波乱の連続で、残忍な大量虐殺が部族間同士で日常的に行なわれている。革命軍の規模に置き直して考えてみれば、ディーバーたちのやったことなど、顔に平手をくらわせた程度のことでしかない。

つまりアクセルは完全にディーバーの味方だった。書類を調達してもらうために連れていくことも考えた。ひょっとしたらうまくいくかもしれないが、アクセルには書類のほかに期待することがある。

死体になってもらうことだ。

気のいい男だけに気の毒ではあるが、ほかに手がないのだから、しかたがない。

「メリークリスマス、アクセル」アクセルが声のでどころに顔をめぐらせる。ディーバーは簡易ベッドに腰かけ、広げた膝に腕をついて、脚のあいだで手を組んでいた。どこからどう見ても脅威は感じないだろう。

まぶしい日差しを浴びてきたあとだけに、アクセルの目が小屋のなかの暗がりに慣れるには時間がかかる。

現像液に浸けられたフィルムのように、いま彼の目にはディーバーの姿がゆっくりと彫像のように浮かびあがりつつある。

「メリークリスマス、ビンス。お別れを言いにきたよ」アクセルが近づいてきて、両手で柵を握った。

ディーバーが突発的に漏らしたため息が室内に満ちる。そして顔を上げた。もうアクセルにも動きが見える。「ああ、そうなのか、きみがいなくなると寂しいよ。話し相手がいなくなる。ただ、きみがこのクソ溜めを出て、マヤのもとへ帰れると思うとうれしいがね」

「ああ、そうだね」思ったとおり、アクセルは恋人の名前が出ると顔をほころばせた。アクセルはこの午後、二カ月の交替勤務でフィンランドに戻る予定だった。アフリカを出て、コンピュータと雪とマヤのもとへ戻れるよろこびを隠そうともしていない。たぶんその順番で恋しいのだろう。

アクセルはスツールを引き寄せ、マグネット式の携帯用チェス盤を取りだした。この三日間、柵をはさんでチェスをしてきた。ディーバーは三ゲームのうち二ゲームでアクセルに勝ちを譲《ゆず》った。

「なあ」ディーバーは声をかけ、どぎまぎとした恥ずかしげな表情を浮かべた。「きみには、ほんとうによくしてもらったな」気安さを声ににじませた。ものうい午後に男ふたり、世間話に興じる図。「それで考えたんだが、きみがしばらく国に帰るにあたって、なにかあげられないかと思ってね。世話になったからさ。マヤにプレゼントできるものがあるんだ。ほら、クリスマスプレゼントにさ。まだ彼女へのプレゼントは用意してないんだろう？」

大当たり。アクセルがうつむいた。だが、半径百五十キロ、ここにあるのは、ほぼジャングルだけだった。ジャングルと兵士と血と苦痛。フィンランド人女性の望むものなど、まるでない。

ディーバーは立ちあがって柵に近づき、指で合図してアクセルの顔を近づけさせた。興味をいだいたアクセルが、柵に体を寄せてくる。柵に隔てられているとはいえ、たがいの吐息を感じるほど顔を近づけていた。

「おれはマヤにぴったりなものを持ってる。あれなら彼女もよろこぶだろう……おおいに」ディーバーは心のままに笑みを浮かべた。「きらきら光るもの、女ならだれもが好むものだ」男同士、わかるだろうといわんばかりに、肩をすくめてウインクをした。「ここではなんの役にも立たない。きみになら、使い道があるんじゃないか？　なあ、そうだろう？」

アクセルは熱心にうなずいた。

UNOMSILの野営地にいる全員から、自分がダイヤモンドを持っているとみなされているのを、ディーバーは知っていた。というより、本人がいま持っていないのは検査でわかっているので、ありかを知っているとみなされている。

事実ならどんなにいいだろう。あれだけでひと財産、残りの人生を左うちわで暮らしていけるだけの額になる。たとえどこで暮らしたとしてもだ。

ただし、アフリカは離れる。アフガニスタンともウズベキスタンともカザフスタンとも、ほかのすべてのいまいましいスタンの国からも離れる。イラクをはじめとするクソ溜めとも、縁を切る。敵を骨抜きにするよろこびのためだけに少年たちが自爆し、女たちがブルカの下に手榴弾《しゆりゆうだん》を忍ばせ、男たちが歯の詰めものを目当てに発砲するような場所とは。

もううんざりだ。

大麻や椰子《やし》酒でハイになった十二歳の小僧どもには、うんざりだった。連中は持ちあげるのもやっとなAK47を持ち運び、弾薬は使い放題、白人男を仕留めたくて血気にはやっている。道端の簡易爆発物にもうんざり、ヒルやサソリやノミにもうんざり、簡易口糧《MRE》にもうんざり、原始的なキャンプ生活にもうんざりだった。

だから金を稼いだ。だれがなんと言おうと、あれはおれのものだ。ディーバーは長年チャンスを夢見てきた。それで、男たちが全員戦争に出た村があって、数百万ドル相当の紛争ダイヤモンドが地下に隠されているという噂を聞いたときは、すぐにこれだと閃いた。これこそが自分のチャンスだと。

二度と兵士にならなくていいし、金輪際《こんりんざい》、どんな職にもつく必要がない。二度と人からの命令は受けず、本人にとってうれしくてたまらないこと以外はいっさいせずにすむ。

もうジャングルはいらない。砂漠もごめんこうむる。石ころだらけの地面で、原始的なキャンプを張り、露営するのはこりごりだ。

ディーバーは天寿をまっとうするまでぜいたくな暮らしをしようと計画していた。感じがよくて天候に恵まれた土地を〝アメリカ本土以外〟のどこかに見つけ、豪邸を買う。バハマ諸島なんてのもいいかもしれない。あるいはモンテカルロとか。なにが悪い？　プールつきの大きな家を買い、たくさんの使用人と女をかこう。兵士に抱かれようというきれいな女は多くないが、金持ちが相手となれば、幾重もの列をなして順番を待つだろう。

ディーバーにはそんな新生活の味わいや匂いや手触りを感じることができた。どれも極上だった。だがジャック・プレスコットによって、将来にたいする夢のすべて、そのために汗をかき、銃を浴びせられてきた未来が、一瞬にしてかき消された。

未来が奪い取られた瞬間に感じた痛烈な怒りを思いだし、こぶしを握りしめた。ディーバーと部下たちは噂の村に発砲を開始し、村へと侵入した。ある女の娘の喉にナイフをつきつけ、ダイヤモンドのありかを聞きだした。その小屋に駆けこみ、袋を見つけて、村人たちを排除している部下たち——目撃者を残して立ち去るバカはいない——のもとへ走って戻ると、突如どこからともなく、四発の銃声が間隔を空けて鳴り響き、それきり静まり返った。

狙撃兵がディーバーの部下をひとりずつ片付けていたのだ。

身を隠そうとあわてたせいで袋を取り落とし、近くの小屋に逃げこむため、中央の空き地に積んであった死体を飛び越えた。開いた戸口にすべりこむと、ふり返って、肩にライフルを構えた。ひとりの大男がディーバーのダイヤモンドを持ってジャングルに消えようとしていた。

追っても無駄なのはわかっていた。ジャック・プレスコットは、その気になれば煙のように消えられる男だ。

それから数時間、ディーバーはほかにダイヤモンドがないかと村のなかを家探しし、死体をひっくり返した。そして、なにも残っていないという結論に達したころには国連軍の兵士に村を包囲され、身柄を拘束されてしまった。

一瞬、熱い憤怒《ふんぬ》が駆けめぐり、いまいましいジャック・プレスコットを追いつめる以外のことが頭から消し飛んだ。ダイヤモンドを取り返したら、何日もかけてナイフでプレスコットを痛めつけてやる。

そんな思いをすべて隠して、ディーバーは顔を柵に近づけて、声を落とした。「ここに入ってくれ、アクセル。マヤが膝をついて感謝するものをきみにやるよ」

「わかった、ビンス」小屋にはほかにだれもいないのに、アクセルまで声を落とした。秘密を分かちあおうとしているようだった。

ディーバーは腰を起こし、ゆっくりとあとずさりをした。「入っておいで」小声のままだ。「きみへのプレゼントを見せてやるよ。彼女にあげるといい」

アクセルは迷わなかった。彼はディーバーのことを自分と同類だと思っている。西アフリカの狂気にとらえられてしまった善良な白人だと。

アクセルが独房のドアの錠を開け、ディーバーの動きに導かれて入ってきた。ディーバーは簡易寝台まで行くと、硬いマットレスの下からなにかを引っぱりだした。中身がかちゃかちゃ鳴る布袋だった。

アクセルの荒い鼻息が暗い空間に大きく響く。

ディーバーはほほえんだ。「マヤがよろこぶぞ。こっちへ来て、見てみろよ」そこで寝台の上に手を伸ばしてきゅうに鎧戸を開け、猛々しい光を部屋に招き入れた。アクセルは一時的に目がくらみ、一分半はそんな状態が続く。それだけあれば用は足りる。

目をつぶって窓に背を向けていたディーバーには、ちゃんと見えていた。

ブーツに手をやり、折りたたみ式の持ち手のついた細長い短剣をすばやく静かに取りだした。国連軍の兵士はこれに気づかなかった。留置センターに拘留される前に簡単に身体検査を受けたが、ブーツを調べる者はいなかった。それは小型のリボルバーを忍ばせて、内側に絞殺用のワイヤーを這わせたベルトについても同様だった。

ここで絞殺用のワイヤーを使うのは問題外だった。アクセルの制服はこのままにしておく必要がある。絞首による緩慢《かんまん》な死は、膀胱や腸をゆるめる。そして銃弾も避けなければならない――制服を血で汚してしまう。

残された方法はひとつしかない。

アクセルの手に袋を落とした。アクセルがそそくさと袋を開き、中身を手にあけた。そこにあるのがダイヤモンドではなく石ころだと気づいたのは、数秒後だった。顔を上げた。

「なんで――」アクセルが言いさした。それがこの世で発した最後の言葉となった。ディーバーは左腕をアクセルの胸にまわし、手術のメスのように切れ味をよくしてある短剣を右手で脳幹に差し入れた。これで身体《しんたい》の全機能がたちどころに停止する。アクセルは十分の一秒で知覚を有する存在から石へと変わり、死体となってディーバーの腕に倒れこんだ。

ディーバーは俊敏だった。

五分で制服と靴を交換した。アクセルはパスポートと航空券を常時身につけていた。洗濯スタッフに盗まれるのではないかという根深い恐怖がぬぐえないと、言っていた。アクセルには国連の平和維持活動は荷が重すぎた。そして、心やさしきアクセルは、ある意味、これでアフリカと縁を切ることができた。永遠に。

ディーバーはアクセルを肩にかついで、ドアに近づいた。わずかにドアを開いて、人影がなくなるのを待った。一七二〇。食事の時間が近づき、外には人がいなくなる。だれも見ていないと確信できたところで、外に出て、小屋の裏手にまわった。

留置センターの裏はジャングルだった。うだるような暑さのなか、慎重に歩を進め、ほとんど跡を残すことなく、早々にみっちりと茂った葉っぱの奥へ入りこんだ。運がいい。これがアフガニスタン高地の砂漠なら、男をかついで歩く足跡が砂地に何週間も残っただろう。だがジャングルならば、ものの数時間で消えてしまう。

通常のパトロール区域を越えたと本能が告げるまで奥に入ると、アクセルをおろし、あおむけに寝転がる彼を見おろした。昼寝でもしているような穏やかな死に顔だった。

おれに感謝しろよ。いい死に方をさせてやったんだからな。最高の死に方だ。

兵士たちがなににもまして恐れていることのひとつがそれ――悪い死に方をすることだ。苦しみだけがいたずらに長く続く死。革命軍の荒くれ者たちの十八番は切り刻んで死に至らしめることだ。その場合、手を切られ、腕を切られ、足を切られて、最後に首を切り落とされて死ぬまでに一時間ほどかかることもある。またときには、少年兵が体の半分の大きさのある斧《おの》を使い、十度ほど斧を振るってやっと首を切り落とすこともある。

ディーバーはこれまでに、銃弾を受けてから、あるいは地雷で腹を破裂させられたあと、何時間も七転八倒したあげくに死んでいった連中を見てきた。ENP社の従業員のなかにもふたり、革命軍の残虐なクズ部隊に切り刻まれて死んだものがいる。ディーバーがまとまった金をつかんで、この仕事から足を洗おうと誓ったのは、ふたりの死体を見たあとのことだ。

そのとき、ダイヤモンドに関する噂を小耳にはさんだ。

恐怖を感じていたのはアクセルも一緒だった。平和維持軍の四兵士——ノルウェー人、パキスタン人、ブラジル人、イギリス人——が先月、惨殺体となって発見された。革命軍の邪魔をするなという警告を込めて、死体は夜中のうちに国連軍の野営地に投げこまれていた。検死官によると、四兵士は〝大きな木製の物体〟でくり返しレイプされてから、生きたまま皮膚を剝がれていた。アクセルが身震いとともにその話をしたとき、ディーバーはそれがアクセルにとっていちばんの恐怖なのだと気づいた。

いまとなれば、もはや起こりようがない。アクセルは明かりが切れるように、この世を去った。マヤにダイヤモンドをプレゼントできると知って大よろこびした次の瞬間には、グサリ！ 消えてしまった。

運のいい男だ。

これから死体を切り刻むとはいえ、アクセルはもう死んでいる。いまさらなにをしようと本人には関係がない。

ようやく死体を見つけたパトロール隊は、革命軍の手に落ちたディーバーの死体だと思うだろう。ディーバーは下を向いて、死体を眺めた。腕や脚を切断するのは、思いのほか骨の折れる作業だ。革命軍のくそったれどもの多くのように、木の切り株と大きな斧を使えば楽なのだろうが。

ディーバーにあるのは細長い短剣《コブン・タント》一本とはいえ、メスのように鋭く研《と》いである。育ったアーカンソーでたくさんのシカをさばいてきたので、この手の作業には慣れていた。かがんで手首の内側の腱《けん》のあいだに切っ先を差し入れ、アクセルの右手を手早く切り離した。それを手に持って、ジャングルの奥に投げた。手首が地面に落ちる音が小さく聞こえる。それから五分もしないうちに、もう一方の手も切り離し、逆方向に投げると、まだ固まっていない血が宙に赤い弧を描いた。どちらの手も日が落ちる前に食べられてしまうだろう。

ここからがぞっとしない部分だ。かがんで刃の尖端を喉に押しあて、胸骨から恥骨まで一気呵成《かせい》に切り開いた。ほとんど出血はないが、開口部からアクセルの腸がふくれでた。さらに何度か短剣を振るい、顔の皮膚をずたずたにした。

ドラッグ中毒のゴロツキ集団で知られる革命軍は、被害者を拷問にかけてひどい損傷を負わせるのを好む。この死体を見て、異常事態を疑う者はいない。ダイヤモンドの噂は広く知られている。革命軍の兵士が野営地に侵入してディーバーを誘拐し、ダイヤモンドのありかを聞きだすために拷問にかけ、死体をジャングルに放置したと思うだろう。

その間にアクセルはマヤの待つフィンランドへと飛び去っている。

ディーバーは体を起こし、後ろに下がって自分の手際のよさに惚れぼれした。自分がここを立ち去るやいなや、ジャングルの捕食動物たちが死体に群がるだろう。国連軍のパトロールがいつ死体を見つけたとしても、残っているのはディーバーの衣類と財布とパスポートとENPのセキュリティIDと、その他わずかな遺留品だけだ。手と顔がなければ、本人かどうかを確認するにはDNA鑑定しかなく、それにはパリでの鑑定を待たなければならない。それも、積極的に身元を特定しようと思う人間がいればの話だ。

DNA鑑定の結果が届くころにはディーバーはとうに姿をくらましており、ダイヤモンドを取り返すため、アメリカに戻ってプレスコットを追っている。

憎むべきプレスコットの行き先はわかっている。プレスコットをはじめて見た瞬間から、厄介者だとわかった。それでプレスコットの弱点を見つけることをみずからの課題にした。たいしてなかった。酒は飲まず、薬はやらず、買収はきかない。そんななか、唯一見つけられたのがひとりの女だった。ある少女。プレスコットは一枚の写真と彼女のことを書いた記事の切り抜きを持っており、それをリュックサックの隠しポケットに忍ばせていた。昔、プレスコットがいないときを見計らって、そのコピーを取っておいた。プレスコットが写真を取りだして、飽かずに眺めているのを見たからだ。

だから、あのクズの向かった先はわかっている。焦がれてやまない女のもと、自慰の対象にしている女のもとへ戻ったのだ。

そうとも、見つけられないわけがない。ふたりを捜しだし、ダイヤモンドも見つける。ふたりを殺すことは、このうえないよろこびをもたらしてくれるだろう。永遠に姿を消すのは、そのあとのことだ。

4

サマービル

キャロラインは間口の広いアーチをはさんで、ジャックが足早に階段をおり、大股で広間《アトリウム》を通り抜けて、ダイニングに近づいてくるのを見ていた。なんてすてきなんだろう。まぎれもなく、女ならではの胸のときめきがあった。めったにないことだ。

汚れを落としたら、また男っぷりがあがった。

いなくなったのは、過酷な旅を続けてきたむさ苦しい、ヒゲ面の男。洗った髪を後ろで結び、それが黒々とした輝きを放っていた。

着ているのは皺のない細身の黒いジーンズに黒いタートルセーター。格式ばらない服装だけれど、不思議と優雅な夜会服を着ているような雰囲気があった。それにその服装が肉体を見せつけるショーケースとなり、セーターがたくましい胸の筋肉と二頭筋を際立たせている。

書店でもジャック・プレスコットが長身で屈強な男性であることは、よくわかっていたけれど、下宿人として受け入れていいかどうかを判断しなければならなかったし、そのあとは、無事に家まで帰り着けるかどうかが心配で、彼の肉体のことを考えていられなかった。

だが、ふたりは無事に家にたどり着き、ボイラーは死んでおらず、彼も連続殺人鬼には見えない。いまなら存分に眺めることができる。キャロラインはテーブルのセッティングを仕上げながら、ロウソクに火をつける合間に、彼を観察した。

男性としてこれほど完璧な人はまず見たことがなかった。彼には筋骨隆々という以外のなにかがあった。いまどき、筋肉自慢なだけの男など、ごろごろしている。サンダーズですら、ジムに通って体を鍛えている。だが、ジャックには筋肉では説明のできないなにかがある――混ぜものや装飾のない、純粋に男としての力といったらいいか。

彼はキャロラインの視線をとらえ、目を見たままダイニングに近づいてきた。ダイニングテーブルを見ると、なんともいえない表情になった。

やりすぎたのだろうか。

キャロラインはテーブルを見わたした。セットしてある最高級のビレロイ&ボッホの食器は、両親が三十二年前、ハネムーンに出かけたパリで買ってきたものだ。ウォーターフォードのクリスタルグラスもまだ四つ、割れずにあるし、昔ながらの銀器も少しずつ残っている。

ふたり分なら、申し分のないセットができた。

彼がダイニングへの敷居をまたいだときには、最後のロウソクに火を灯すところだった。静まり返った室内で、ふたりは見つめあった。信じられない、磁石のような目をしている。キャロラインは彼の瞳にとらえられていた。思わずのぞきこみたくなるような目をしているので、目をそらすことさえむずかしい……キャロラインは痛みに悲鳴をあげ、指を焦がしていたマッチを吹き消した。ひりひりする。人さし指の赤い腫《は》れをちらりと見た。

気がつくと彼が隣りにいて、眉間に深い皺を寄せていた。キャロラインの手を取り、赤くなった指に目を凝らしている。

「なんでもないわ」キャロラインは彼から逃れようと手を引いた。無駄だった。彼は痛くないように、けれどしっかりと手を握っている。男性に見惚《みと》れていてマッチで指を火傷《やけど》するなんて、バカみたい。これまで男性を見たことがないかのように、夢中で見つめていた。

心の深い部分から困惑が湧いてきて、カッと熱くなった。赤毛に多い真っ白な肌を呪いたくなる。頬が赤らんでいるはずだし、その赤みが乳房まで広がるはずだった。

彼は匂いがわかるほど近くに立っていた。滞在者用の石鹸を使っているが、彼の匂いが――車のなかで脳裏に、そして神経の末端に強く印象づけられた匂いが――薔薇の精油の香りをしのいでいた。軽くめまいがするのは、女性的な香りと男性的な香りが混ざりあっているせいなのかもしれない。

実際、一瞬、頭がくらっとした。彼にしっかりと手をつかまれていなければ、揺らいでいただろう。

「敏感な肌をしている。水ぶくれになるのはいやだろう？」キャロラインの前に手を伸ばし、水のグラスから氷をつまみあげた。「さあ。しばらくこれを火傷の部分に当てて」氷のキューブを彼女の指に押しあてて、上から手を握った。

体を遠ざけるかと思っていたら、彼はそのまま手を握り、近くから黙ってキャロラインを見つめていた。キャロラインは自分の心臓の鼓動がゆっくりと強くなったこと、そして彼の手が信じられないほど温かいことに気づいた。どうしたらいいかわからない。手を離すべきなのはわかっているが、なぜか筋肉が言うことを聞かないので、突っ立ったまま彼を見ていた。彼の虹彩《こうさい》は、瞳の色とほとんど変わらない深みのある焦げ茶色だった。

溶けた水がひと雫《しずく》、こぶしから大理石の床に落ち、静けさのなかに大きく響いた。小さな水飛沫の音で、キャロラインは深い眠りから目が覚めたようにはっとした。深く息を吸いこみ、握られたまま手を動かした。

すぐに彼の手が開き、キャロラインは自分の手を見た。氷のおかげで、ほとんど赤みが引いている。

「ありがとう」つぶやいて、あとずさりをした。彼から離れるのは思ったよりもむずかしかった。まるで大きな体そのものが熱と骨と筋肉からなる小さな惑星で、重力を持っているかのようだった。

「どうということはないよ。さあ、これを」ジャックはジーンズのポケットに手を入れ、ただの白い封筒を取りだした。「先にこれを片付けておいたほうがいいだろう」

キャロラインは封筒をつかんで、彼を見あげた。いわゆる端正な顔立ちではないし、恰好がいいとも思わないけれど、どことなく……優美だった。長くて贅肉のない顔。無精ヒゲがなくなったために、がっちりした輪郭《りんかく》がむきだしになっている。

手のなかで封筒がかさこそ鳴った。「これはなに？」

「最初の家賃ひと月分の五百ドルに、保証金としてプラス五百ドルだ。きみさえよければ、しばらく置いてもらいたい。家賃は毎月二十四日に払う」

すばらしい。キャロラインに異論の余地などなかった。千ドルは月曜日の朝、そのまま銀行に持っていく。キャロラインは銀行からの報告書をしまってある書き物机の抽斗《ひきだし》を開け、そこに封筒を入れて、腰で抽斗を閉じた。

さっきまでは書店でひとり、信じられないほど落ちこんでいた。帰る先の家にはひとけがなく、長く寂しいクリスマスの週末が待ち受けていると思っていた。けれど、どうやら事態が好転しているようだ。

笑顔でキッチンに向かった。ずいぶんとディナーに手をかけてしまった。ひとりぼっちでなくなったことをお祝いしたかったのかもしれない。ジャック・プレスコットは下宿人にはちがいないけれど、どうやらいい人らしい。そうでしょう？　ひょっとしたら会話がはずむかもしれないし、それに——。

「キャロライン？」太い声は低く、尋ねるような調子がある。キャロラインはふり返った。キッチンでタイマーが鳴る。ローストが焼きあがったのだ。「はい？」

彼が長い指で書き物机を指さしていた。「なかをあらためないのか？」

キャロラインは彼を見つめた。「あらためるって？」

「金額をだ。ちゃんと確認してもらいたい」

キャロラインは彼を見て、次に抽斗を見た。半笑いで言った。「でも——あなたを信用してるもの」

彼は真顔で首をかしげた。「それを聞いてうれしいよ。そう思ってくれていると知ってね。だが、やっぱり数えなきゃいけない」

「でも、ローストが——」

「すぐには焦げない。しかるべき金額が入っているかどうか確かめるだけだ。おれのためだと思って、頼む」厳しい顔つきからして、懇願の言葉は彼のレパートリーには入っていなさそうだった。彼は小声でそっと口にしたものの、そうそう使わないと顔に書いてある。そして、そう言われてノーと言える顔でもなかった。

たぶん、彼くらい強くて大きくて、ブーツの先まで元兵士だと、しょっちゅう人にお願いする必要はないのだろう。望むものを黙って手に入れるだけで。

詰まるところ、それが世間のありようなのだから。

キャロラインは何度もくり返し自分より強いものに頭からぶつかり、そのたびに毎回例外なく負けてきた。キャロラインの世界で力といえば、当然お金とコネであって、身体的な強さではないけれど、お金にしろコネにしろ身体的な強さにしろ、いずれも持ちあわせていないキャロラインは、最後にはいつも疲れきることになった。

彼が無言のまま動かないので、ため息をついて引き返し、抽斗を開けた。封筒には封がしていなかった。クリスマスカードを送るときのように、蓋の部分がなかにしまわれている。なかから出てきたのは、音がしそうなほどまっさらな百ドル紙幣だった。それを一枚ずつ数えては、押さえつけるようにしてテーブルに置き、数え終わると封筒にまとめてしまい、その封筒を抽斗に戻した。

型どおりの儀式だけれど、無理やり確認させられて、よかったかもしれない。紙幣のぱりぱりとした感触には、心安まるものがあった。一月はこれでお金の心配をしなくていい。ボイラーはまだ壊れていない。そして魅力的な男性とディナーをともにできる。

ほんと、幸運が続いている。

キャロラインは彼を見た。少しも動いていないようだった。男にしろ女にしろ、これほどじっとできる人は、はじめて見た。「さあ、紙幣が偽物でないかぎりこれで大丈夫。そしてもしそうなら、月曜日、銀行に預けにいったときにわかるから、いまは腰かけて、ワインをついで。わたしもすぐに席につくわ」

キッチンから戻ってくると、彼はもう腰かけて、ふたりのグラスにワインをついでいた。キャロラインがダイニングに入るなり、椅子から立ちあがった。

キャロラインはローストビーフを置いて席につき、彼がその間、立ったままだったことに気づいた。そんなマナーは恐竜とともにすたれたけれど、ジャック・プレスコットの耳にはいまだその知らせが届いていないらしい。

ジャックの黒い瞳がテーブルをとらえ、そしてキャロラインに向けられた。「すばらしいのひとことだ。ありがとう。この土地に降り立ったときには、今夜これほど気の利いた食事がとれると、夢にも思っていなかったよ。ホテルに泊まって、外で食事をするつもりだった」

キャロラインはほほえみ、よろこびとともに料理をよそった。たしかに、すてきなテーブルセッティングだった。それに今夜は、料理にも思いのほか力が入ってしまった。いつものやり口だ。沈みがちなときは、しっかりとお化粧をし、いちばん晴れやかなブラウスを着て、いい音楽をかける。持っていないお金をかけずにすむことなら、ありとあらゆる方法を知っている。

ダイニングそれ自体が美しかった。両親が生きていたころは、淡いカナリアイエローに塗られており、それと温かみのあるサクラ材でできたアールデコ様式のダイニングセットとがよく調和していた。事故から一年後、トビーはその日たまたま立ちあがることができたものの、足をすべらせて食器棚の鋭い角で頭を打ち、そのあと壁にぶつかって、壁にまっ赤な血の跡を残した。

壁についた弟の血を見るたびにぞっとして悲しくなったキャロラインは、翌週の週末に、壁を塗り直した。ちょうど病院のカーキ色を少し薄くしただけの、気が滅入るようなミント・グリーンだったが、地元の金物屋に買い物に行った日、安売りになっていたのはその色だけだった。

壁の色をのぞくと、部屋はレーク家が上院議員や判事や有名な作家や芸術家を招いていた盛事《せいじ》のままに保たれている。これまでダイニングセットを売る気になれずにきたが、トビーが長生きしていれば、残った工芸品ともどもダイニングセットを売っていただろうし、最後には家も手放していただろう。

サクラ材のテーブルはぴかぴかに磨きこまれ、鏡のような卓面にはロウソクの炎やクリスタルグラスがくっきりと映しこまれていた。

ロウソクの炎はジャックの黒い瞳のなかにもあり、暗がりで小さな明かりが煌《きら》めいていた。そしてその瞳には、ほかの種類の煌めきも、見逃しがたく宿っていた。

評価してくれているのがディナーだけでないのは、明らかだった。無作法なことは口にしないけれど、男としての興味が如実に表われていた。彼は全身を眺めまわすような下卑《げび》たことはしないし、視線は顔に集中しているが、男性の視線を受ける側として生きてきたキャロラインには、自分に向けられた関心を感じ取ることができた。ジャック・プレスコットはまちがいなくわたしに興味を持っている。

自分がきれいに見えることは、わかっていた。シャワーを浴びて、念入りにメイクした。肩に触れるように巻き毛を幾筋か残して、髪を結いあげた。

そして母が着ていたアルマーニを身につけた。いま着ているようなカクテルドレスを買う余裕は、百万年たってもないだろうけれど、母のワードローブが残っており、しかもそれは豪華で多彩だった。モニカ・レークはセンスに恵まれ、しかもその夫は裕福なうえに、妻をプレゼント攻めにするのも、他人に妻を見せびらかすのも大好きな男性だった。

キャロラインが今夜、ドレスアップしたのは、気分を引き立てるためだった。いいでしょう？　今夜はクリスマスイブだし、しかも凍える家でひとりで過ごすのではなく、とてもすてきな男性が一緒なのだし、それに驚いたことに、まだボイラーが壊れていないので、痩せ我慢をせずに黒いオフショルダーのカクテルドレスが着られるのだから。

まるでデートみたい。

最後に男性と出かけたのは、いつだったろう？　トビーが最後に倒れるずっと前だから……九月ごろ？

ジェナの勤め先の銀行までランチのため彼女を迎えにいったとき、ジェナから新しい副頭取としてジョージ・ボーエンを紹介された。ジョージはブロンドで容姿端麗な三十代の男性で、キャロラインにひと目惚れした。ジェナから電話番号を聞きだし、その日の夜にはお誘いの電話があった。

ジョージは最先端でしゃれた豪華日本食レストランに連れていってくれた。気持ちのいい九月の夜だった。暖かで、将来の予感に満ちていた。ジョージは賢くて、おもしろくて、ロマンチックな人だった。一緒にいて楽しい相手だし、そこはかとなくセクシーだった。それで何度かデートを重ねるうちに、ベッドに入ることも真剣に考えるようになり、どんなふうになるだろうと想像していると、キャロラインの携帯電話が鳴った。トビーの看護師から、発作を伝える電話だった。

ジョージは無理やり家までついてくると、キャロラインがトビーの世話をやく場面を恐怖の面持ちで眺めていた。

それきりジョージからの連絡は途絶えた。顔を見かけることすらなかった。こちらが当惑するほどの避け方だった。

ジェナをランチに誘いにいったときも逃げまわり、留守番電話に一件だけ残したメッセージにも返事をしてこなかった。ここまでされれば、いやでも自分といっさいかかわりになりたくないと思っているのがわかる。ジョージにしてみると、キャロラインの人生は過酷すぎたのだろう。

以来、ジェナとは〈ファーストページ〉、つまり自分の書店で食べることにして、中華のテイクアウトを順番におごりあった。だれにとってもそのほうが楽だった。

ジャックはフォークを置き、ワインに口をつけた。「すごいな。こんなにうまい食事は記憶にないよ。実際は、いつ最後にちゃんとしたものを食べたか、思いだせないくらいでね。アフガニスタンに行く前なのはたしかなんだが」

キャロラインは彼が食べるのを見ていた。非の打ちどころのないテーブルマナーなのに、彼がワイングラスを持つたびに震えてしまう。彼の手は大きくごつい。それでいて、繊細さも兼ね備えている。動きは正確で、よく制御されている。これならワイングラスを割られる心配はなさそうだ。

そういえば、ジョージの手は小さくてやわらかくて白かった。アフガニスタンで兵士として従軍する彼を思い浮かべようとしたけれど、どうしても想像できなかった。

「アフガニスタンでなにをしていたの？」ジャックの皿にさらに料理を盛り、ありがたそうにうなずく彼に内心、笑みを浮かべた。

「アフガニスタンには二度行った。一度は国のため、もう一度は会社のためだ。一度めはレーンジャーになった直後で、半年ごとのローテーションだった。ヒンドゥークシの冬季巡回が任務だった。二度めは軍をやめて、親父の会社の経営を手伝うためだった。親父の会社はハビブ・ムニブの警護という契約を取りつけた。おれがアフガニスタンから戻って、わずか二カ月後のことだ」

キャロラインはフォークを宙に浮かせたまま、まばたきした。「ハビブ・ムニブって、あの――アフガニスタンの大統領の？」

「ああ。そうとも言う。いちおうそういう肩書きだ」ジャックの険《けわ》しい口元が軽く持ちあがって、笑みらしくなった。彼の顔つきはやわらがなかったが、キャロラインの心は少しやわらいだ。「実際のところ、近ごろのハビブは、カブールの大統領官邸を中心とする半径十ブロック圏内から外では大統領と言えない状態にある。ハビブよりも山岳地帯の軍司令官のほうが実質的な権力を持っているし、射撃能力ではまちがいなくまさっている。そして国じゅうの軍司令官が――それがまた数が多いんだが――ハビブを狙っている。彼を生かしておくのは……やりがいのある仕事だった。おれたちはおもに彼の周囲に砂袋の要塞をつくることでそれを実現しようとした」

ジャックの写真を見たことがある！　いえ、見たことがあるにちがいない、とキャロラインは思った。ハビブ・ムニブはちょくちょくニュースに取りあげられ、アメリカ人のボディーガードに取り囲まれている姿が映しだされていた。ボディーガードの多くは筋骨たくましい男たちで、顎ヒゲをたくわえ、サングラスをはめて、恐ろしくなるほど大きな黒い銃を抱えていた。てっきり米国軍の将校だと思っていたが、そうではなかったのがこれでわかった。

「そのやりがいのある仕事を楽しんだの？」

ジャックはしばし考えてから答えた。「ああ、そうだな。とても。おれたちは創意工夫に富んだ正真正銘の悪党を出し抜かなければならなかった。それが善人のひとりであるハビブの助けになった。カリフォルニア工科大学で学位を取得したハビブは、そちらの技術ではなく、したたかなポーカーの技術を利用することになった。あの男には頭脳がある。あの国の未来の最大の希望だ。貧困にあえぐことがない未来、口紅やマニキュアを塗った女たちのいない状態を保つために人を殺す狂信者がうろついていない未来だ。彼に生きていてもらうために、おれたちは必死に働いた」

キャロラインはそう語る彼の顔を見ていた。頭上のシャンデリアをつけるのを忘れていたので、ロウソクの明かりが主たる光源だった。それがよく日焼けした彼の皮膚を深いブロンズ色に染め、黒い瞳に映った炎が煌めきを放った。

たいして室温はないのに、寒さを感じなかった。直角の位置に坐ったジャックと肘が触れあいそうになっているし、彼は熱でも放っているようだった。キャロラインはその熱に包まれ、ふたりのあいだにある空気の分子が急速に熱くなっていくのを感じた。

「その仕事がそんなに気に入っていたのなら、なぜやめたの?」

「親父が病気だという知らせが入った。本人は気分がすぐれないのをおれに黙っていた――心配させたくなかったんだ。教えてくれたのは、親父の秘書だ。彼女が電話をしてきて、親父が血を吐いたと言った。おれはすっ飛んでいき、医者に診《み》せにいくまで、うるさくつきまとった」かすかな笑みに頬をゆるませる――一瞬にして消えた。本物の笑みではなく、笑みの影だったように。「頑固な人でさ、親父は。医者が大嫌いだった。連れていくには骨が折れたよ。それでようやく検査を受けに引きずっていくと、胃ガンが見つかった。病気の親父を放ってはおけなかった。ガンはやたらに進行していて、数週間しかもたなかった。そして親父が死んだあと、おれは別のなにかをしようと決めた」

キャロラインは頬杖をついて彼を見ていた。「どうして？」

ジャックは考えこむように、フォークを置いた。すぐには答えなかった。それがキャロラインには好ましく映った。ちゃらちゃらした軽口や、陳腐《ちんぷ》な返事は求めていない。ジャックはその点、正しい言葉を探そうと見るからに苦労している。言葉を媒介とすることが苦手なのかもしれない。やはり兵士ということなのだろう。

ついに彼が口を開き、太い声で静かに話しだした。「父は生涯、兵士だった。退役したあとも、その特殊な技能を生かせる会社を設立した。おれは陸軍での日々を愛していたが、いまならわかる。おれが陸軍に入ったのは、ある部分、親父をよろこばせるためだった。会社でおれが必要になったときは、軍をやめて、会社の手伝いにまわった。それがおれにもうれしかった。もし親父が生きていたら、おれはまだアフガニスタンにいて、その会社で働いていただろう。だが、親父が死んで気づいた——」中断して、言葉を探している。「——そう、気づいたんだ。会社は親父の夢であって、おれの夢ではなかったことに。おれには別の夢があり、人生における別の計画があった。親父を失った寂しさを感じる反面、その死によっておれはそれを追い求める自由を得た」

広い部屋を沈黙が支配した。あるアーチの向こうにさっき暖炉の火をいれておいたリビングがあり、ぱちぱちと薪《まき》の爆《は》ぜる音が聞こえた。

ジャックは静けさに浸《ひた》っているようだった。キャロラインはそんな彼を好ましく感じた。

「教えてくれる？ あなたにはどんな夢があるの？」

彼はためらった。「おれには――特殊な技能がある。一部は軍隊で身につけ、一部は生まれついてのものだ。それが親父の役に立ったし、それを親父のため、会社のクライアントのために役立てるのは、おれにとっても幸せなことだった。だが、もう親父はいない。いままでとは違う種類の人たちにその技術を使いたいと思っている。警備会社を使えない人や、必要なものをお金で買って解決できない人のために」彼が歯を嚙みしめたせいで、浅黒い皮膚の下でがっちりした顎の筋肉が動いた。「警備会社は、すでに自営の手段を持っている人たちを守っている。たいがい金持ちか、少なくとも身のまわりを守るだけのものを買える金を持っている。そしてその多くは自分の会社を持ち、危険の矢面《やおもて》に立たせることのできる従業員を抱えている。そのうえでセキュリティを頼むんだから、ケーキのお飾りのようなものだし、率直に言って、ときにはただのステータスシンボルのこともある。だが、おれがほんとにやりたいと思っているのは、護身術を必要としている人にそれを教えることだ。自分の身を守る必要があるのに、プロのセキュリティスタッフを雇う余裕のない人が対象になる」

「それがここであなたがしたいことなの？　それを――なんていうのか、始めることが？護身術学校っていうの？　ここサマービルで？」

ジャックはうなずいた。「新鮮な気持ちでスタートを切りたかった。ここは……子どものころ、親父と一緒にここを通過したことがあって、いいところだと思っていた。その記憶がいつも頭の片隅にあったから、ここに落ち着くことにした」

「世の中、住むには適さない場所もあるわ」突風が窓枠を揺さぶり、キャロラインは皮肉っぽくほほえんだ。「そしてもちろん、気持ちがよくてうららかな天気の日もある」

ジャックはこんども中途半端な笑みを浮かべた。「まさかブリザードのまっただ中に到着するつもりはなかったと告白しておくよ」

「でしょうね。サマービルはいい町だけれど、ときに手に負えない冬になるってことを忠告しておくわ。天気予報によると、今年はとりわけ寒くて長い冬になりそうよ。こんなことを言ったら、あなたをうんざりさせてしまうかしら？」おざなりな質問ではなかった。彼が出ていったら悲しい。いい下宿人になってくれそうだし、定期収入があるのは大歓迎だ。

彼はキャロラインが格別に重要なことでも言ったように、硬直した。「いや、マダム」彼女の目を見て、小声で答えた。「多少の寒さで尻尾《しっぽ》を巻くようなことはしないから、安心してくれ。今回のことは、ずっと昔から考えてきたことなんだ」

黙りこんだキャロラインは、彼が下を向いて三度めによそったローストポテトの残りを平らげるのを見ていた。驚くべき量の食物を着々と胃の腑に収めていく。本人がさっき言っていたとおり、もう何カ月もまともな食事をしていなかったのだろう。「うまかった。ありがとう」

「よろこんでもらえて、よかった。クリスマスイブだもの、多少手をかけてもいいわよね？明日も特別な食事にするつもり」キャロラインは、とっておきのときだけ出してくるプラテージの厚手のリネンのナプキンで口を押さえた。「でも、念のために言っておくけれど、毎日こうはいかないわよ」

ジャックが深呼吸した。適切な返答を探しているのがわかる。キャロラインはいっとき、彼の厚い胸板が息を吸ってふくらむ光景に目を奪われた。セーター越しでも胸の筋肉がわかる。二の腕をおおっている針金のような黒い毛からして、胸にも濃い毛が生えているのだろう。セーターを着ていない裸の胸のイメージがぱっと浮かび、熱が体を駆けめぐった。

いつもの自分らしくなかった。そこで熱くなったのは自分、キャロライン・レーク、別名ミズ・クールではなく、ほかの人ではないかと、あやうく周囲を見まわすところだった。

「だとしても、おれが文句を言うとは思えないよ、マダム」彼がついに言った。「おれは七年間、MREを食べてきたが、古くなったドッグフードにゴムを混ぜたような代物だ。歯応えのほうもゴム並みときている」

「そう」キャロラインはおもしろがりながら、応じた。「わたしにはMREなるものがなんなのかよくわからないけれど――聞いたかぎりでは、ある種の武器みたいね――恐ろしいものにちがいないわ。軍隊よりいい思いをさせてあげられることは、たしかよ」

「そうだな、マダム」黒い瞳に目をとらえられた。「きみならきっとそうしてくれるだろう。楽しみにしているよ」

彼の発言はあたりさわりがないし、むしろ礼儀正しさを感じさせるほどだ。口調にもボディーランゲージにもあおり立てるような部分はなく、視線は首から上に固定されている。にもかかわらず、発言の底流になにかが流れているのはまちがいなかった。性的なホルモンがふいに中空に渦巻き、その一部がせわしく動きまわったので、キャロラインは言葉を失うとともに、肺から空気が奪われるのを感じた。

重く濃くどこまでも男性的な欲望が室内にほとばしっていた。それがあまりに強烈なので、艶《つや》やかな卓面の上を通って自分に近づいてくる欲望の波を見ることができた。欲望の対象にされたことは過去にもあるけれど、磁石に引き寄せられるようなこの感覚は、ついぞ味わったことがなかった。

なにか言わなければならない。張りつめた空気をゆるめられる軽妙なことを。だが、こんなときにかぎって言葉が出てこなかった。彼から目をそむけることすらできない。黒っぽいまなざしが強烈すぎて、お腹《なか》を殴られたようだった。胸が締めつけられ、気がつくと、息が苦しくなっていた。

ジャックのせいだけでないことに気づくのに、たっぷり一分かかった。キャロラインのほうも反応して欲望を感じていた。ずいぶん久しぶりの感覚なので、すぐには気づかなかった。それにジャック・プレスコットが、過去に惹かれた男性たちとかけ離れているせいで、欲望の対象になりうることにも気づいていなかった。

これまで好意をもった男性は、洒脱《しゃだつ》で洗練されていて如才のないタイプだった。書物や劇場を楽しみ、人生にたいして斜《しゃ》に構えたところがあった。ジャック・プレスコットのことを多少なりと知ったいま、彼がほぼ対極の存在なのがわかる。洒脱な部分はなかった——それどころか、厳《いか》めしいほどに深刻だった。洗練されているようにも、如才ないようにも見えない。旅慣れているのはたしかだけれど、行き先は辺境の地であり、そこでは地元の美術館について知っているより、銃の扱い方を身につけているほうが役に立つ。

こうしたもろもろは、すべてキャロラインの頭がしゃべっていることだった。残りの体のほうは、そんなおしゃべりもどこ吹く風だった。多すぎるホルモンに乗っ取られ、ジャック・プレスコットの純粋な……男らしさに反応していた。彼の発言や、彼がどんな本を読み、政治的にはどんな立場かといったことに体が注意を払わなかったと考えるのは、まちがっている。

そうではなくて、心臓の鼓動と呼吸が速まったのは、彼がこれまで出会っただれよりもすばらしい男の肉体を持っているからだった。彼の手を見ただけで膝ががくがくした。その手は大きくて、優雅で、荒々しくて、力強い。太い声を聞くと、みぞおちに振動が走った。

これはまずい。ジャック・プレスコットは下宿人。彼は美しいけれどときに恐ろしく居心地の悪い家で暮らす対価として、相場より高い家賃を払ってくれる。そんな相手にたいして話すたびに息を切らしている余裕はないし、彼の肩の広さや二頭筋の大きさに見惚れているのに気づかれるわけにはいかない。

いますぐ、自分を取り戻さなければ。

家主と店子《たなこ》の関係に戻さなければならない。真心はこもっているけれど、立ち入りすぎない関係に。

キャロラインは慇懃《いんぎん》な笑みを張りつかせ、親切な家主らしく尋ねた。「ローストビーフをもう少しいかが？」

「いや、マダム」彼は笑顔ではない。「もう、いっぱいだ」その目は一瞬たりともキャロラインを離れない。

とても黒みの強い瞳だった。こんなに黒っぽい瞳はめったにない。あまり濃さの違わない瞳と虹彩が接している……。

キャロラインは身震いした。

「デザートを入れる余地が残っているといいんだけど。チョコレートムースよ。よかったら、コーヒーと一緒にリビングに運ぶわ」

あろうことか、彼はさらに動きをひそめた。キャロラインが感動的なことでも言ったように、目で探りを入れている。

「そうするよ、マダム。是非、そうさせてくれ」彼はすっくと優雅に立ちあがり、キャロラインのために椅子を引いた。最後に男性からこんなことをされたのは、いったいいつだったろう？

キャロラインはリビングを指さした。「先に行ってて。わたしはコーヒーとムースを持っていくわ」

ムースとコーヒーをふたつずつのせたトレイを持ってリビングに向かうと、ジャックが暖炉の脇にしゃがみこみ、薪を足し、火掻《か》き棒で火を熾《おこ》していた。火花が炉筒に吸いこまれている。薪が落ちてまっ赤な炎が燃えあがると、彼の広い背中が赤々とした光に縁取られた。細身のブラックジーンズでしゃがんでいるので、収縮した長くてたくましい太腿の筋肉が浮かびあがっている。彼はのんびりと立ちあがって、こちらを向いた。

「こちらに。おれが持とう」彼女からトレイを奪い、コーヒーテーブルに置いた。

勢いを取り戻した炎が渦を巻きながら薪に襲いかかり、熱と、炎の爆ぜる心地よい音で部屋を満たした。三人めのだれかがいるようだった。

キャロラインはソファの背にもたれて腰かけ、コーヒーを飲んだ。苦しいときによくそうするように、恵まれている部分を列挙してみた。まず健康なこと。一月分は銀行に支払えること。二月は——そうね、それは先のことでしょう？　ジャックはこのまま住むと言ってくれている。気まぐれなボイラーに恐れをなして逃げるような人でもなさそうだ。二月まではなんとかなるかもしれないし、ならないかもしれない。この六年で学んだことのひとつは、自分ではどうしようもないことで、じりじりするなということだ。そして最善の結果を出すには、断固として前向きに考えなければならない。そうできるよう、キャロラインは自分を鍛えてきた。

残念ながら、必死に幸せなことを考えても、いつも思ったほどの効果があがるわけではなかった。明日はクリスマスで、キャロラインが知っていた世界が破滅したのはこの日だった。だから毎年、クリスマスは苦痛だった。

この部屋には幸せなクリスマスイブの思い出が詰まっている。母と父とトビーと過ごした音楽と笑いと暖炉の光に満ちた時間。キャロラインは、サンダーズがクリスマスイブに来たときのことを思いだした。事故の前だった。トビーは……七つ？　サンダーズとつきあいだしていて――その後、中断をはさんでぐずぐずと続く交際の始まりだった――彼をクリスマスイブに招待したのだ。両親は、行儀がよくて大人びた会話のできるサンダーズに魅了された。彼のことをまだよく知らなかったからで、やがて父は彼を嫌悪するようになる。それでも、最初のこの夜は全員が笑顔だった。

キャロラインは――そうだった、つまらない男にのぼせあがっていた。恋に目がくらみすぎて、その数カ月後には彼に処女を捧げた。

あの夜、母はリビングをロウソクの明かりでいっぱいにした。ロウソクが大好きだった母。機会あるごとにロウソクを灯し、ときにはそんな気分だからという理由のこともあった。

あの夜のことを思い返すと、いまだに心がぬくもり、混ざりあっていた匂いまで、ありありと思いだすことができた。母の香水〈ディオリシモ〉、熱いロウソクの蠟、薪の煙、料理人がつくったケーキとスコーン、紅茶のアールグレー、それに父のバーボン。よろこびとお祝いのくらくらするような匂いだ。

キャロラインはピアノを弾き、みんなでクリスマスキャロルを歌った。あのとき弾いたのは――。

「……弾いてくれないか?」

痛みとともに、キャロラインは現実に意識を戻した。下宿人は隣りに坐っている。居心地が悪くなるほどではないが、彼の体から放たれる熱や、彼が前のめりになってコーヒーテーブルにカップを戻すときの空気の動きや、ソファの沈みがわかる程度には近かった。この距離からあらためて彼を見て、その大きさに軽く圧倒された。広い肩がソファの半分ほどありそうだ。

ごく標準的な大きさのコーヒーカップが彼の手のなかだと小さく見える。これまで見てきた男性の手とはまったく異なる、存在感のある手だった。とても大きいし、肌は荒れていてたくさんの野外作業をこなしてきたようだけれど、もともとの形がきれいで指が長い。優雅で力強くて、手の甲には黒い毛がわずかに散っている。爪は清潔だけれど、いわゆる手入れはされていない。その点、白くてやわらかく、ぴかぴかに磨かれた完璧な爪を持つサンダーズとは大違いだった。

いけない。またやってしまった——気がつくと、妙なことを考えている。彼がなにかを言っていたのに。「いまなんて?」

ジャックはピアノのほうに頭を傾けた。じれったそうな口ぶりだった。この人は強い人だ。兵士なのだから。おかげで一般の人より我慢強くなり、ちょっとしたことですぐ気が散ってしまう頭のおかしい女を前にしても、怒鳴ったり天を仰いだりしないでいる。「ここにはピアノがある。きっときみが弾けるだろうと思った。なにか弾いてもらえたらうれしい」

まさか、弾けるわけがないでしょう？　それがとっさに思ったことだった。そう口に出してしまわないために、きつく口を閉じなければならなかった。

どうしたら弾けるだろう？　トビーが死ぬ前に弾いたのが最後だった。あれからまだあまり時間がたっていない。思いが生々しく、記憶が鮮明すぎて、痛みはカミソリの刃のように鋭い……。

「お願いだ」ジャックは待ち、辛抱強くキャロラインを見ている。

胸が締めつけられて、息をするのもむずかしい。ピアノを弾くことを考えると、むかむかしてくるけれど、いやだとは言えない。彼には自分がなにを頼んでいるのか、わかりようがないのだから。そんな人にいやだと言ったら、正気を疑われるだろう。家主としたら、もっと悪い――無作法ととられかねない。

上目遣いにジャックを見た。じっとこちらを見る黒い瞳が突き刺さるようだ。一瞬、目と目を合わせてから、手を見おろした。鍵盤に触れて慰められたがっていると同時に、二度とピアノには触れたくないと思っている手だった。

そら恐ろしかった。

高い崖っぷちに立っているようだった。先に進んだら、もう後戻りはできない。前に進めば絶え間ない悲嘆の淵に沈み、死者のほかには語る人もいない霊魂の女となって、一生過去を悔やんで生きるしかなくなる。ここで引き返せば、自分の人生をいくらか取り戻し、将来に似たなにかを手に入れることができる。

過去に生きるのをやめなければならない。トビーと両親のことをひっきりなしに考えるのはやめよう。いますぐ、やめるのだ。

つらい決断だった。だが、吹っ切るしかなかった。あなたにならできるはずよ。この六年間、つらいことを乗り越える術《すべ》を学んできた。くり返し何度も。

無理やり笑顔になった。口角を持ちあげ、歯をのぞかせて、作り笑顔であることがばれないのを祈った。「いいわ」喉が締めつけられるようだった。「よろこんであなたのために弾かせてもらう」

決然と席を立ち、ピアノに向かった。この二カ月のうちに音程がくるっている可能性もないとはいえない。気まぐれなボイラーのせいで、いやというほど気温が変化したので、木がひずんでいてもおかしくない。音程がくるっていれば、そのときは、自分のせいではないのだから、遠慮なく演奏を断れる。

大きな黒いアップライトピアノまで来ると、立ち止まってさっと音階を弾いた。広い部屋に澄んだ正しい音色が響いた。音程は完璧に合っていた。だとしたら、あとは立ち向かうしかない。

奥歯を噛みしめて、椅子に腰かけた。そしてびっくりして、顔をめぐらせた。ジャックが炉端にあった長いマッチを使って、ピアノの両側においてある真鍮性のホルダーにセットされたロウソクに火を灯している。

「こうすると、とてもきれいだ」彼は言い、マッチの火を吹き消した。

キャロラインはため息をついた。えぇ、きれいだこと。

彼を見あげて尋ねた。「なにがいい？　好きなクリスマスキャロルでもある？　キャロルならかなりの数が弾けるのよ」

「いや、キャロルじゃない曲にしてくれないか。ここ数日、空港の有線放送で聴きすぎた」彼女の目の前にある楽譜を指でつついた。「これはどうだい？　これが最後にきみが弾いた曲なんだろう？」

キャロラインは身をこわばらせた。これとは、『オペラ座の怪人』の楽譜だった。トビーが亡くなる前の二週間、ひっきりなしに弾いた曲だ。神さま、これだけは許してください。

クリスマスキャロルのほうが、ずっと気楽だった。特別な思い出のない曲を選ぶことができた。『きよしこの夜』でもいいし、『あめにはさかえ』でもいい。こうした曲で思いだすのは、学校のことだけだ。

けれど、『オペラ座の怪人』は……。

心やさしき神さま。どうか、ほかのものにしてください。

あまりにつらすぎる。キャロラインは鍵盤に触れ、象牙と木の感触に最初から指を慣らした。キャロラインにとって、音楽はつねに逃げ場であり、安息の場所だった。こんなに長く音楽から遠ざかってきたこと自体が、悲しみの深さを物語っている。

不安げに顔を上げると、彼と目が合った。貫くような揺るぎのない黒い瞳が心の内側にまで入ってきて、そこに渦巻いている痛々しい思いのすべてを読み取っているようだった。パニックや恐怖も例外ではない。ここにいるのは、砲撃をくぐり抜けてきた人だ。どうしたらそんな人にピアノの鍵盤にたいする恐怖が理解できるだろう?

できるわけがない。

さあ、弾くのよ。

キャロラインは深呼吸をすると、右手でもたもたと音を出してみた。遅すぎて、耳ざわりな音色だったが、旋律はわかる。

『わたしを思って《シンク・オブ・ミー》』のオープニングの数小節——クリスティーヌが怪人に歌いかける、くるおしいようなメロディーだ。この歌はキャロラインの心のなかで痛みと喪失の賛歌の焼き印が押されていた。

迷いが手に出た。人さし指でFのキーを押しつづけながら、その先を弾けるかどうか考えた。

弾かなければならない。下宿人に好意を示すためだけではない。自分のため、自分の正気を保つために続けなければ。

弾くのよ。そう自分に命じて、背筋を伸ばした。

右手がより速くなめらかに音楽らしくオープニングの旋律をふたたび奏でた。左手がしぶしぶと持ちあがり、饒舌《じょうぜつ》なメロディーに対位旋律を添える。筋肉の記憶がよみがえった。手が軽やかに鍵盤の上を動くにつれて、旋律がおのずと流れだし、みずからの名前のように聞き慣れた歌が戻ってきた。

いい、いい、わたしを思って……。

母と父とトビーは感謝祭のときに、キャロラインに会うため、シアトルからニューヨークへ向かった。キャロラインのほうも、音楽を勉強していたボストンから、アムトラックでやはりニューヨークへ向かい、家族そろってすばらしい時間を過ごした。泊まったのは、父が予約しておいてくれた〈ウォルドーフ〉のふた部屋の寝室つきのスイートで、家族水入らずの奇跡のような四日間を過ごした。日中は観光に出かけ、夜は芝居やミュージカルを観《み》にいった。ニューヨーク最後の夜は、マジェスティックシアターで上演していた『オペラ座の怪人』をそろって観にいった。キャロラインはロマンチックな愛の三角関係にため息を漏らすだけの年齢になっていた。運命に呪われた醜い恋人は永遠の闇に消え、ハンサムな若き子爵と、その両方から愛される美しい娘が残される。

わたしを忘れないで、いいいいい……。

当時のトビーは宙を切るケープと、ステージに落下するシャンデリア、水からのぼってくるロウソク、オペラ座の地下の湖に浮かぶ謎めいたボートといった趣向にわくわくする年齢だった。翌朝も、キャロラインを駅まで送りながら、まだ興奮に体をはずませていた。ボストン行きの列車に乗ったときのことは、まだ覚えている。父と母は窓の向こうからキスを投げてよこし、トビーはお別れの手を振っていた。豊かな未来のある、幸せな一家の姿がそこにあった。

それが元気な両親に会った最後だった。

トビーが歩くのを見た最後だった。

その後長いあいだ、トビーはミュージカルのCDを聴くのを拒否していた。キャロラインには痛いほど弟の気持ちがわかった。失ったもの、かつての無邪気だった自分を思いだして、つらいからだ。弟の前途にあったはずの寿命が来るまでの長い人生は、残酷に奪い取られた。

それが、二カ月前になってきゅうに、あの曲を弾いてくれとせがむようになり、体が弱ってきても、何度もくり返し頼んだ。

トビーは自分の死を察知していたのだ。ふいにそのことに思いあたって、うなじの毛が逆立った。だからあんなに何度も弾いてくれと頼んだのだ。死期が迫っているのを察して、家族が一緒にいられた最後のとき、自分が健康な少年だったときを思いださせてくれる音楽を聴きたくなったのだろう。

キャロラインはこうべを垂れた。手はおのずと動き、旋律を考える必要もなかった。こまやかでロマンチックな音楽が部屋を満たし、キャロラインの頭と心を満たした。両手は鍵盤の上をすべるように動き、音楽は彼女の存在のいちばん深い部分から流れでていた。

……お願いだから、約束して……。

いま自分がどこにいるかも、傍《かたわ》らで自分を見つめている黒い瞳の大柄の男のことも忘れて、ただくるおしいメロディーに呑みこまれた。希望を失いながら、思慕と愛の約束を求める歌。

……ときどきでいいから、わたしを思いだすと……

歌はしだいに小さくなり、名残《なごり》惜しげな最後の音が反響して、すべてが消える。キャロラインの手は鍵盤から膝に落ちた。

顔を伏せ、束ねられていない巻き髪が前に流れて肩に触れている。

突然、氷のように冷たい風が部屋に吹きこみ、楽譜のページを波立たせ、キャロラインを骨まで凍えあがらせた。皮膚が粟立《あわだ》つ。はっとして顔を上げると、真鍮のホルダーに立てられているロウソクの炎が細くたなびいて、そのまま消えた。厚地のカーテンがわずかに揺れて、やがて止まった。

始まったと思ったときには、もう終わっていた。ふたたび室内の空気が動かなくなった。くすぶったロウソクの芯から煙が立ちのぼっている。動いているものはなにもない。

なにかがやってきた――そして去った。

キャロラインはこの世を去るその日まで、その瞬間に弟の魂が現世を去り、ついに弟を苦しめてきた壊れた肉体の檻《おり》から自由になったのだと信じるだろう。

トビーは最後にもう一度姉の演奏を聴いてから、この世を去った。

キャロラインがいま弾いたのは、トビーに捧げる鎮魂《ちんこん》歌だった。

そしてようやく弟は旅立った。キャロラインひとりを残して。

大粒の涙が頬を伝って鍵盤に落ちた。重い涙の音が残響した。

ジャックはさっきから動いていないが、傍らで静まり返っている空気中のなにかに反応して、キャロラインは彼を見た。隣りに立つ彼は、ピアノの上に大きな片方の手を置き、じっと彼女を見ていた。その脳裏をなにが去来しているのか、見当もつかなかった。

たぶんおかしな女だと思っているのだろう。

そのときふいに、自分の悲しみと寂しさに強いもどかしさを覚えた。このままでは、自分を包んでいるこの氷のように冷たい悲しみの殻を割って外に出ることはできない。必要なのは人とのつながりとぬくもり。だれかに触れなければならない。そしてだれかに触れてもらわなければ。ときおり握手をする以外、トビーが死んでからだれにも触れていない。

キャロラインは知らない男の黒い瞳を見あげると、痛いほどせばまった喉から正真正銘の本心をつぶやいた。

「今夜はひとりになりたくないの」

5

シエラレオネ

人間は自分の見たいものしか見ない。ディーバーはそれを知っていた。兵士ならだれもがそうしているように、その事実をしばしば利用した。軍隊における戦術の半分は、偽装と回避である。

そんなわけで、濃い色のサングラスをかけた百八十センチ九十キロのブロンド男性は、国連の野営地を堂々と歩いていた。プレスの利いた作業服のシャツの胸部には国連のバッジが輝き、かぶっているのは国連平和維持軍に所属することを示す明るいブルーのヘルメットだ。だれひとり彼を気にしていない。野営地に五百人いる国連軍兵士のひとりでしかないからだ。

もう日は落ちていた。隊の半分が日課のパトロールに出ている――丸腰の、愚か者たち。兵士たちが丸腰で活動するのを許されているとは、いまだディーバーには信じがたかった。

上層部からの命令だ。軍事監視員と平和維持軍の兵士は、いかなる犠牲を払ってでも、中立であることを示さなければならない。そう言えば、アクセルもそれをバカげていると考えていた。ディーバーはきゅうに、アクセルにたいする同情心が湧いてくるのを感じた。武器を持たずに歩きまわっていると、自分が信じられないほどのバカ野郎に思えてくる。ここは西アフリカ。巨大な穴が開いていて、頭のおかしい怪物をのぞくすべての人間を吸いこんでしまうような土地だ。武器を携帯していなかったのはわずか数日だったが、それが永遠にも感じられた。

武器を持たずにここで任務をまっとうするのがどんなものなのか、ディーバーには想像することしかできなかった。悪くすれば、十代のガキどもに手足を切り落とされるかもしれないし、昆虫を群がらせるために腹をかき切られた状態で、焼けつくような赤道直下の太陽で火炙《ひあぶ》りにされたり、生きたまま皮膚を剝がされるかもしれない。それもこれも、身を守る武器をいっさい持たないがゆえに。

だが、知ったことではない。ここを出ていくのだから。それもいますぐに。アクセルがそうしたであろうとおりに。

突然、夜の空気に耳馴染みのあるヘリコプターの音が響いた。ディーバーは音のするほうに急いだ。走りだしたかったけれど、あえて我慢した。

たそがれのなかに見慣れたヒューイの輪郭を確認した。森を切り開いてつくった即席のヘリパッドに着陸しようとしている。パイロットは円のどまんなかにそっと着陸すると、コックピットに留まったまま、操縦装置から手を放さなかった。早々に飛びたちたいと思っているのが、ひと目でわかる。彼は生存確率を高めるためにまっ暗になる直前に着陸した。フリータウンからのルートだと、反乱軍の支配下にある地域の上空を通る。ＲＰＧで飛行機やヘリコプターを撃墜するには、日光が必要だった。

ジーンズと袖を切り取ったスエットシャツという恰好の男たちがすばやく飛びおりてきて、箱をおろしはじめた。黙ってきぱきと働いている。十分もしないうちに、地面にはきちんと積みあげられた箱の列ができた。

ディーバーは迷わず男たちのひとりに近づき、回転翼とエンジンの音に負けじと怒鳴った。「次にどこへ行くか教えてもらえないか？」物真似は得意だし、軽いフィンランド語訛りを完璧に再現できる程度にはアクセルと話をしてきた。

男が一瞬立ち止まって、興味深そうにディーバーを見た。「ルンギに戻るんだ」男は怒鳴り返し、背後の男から次の箱を受け取って、前の男に手渡した。

願ってもない。ルンギ国際空港は出口となる場所だった。いますぐ飛びたてば、パリ行きの午後九時の便に間に合い、合衆国へはそこから飛べばいい。アクセルが無事母国に戻ったかどうかをだれかが確認しようと思いつくより先に、合衆国の土を踏めるだろう。

「帰るとこなんだ」メインの回転翼の重い音にかき消されないように叫んだ。「おれが乗る便は明日の早朝、ルンギを飛びたつことになってる。護衛隊の車に便乗させてもらうつもりだったんだが、そいつに乗りそこねちまってさ。司令官の野郎に書類仕事を押しつけられたんだ」ディーバーは天を仰いだ。相手の男は下士官《NCO》のように見えた。どこの世でも下士官は能なしの上官と縁が深い。「空港まで乗せてってくれないか？　このままだと飛行機に乗りそこなっちまう」

　男は手を止めて、ディーバーを見た。「二百キロの物資をおろすんだから、空きならたっぷりあるぜ。乗せて悪い理由がおれには考えつかない。ここで待ってな」コックピットに飛び乗り、パイロットに話を持ちかけた。パイロットはさっと頭をめぐらせてディーバーを見つめている。まっ黒のパイロット用サングラスをかけた姿は、どことなく昆虫のようだった。表情は読めない。パイロットは長い凝視の末にようやく口を開き、さっきの男がコックピットから飛びおりた。親指でパイロットを指さし、ディーバーの耳に口を近づけた。

「パイロットのお許しが出たぞ」男は叫んだ。「一時間でルンギに着く。乗りな」

　やったぞ！

　ディーバーは急いでキャビンに乗り、ダイヤモンドと新生活への旅の第一歩に備えた。

サマービル

今夜はひとりになりたくないの。

その言葉が静かな部屋にぐずぐずと居残った。暖炉の薪が割れ、木片が甲高い音と火花とともに炉床に落ちた。

ジャックは手を伸ばし、しばしためらったのち、親指でキャロラインの頬の涙をぬぐい取った。彼女は動かず、まばたきすらせず、自分の発言にジャックがどう反応するか見きわめようとしている。彼女の頬はサテンのような肌触りだった。あまりに魅力的なので、手を遠ざけた。震えている。おれの手がこんなに震えるとは。

ジャックは三年間、狙撃部隊に所属していた。狙撃兵はつくられる——絶え間のない無慈悲な訓練によって鋳造《ちゆうぞう》されるものだ。そして生まれるものでもある——生まれつき目と手が連携しているとともに、行動に移す適切な瞬間を果てしなく待てる性格であるという、まれな組みあわせが条件になる。

ジャックは一度として冷静さを失ったことがなかった。うつぶせで引き金に指をかけたまま岩の背後に隠れ、三十分間隔でスコープをのぞきながら、三日三晩、ムハンマド・カーンをとらえるチャンスを待ちつづけた。その間ついぞ排泄することなく、口にしたのは一リットルの水だけだった。手は一度も震えず、ついに引き金を引いたときは、完璧に標的を仕留めていた。カーンは即死が約束されている数少ない急所である眉間に五〇口径の銃弾を受けて石のように倒れた。一弾一殺。狙撃兵の呪文である。

ジャックはつねに自制してきた。幾度となく自制心に命を救われる場面があった。だからこそ、そんな自分の手が震えているという現実が、ショックだった。今夜、自制心を失うわけにいかない。それはできない。ここで自分を抑えられなくなったら、キャロラインになにをしてしまうか、わかったものではない。激しく体を奪う？　そして結局は彼女を傷つける？　場合によっては、嚙んでしまうかもしれない。

それを想像して、身震いした。

いまこのとき、自分は欲望に震えながら、手をこぶしに握っている。彼女をつかんで、床に投げだしてしまうのが怖いからだ。体じゅうの全細胞が性欲に逸《はや》って、彼女を猛烈に求めていた。たんに女日照《ひで》りが半年続いたからではない。セックスそのものの経験がないようになっている。長年積みあげてきた欲望が体内で暴れまわり、血管に火がつきそうだった。

いま触れるのはむずかしい。言葉にしよう、とジャックは自分に言い聞かせた。

今夜はひとりになりたくないの。

「きみをひとりにはしない、キャロライン。おれと一緒に来てくれ」彼女を立ちあがらせようと、黒いシルクに包まれた肘に手を添えた。キャロラインは銀色がかった灰色の大きな瞳でジャックを見つめながら、ピアノのスツールから立ちあがった。

この機会を台なしにするなよ、と自分に念を押した。これが新しい呪文だ。しっかりしろ。数時間前に階段をおりてきたときは、だれかに頭の奥深くに手を突っこまれて、想像しうるかぎり最高のイメージが引っぱりだされたように感じていた。自分でもあるとは知らなかったそのイメージが、ジャックのなかのありとあらゆるボタンに触れて、血を沸きたたせた。

ロウソクの明かりに包まれたレーク家のリビングで、キャロラインが最後のロウソクに火を灯した。温かな輝きが肌を淡い象牙色に染め、夢にも見たことのない美しさだった。ブロンドと赤毛の混じった艶やかな髪を結いあげ、なだらかなカーブを描く白く長い首がむきだしになっていた。身につけているエレガントな黒いドレスは、キャロラインの細いウエストと白い肩を強調すべくデザインされているようだった。まさか、いつか笑顔で自分を待つキャロラインと一緒にグリーンブライアースにいるとは、夢にも思わなかった――だが、いま自分はここにいて、彼女はそこにいた。

そして、さっきリビングに誘われたとき――まいった。偉大な運命の女神の紡《つむ》ぎ車が一回転したようなものだ。この世に生を受けてからの十八年、人生は彼にたいして残酷だった。

かつてキャロラインの背後の窓の外側に立っていたときは、どん底の状態だった。その彼女がいま、手を伸ばせば触れられる位置にいる。

当時はひもじくてホームレスで、半分は少年、半分はぼろを着た獣《けだもの》だった。理解することすらできない人生をもの欲しげに見つめていた。窓ガラスの向こうに見ているこの世のものとは思えない生き物たちと同じ惑星にいるとは想像することもできず、ただ雪のなかで震えていた。美しい部屋で過ごす、美しい人たち。

その後、運命の女神の紡ぎ車が回転した。ジャックは大佐に拾われ、養子として受け入れられて、飢えた魂が切望していたすべて――愛と規律と目標――を与えられた。しかも無一文だった少年が、最後には、財産まで手にした。

そしていま、ふたたび運命の女神の紡ぎ車が大きく回転し、ジャックを夢の国に送りこんでくれた。

いまジャックは窓の内側にいる。ガラスに鼻をくっつける物乞いの少年ではなく、キャロラインと一緒に部屋のなかにいる男となった。

布地に包まれた肘以外の場所に触れないように気をつけながら、キャロラインを自分のほうに引き寄せた。自分から動く気にはなれない。起爆装置がついた大きなプラスチック爆弾になったような気分だからだ。ひとつ動き方をまちがえたら、引火して爆発してしまう。

そうだ、キャロラインのほうに来てもらわなければならない。そして彼女は来てくれた。不安げな大きな瞳でジャックの表情をうかがいながら、導かれるままに前に進みでて、彼の足のあいだに立った。乳房の先端が胸板に触れている。

彼女がなにを考えているのかわからなかった。欲望に苦しんでいるようには見えなかった。ただし、悲しそうで、まごついているようではある。ベッドのなかで彼女に求めるものではないので、それを変えられるように手を打たなければならない。

そろそろと顔を下げ、かすめるようにキスをした。彼女の唇は冷たく、美しい大理石の彫像のようだった。ジャックは顔を上げ、愛らしい顔に視線をさまよわせてから、こんどはさっきよりも少ししっかりと唇を重ねた。キャロラインは最後の瞬間まで困ったような目つきをしていたが、そのあとついに目をつぶった。

薄いアイシャドーの下の白い肌には、青い血管が織りなす繊細な網目模様が見えた。ジャックが唇をまぶたに寄せ、こめかみの薄い皮膚にキスすると、彼女の髪がシルクのようにやわらかく頬に触れた。

キャロラインの皮膚が少し温かくなってきた。大理石の彫像がゆっくりと人間の女に変わろうとしている。もう一度、さっきより強く唇を触れあわせ、口を少しだけ開かせて、舌ですばやく彼女を味わった。

天国のような味わいだった――チョコレートとコーヒーと、ディナーのときのワインと。こんな味わいなら、やすやすと酔えてしまう。もう一度、彼女の口に舌を差し入れ、すぐに引き戻して、顔を上げた。

「ふう!」キャロラインは息をついた。キスが予想外の行為だったのか、少し驚いているように見える。舌先を突きだし、ジャックを味わうように下唇に触れた。

その光景にジャックの股間は脈打った。彼女の小さな舌が淡いピンク色の瑞々《みずみず》しい唇の上を行き来するたびに一物が持ちあがろう、長さを増そうとする。だが、勃起するだけの場所がなかった。厚地のデニムの下でその甲斐《かい》のないまま、大きくなろうともがいていた。ひどい痛みがある。ひょっとすると、回復に時間のかかる打撃を与えているのではないか? ペニスというのは粉々になりうるものなのか?

体の全細胞がいますぐ彼女のなかに入れさせろと絶叫しているが、そうはいかない。まだ早い。ふたりの欲望のレベルには差がありすぎる。ジャックがこんなに興奮したことはないというほど、激しく求めているのにたいして、キャロラインは――まだよくわからずにいるのが、見ていてわかる。とはいえ、きっかけとなる発言をしたのは彼女のほうだった。

だが彼女が言ったのが、今夜はひとりになりたくない、という言葉だったことを忘れてはならない。

つまり、こうは言っていない――わたしが着ているものを全部引きちぎって、わたしを組み敷き、脚を開かせて、死にそうになるくらい抱いて。そのとおりのことをしたいと思っているジャックにしてみると、残念でならなかった。

こんなチャンスは一度しかない――一度きり。今夜うまくやらなければ、次はないだろう。乱暴にしたり、怖がらせたり、なんらかの形で彼女を傷つければ、ここから追いだされてしまう。キャロラインから伝わってくるのは、弱りきった自尊心だった。彼女はこれまでどんな目にあっても、負けずにきた。人から脅されたり、乱暴されたりして、それに屈する女性ではない。たとえ喉から手が出るほど家賃が欲しいとしてもだ。

彼女の瞳をじっくり見ながら、ジャックはふたたび頭を下げた。こんどのキスは温かく、美しい口がすでに彼のために開かれていた。彼女の舌が舌に触れると、股間に電流が走って、思わず腰を引いた。まずい。パンツのなかにぶちまけそうになった。

少し興奮を鎮めないと、もちそうにない。

人さし指の背で彼女の頬を撫でおろし、すべすべとした肌触りに魅了された。

ひとつ深呼吸をしてから、言うべきことを口にした。「キャロライン――こんなことを言ってロマンチックじゃないと思うかもしれないが、おれはお守りを持っていない。半年以上セックスをしていなかったし、その準備もなかった。頼むから、ここにあると言ってくれ」なんたることか。ここへ来る途中は考えもしなかった。ふだんのジャックなら、コンドームを持っている。彼にとってのセックスはたいていがひと晩――よほど相手が気に入れば、ふた晩、三晩になった――かぎりなので、つねに常備していた。だが、家に帰る前には、世界一セックスに縁のない国アフガニスタンにいた。仮にぼろをまとった女に興奮することがあったとしても、自分が抱いた女が報復として石を投げつけられて死ぬ可能性が高いことを知っていたら、気がそがれるものだ。アフガニスタンにいるあいだは、セックスのセの字も思い浮かばなかった。

母国で瀕死《ひんし》の状態になっていた大佐のもとへ戻り、そのあと大佐から最後の任務を与えられて、アフリカへ飛んだ。アフリカでは女を抱いたことがない。一度として。

そしていまはここで、夢の女からセックスしてほしいと頼まれたも同然――少なくともジャックは、そう頼まれていると思いたかった――だというのに、大人になってはじめて、コンドームを持っていなかった。

なんたる失態。こんなことなら、十箱だって持参した。

キャロラインがトランス状態から脱したようにまばたきをした。「お守り？ なんのこと――ああ！」手で口を押さえた。「わたし、なんてバカなのかしら。そう――コンドーム！

そうよね。でも、この家にもコンドームはないの。わたしにとっては六カ月どころじゃなくて、六年のほうが近いくらいなの。あんまり昔のことだから、たぶんやり方を忘れているわ。実際――」少し後ろに下がり、ジャックの目を見ながら先を続けた。「あなたにその気がなくなったとしても、理解できるから心配しないで」

「まさか！」その声が叫び声のように口から飛びだし、キャロラインがびくりとした。ジャックは汗が背中を伝うのを感じた。「まさか」小声でくり返すと、きゅうに胸が苦しくなったのを合図に、いつもの口調に戻そうと努力した。「いや、なくても可能だ。コンドームがなくても大丈夫なように、おれが気をつける」自信はないが。平素なら完璧にペニスを制御できるのに、いまは崖っぷちでかろうじて自制心を保っている。

キャロラインは無言でジャックを上下に見た。彼女がなにかと格闘しているのを感じて、ジャックは待った。「あなたは健康そうね」ようやく口を開くと、彼女は言った。

ジャックは目をしばたたいた。「健康そのものだ」

健康？　ああ、そうか。ジャックはこれ以上ないほど健康だった。実際いまは、無作法な健康体がパンツを突き破って飛びだしそうだった。「怪我はしたが、病気だったことは一日もない」

キャロラインは淡いピンク色に染まった。「どうしてそんなことを訊いたかというと……つまり、こういうことよ。今年の秋、わたしは強いストレス下にあったの。弟の病状がひどく悪くて、わたしは心配のあまり、食事をするのも忘れるくらい——」彼女はふいに押し黙った。ひとり語りをしているのに気づいたのか、きれいな口をふとつぐんだ。「つまり、主治医にピルを処方されたの」沈黙の末に言った。「だからあなたとは——」

続きの言葉は彼の口のなかに消えた。ジャックは両手を彼女の髪に差し入れ、頭を押さえてキスをした。より深くて熱烈なキスだった。彼女が味わいたくて舌で口のなかを探り、よりじっくりと味わうため、しっかりと頭を固定して、こちらの顔を傾けた。

なおもキスを続けていると、彼女に手首をつかまれた。ジャックは片方の手を細い腰にまわして強く引きつけ、密着を強めるために足のあいだを広く空けた。体に隆起したものが当たると、キャロラインが小さく身を引き、不本意なことにキスが中断してしまった。永遠に彼女の口のなかに舌を入れていたかった。

もしジャックの好きにしていいのなら、いまここ、つまり硬材の床で事に及んでいる。彼女の服すら脱がさないだろう。ストッキングとパンティに穴を空けて、そのまま彼女の口と同じくらい温かくて湿った秘部に差し入れて……。

ジャックはうめいた。目を開いて、彼女の愛らしい顔を見おろした。キスのせいで唇が濡れて、少し腫れぼったくなり、頬骨のあたりが軽く色づいていた。結いあげた髪はジャックの手ですでに乱れ、艶やかな巻き毛となって肩に落ちかかっている。暖炉で燃えている炎と同じ、金色がかった赤い色の髪だった。ジャックは煌々とした黄金色の炎のような色をしている髪が触れると冷たいことに、うっすらと驚きを覚えた。ただ、髪の下の頭皮は温かかった。それに残りの部分も温かい——ようやく温かくなった。腕のなかは温かくて欲望に身を投じたがっている女でいっぱいだった。

キャロラインでいっぱいだった。

ともすれば息が乱れそうになる。

これから彼女を抱く。彼女からも認められた行為だ。キャロラインと交わる。しかもコンドームなし《ベアバック》で。ゴムをつけずにセックスをしたことはない。いまのこの感じからすると、彼女に入れた瞬間に知覚に負荷がかかりすぎて死んでしまうかもしれない。

「この先は寝室に移ったほうがよさそうだ」ジャックの声がかすれた。もう何日も話をしていないようだ。

キャロラインがこちらをうかがい、「わかったわ」と、つぶやいた。「寝室で」

そう、そうだ。

彼女をベッドに戻すもっとも手っとり早い方法は、運ぶことだった。軽々と抱きあげ、階段に駆け寄らないように気をつけた。

ジャックには猫並みの第六感があった。加えて、大佐と一緒に、あるいはレーンジャーに所属しているあいだにたくさんの山にのぼってきたので、バランス感覚には自信がある。だが、彼女を腕に抱くと、膝から崩れ落ちそうになった。ありえない。彼女は五十キロ少々しかないはずだ。戦闘に赴くときは、それ以上の重さの装備一式を持っていくし、過去には、もっと重いおもりをつけて飛行機から飛びおりたこともある。だが、熱病にかかったときのように、体力を失って震えに取りつかれているようだった。

急いでベッドまでたどり着かないと、彼女を抱えたままぶざまに転んでしまう。

ジャックは一度に二段ずつ階段をのぼり、二階まで来ると右に折れた。幸い彼女の寝室のドアは開いていたが、さもなければ蹴り破っていただろう。

行為の始まりとして、あまりスマートなやり方とはいえない。

ベッドまで来ると、彼女をゆっくりとおろした。硬くなったペニスを感じたのだろう。じれったそうに震え、彼女の体に触れるたびにびくりとする。ひょっとすると町じゅうの人たちがジャックが勃起しているのを知っているかもしれない。ペニスから放たれる性欲の波のせいで、ラジオが受診しにくくなっているとか？

キャロラインがどう感じているのかは、わからなかった。小さくてきれいな人形のように、さっき立たせた場所でじっとしていた。

ジャックは生まれてはじめて、女にももっと男のような部分があればいいのにと思った。ペニスに対応するものがあれば、キャロラインが感じていることが伝わり、どれくらい自分が求められているかわかるのだが。もし、求めてくれているのであれば。硬くなったペニスのように、なにか大きくてあからさまなもの、彼女の内面を明確に伝えてくれるしるしがほしかった。たとえばついたり消えたりする赤いライトが額についているとか。

だが、女とはそういうものではない。もっと秘密めいた体をしており、刺激にたいする反応を見えない部分にしまいこむ。体の引っこんだ部分に隠して見せない。どんな状態にあるか知るには、その部分に手を伸ばし、周囲に指を這わせて、探ってみなければならない。

彼女が興奮していなかったら、どうしよう？　あまり濡れていなかったら、そのときはどうする？　彼女がきついことはもうわかっている。六年もセックスをしていないと狭くなるものだ。

それが問題にならないことを神に祈った。

ジャックのペニスは大きい。とりたてて自慢には思っていないけれど、事実としてそうだった。ロッカールームで大きさ比べをする趣味はないので、誇らしげに語る資格はない。ただ自分に関する身体的な事実として、背の高さと同じように受け入れているだけだ。だが、そもそもが大きいうえに、これまでになく勃起しているとなると、よほど注意しなければならないのに、自制心のほうは心もとなく、それもしだいに弱まってきている。

いまジャックは、薄明かりのなかで彼女を見ていた。廊下の明かりはついたままだが、室内の明かりはつけていないので、ふたりして遠い海の底にいるようだった。

キャロラインに会った人が最初に気づくのは、色の取り合わせの妙だ。薔薇色がかった象牙色の肌に、燃えるような黄金色の髪に、銀色がかった青い瞳。いまはそうした色のすべてが薄れ、暗く淡い明かりのなかで濃淡の灰色に沈んでいるが、彼女の美しさは損なわれない。むしろ色の白さや、肌のなめらかさ、繊細な骨格が際立っている。ジャックを見つめる瞳には、ほとんど色がなかった。

彼女がなにを考えているのか、わからなかった。動きのない表情は、生身の女というより、美しい女の肖像画のようだった。

ジャックは彼女の肩をつかみ、やわらかなシルクのドレスの下にある華奢な骨格を感じ取った。手をドレスの背中側にまわしてファスナーの金具をつかんで引いた。静まり返った部屋にその音が大きく響く。ゆっくりとファスナーを引きながら、彼女の表情から内心をうかがい知ろうとした。ファスナーがウエストの下まで開いた。ドレスの背中を開くあいだも、キャロラインは人形のようにじっとしていた。

開いたドレスの内側にさりげなく手を入れ、腰の後ろの部分にやった。肌がすべすべして温かい。軽く手で押して、彼女を自分のほうに寄せた。

彼女はジャックを見ながら無言の手に従って前に出た。頭をのけぞらし、ジャックがそれを見おろした。自分のもとに送り届けられたものが信じられなかった。いまの薄明かりだと、瞳は青でなく銀色の、溺れてしまいたい月のようだった。彼女の唇はうっすらと開き、息遣いは速くなっている。彼女の息が首筋に当たる。背中を押したわけでもないのに、キャロラインがさらに体を寄せてきた。

よし！

顔を近づけると、キャロラインが小さな手を胸に置いて止めた。

「どうした？」ジャックは、パニックを起こしそうだった。止められたんじゃないよな？もし彼女から拒絶されたら、月に向かって吠えなければならない。彼女が欲しくてはちきれそうになっている。早々に彼女のなかに入れないことには、どうにもならない。いますぐ欲望をやわらげなければ、取り返しのつかない損傷をこうむって、一生まともに歩けないだろう。

「どうしてわたしの寝室がわかったの？」彼女が小声で尋ねた。

しまった。

これこそ戦場なら命取りになる類いの失敗だった。ジャックは危険な地域で、危険な連中を相手に、諜報《ちょうほう》活動をしてきた。表向きの顔を保てるかどうかによって生死が分かれる。それを損なえば、待っているのは死だ。

呼吸を整え、そっと胸から手をはずした。キャロラインの言葉を聞いて、心臓が跳びはねた。それを気取《けど》られていないのを祈るしかない。必死に頭をはたらかせ、頭にある程度の血を戻して、適当な口実を考えださなければ。彼女の手を口に運んで、手の甲にキスした。彼女の肌に触れるたび、そのやわらかさに軽いショックを受けた。

キャロラインは上を見あげたまま、笑みも浮かべず待っている。

ジャックはばつの悪そうな笑みを張りつかせた。「匂いだ」

キャロラインがまばたきする。「え？　いまなんて？」

「おれは人一倍嗅覚が鋭い」事実だった。軍務に使われているラブラドルレトリーバと同じくらい、爆発物の匂いを嗅ぎ取ることができる。親指で彼女の頬骨を撫で、そのまま長い首まで這わせた。かがんで耳の下に口づけし、犬のように音をたてて匂いを嗅いだ。「きみはいい匂いがする」ささやきかけた。「薔薇と天国の匂い。おれは鼻に導かれるまま歩いただけだ。この家全体にうっすらときみの匂いがするが、台所とダイニングには食べ物の匂いがあるし、リビングにはレモンの家具磨きと薪の匂いがある。だが、この部屋は――きみの、きみひとりの匂いしかしない。おれは匂いのいちばん強いところで足を止めた」

この発言に彼女はよろこび、おずおずとほほえんだ。「すごいのね。兵士はコンパスじゃなくて、匂いで方位を見定めるべきかもしれない」

ジャックは人さし指の背で彼女の頬を撫でおろし、華奢な顎の骨をなぞると、ドレスの襟《えり》ぐりに指を這わせた。「事実、そうしている。兵士は嗅覚を多用するんだ。たとえば、おれは任務を開始するふつか前から、部下に煙草を吸わせなかった」頭を下げて、彼女の耳の下のやわらかな皮膚に鼻をすりつけた。「だが正直に言って、軍隊ではきみの半分もいい匂いのなにかに出会ったことがないよ」

キャロラインが唇を持ちあげて本物の笑みを浮かべたのが、肌に当たる感触でわかった。さっきよりもリラックスし、首筋に唇が触れるように頭を傾けている。それで彼女がジャックの張りつめた欲望を感じ取って、少し怯えていたことに気づいた。どんなにぎこちない軽口でも、軽口が叩けるという事実に安心したのだ。ジャックが暴走しないという手応えを感じたのかもしれない。

そのとおりだといいのだが。

これがずっと夢に見てきた状況でなければ、彼女がこれほどきれいでなければ、そして欲望をそそらなければ、ずっと対処しやすかっただろうが、いまの状態だと、自制心が長持ちしないのはわかっていた。だが紳士ならば、時間をかけて愛する。ベッドにならんで腰かけて話しかけ、緊張が解けるのを待つだろう。彼女を落ち着かせ、前戯に長い時間をかける。ゆっくりと進め、丹念に愛する。それが紳士の行為だ。

しかし残念ながら、ジャックは紳士にはほど遠く、マナーは大佐から叩きこまれたし、身についてもいるが、薄い化粧板でしかなかった。生まれついての捕食者であり、血によって優位に立つべく設計されている。

それに加えて、生物学的な父がだらしのない飲んだくれだったうえに、父の好みからすると、母もおそらく娼婦だったのだろう。頭のなかには大佐の洗練された考えが渦巻いているにしろ、血管には父の血が流れている。

ジャックは女と関係を持つことにためらったことがなかった。女を口説《くど》こうとは考えたこともない。それを言ったら、女性とベッドでのんびりしたこともなかった。今回も相手がキャロラインでなければ、さっさと奪っていただろう。

彼女の背中を撫であげ、手を前にまわしてブラジャーにあてがった。キャロラインがびくりとした。

彼女の口がすぐ近くにあり、短く吐きだされている吐息を感じた。呼吸が不規則になっているのは、ストレスを感じているせいなのだろう。「不安なのか?」

キャロラインは咳払いをした。「少し」

「心配しなくていい」次の瞬間にはブラジャーをはずして、やわらかな胸の丸みを手に収め、親指でそっと乳首を撫でていた。彼女の鼓動が軽く速くなっているのを感じ、尋ねずにいられなかった。「怖いのか?」

「あなたのことが?」キャロラインはちょっと身を引いて、ジャックの目を見た。「いいえ」

ジャックは安堵のあまり音をたてて息を吐きだした。「よかった。おれはきみを傷つけない。約束する」

「ええ」彼女はこちらの目を見たまま、うっすらとほほえんだ。「信じるわ」

ジャックは両手で背中を撫であげ、肩にまわした。ゆっくりとドレスの肩をはずし、ブラジャーともども床に落とした。

これで彼女はほぼ裸だった。身につけているのは黒いパンティと、上にレースのついた腿までの黒いストッキングと、黒のハイヒールだけだ。空想のなかのような光景、キャロラインの面影を長年積みあげてきたあげく、ひとりの美しい女が現実となって現われたようだった。こうしてみると、記憶が彼女を正当に評価していなかったことがわかる。

キャロラインは胸が痛くなるほど、美しかった。色が白くて完璧で華奢で、触れるのが怖くなる。ジャックの表情のなにかに反応したらしく、彼女の目がふたたび不安そうになった。手こそ使ってはいないけれど、胸を隠したがっているように肩をすぼめている。なにかを言って、安心させてやらなければならない。

「きみはめちゃきれいだ《ファッキング》」ささやいてから、顔をしかめた。「おっと。悪い、そんな言い方をするつもりはなかった」

だが、それが彼女には効いた。キャロラインが笑顔になった。「ありがとう。お行儀のいい褒め言葉とは言えないけど……うれしい」

彼女はいまどんな状態なんだろう？　知らなければならない。

キャロラインの前に膝をつき、ほっそりした足の片方を自分の太腿にのせて、ゆっくりとストッキングを巻き取った。これもまた、空想のなかの光景だった。どんな男でも欲望で朦《もう》朧《ろう》としてしまうだろう。

キャロラインの足は長く、ぎすぎすしているのではなくすらりとしている。こんなに細くて華奢な足首は、はじめて見た。またたく間に両方の足の靴とストッキングを脱がせていた。足まできれいにできている。小さくて白くて、優美に弧を描いていた。

ジャックはベッドで冒険をするタイプではない。女をベッドまで連れこんだら、そのまま上に乗って、行為を始める。いったんなかに入れたら、そのまま数時間もたせることができるが、凝ったことはしない。下にまわることも、坐ることもめったになかった。つまり実質的なセックス、それが彼のスタイルだった。

けれどいま、長くて優雅でやわらかな脚を撫でているうちに、つま先を片方ずつ舐めたくなってきた。足先を吸いあげ、ほっそりした土踏まずに口を這わせて、細い足首に向かう途中で軽く歯を立てた。

かわいらしい足を味わううちに、息が切れてきた。だめだ、とジャックは思った。つま先から順番に進めていたら、膝に着くまでにいってしまう。

足を撫であげ、かがんで臍《へそ》の前まで口をもっていった。真っ平らの小さな腹に鼻をすりつけながら、すっきりとしたふくらはぎに手を添え、膝の裏から内腿へと指をすべらせた。股間へとあてがい、もっと脚を開けと伝えようと、手を前後に動かした。

「おれのために開いてくれ」彼女の下腹部に向かってささやきかけた。キャロラインはぐらつきながらジャックの腿にのせていた足をおろし、両脚をもう少し開いた。その間ジャックは、彼女が転ばないように腕を背中にまわして支えていた。

薔薇と麝香《じゃこう》がぷんと香った。彼女の香水に欲望が混じりあった匂いが、淡い色をしたやわらかな陰毛から立ちのぼっているのがはっきりとわかる。これほど歓迎すべき匂いはなかった。そっと指を差し入れ、安堵と恐怖で嗚咽《おえつ》を漏らしそうになった。

ちゃんと濡れていた。そっと探った指には湿り気がついていた。だが、まだジャックを受け入れられるほどには濡れていない。それに、恐ろしいほどきつかった。小さな秘部がやわらかく濡れた万力のように指を締めつけてきた。奥からそっと湿り気を引きだし、入口の周囲に塗りつけた。指の感触だけを頼りに愛撫し、目はキャロラインの表情をうかがっていた。指が核をかすめると、彼女が口を丸くして、はっと息を漏らした。

「これがいいのか?」つぶやくと、ごつごつした指が痛くないことを願いつつ、そろそろと触れた。彼女のすべてがあまりに小作りに思えたし、そこの皮膚は信じられないほどやわらかかった。もう一度クリトリスを撫でると、彼女の脚が震えた。手で支えていなければ、感じ取れなかったかもしれない。

「ええ」暗がりでキャロラインがささやいた。「いい感じ」

ジャックはそろそろと立ちあがり、硬く厚いデニムにペニスがこすりつけられる痛みに顔をしかめながら、彼女の胸のまんなかにキスし、首筋にキスし、顎のラインにキスした。安心感を与えるささやかなキス。実際、軽く唇を触れているだけだ。

奥に指を入れたままなので、彼女がなにに反応するのかが、じかに伝わってくる。そしてやさしい愛撫に反応してくれたのは、幸運でしかなかった。小さなキスを重ねるたびに、少しずつ濡れてきて、楽に指が動かせるようになった。耳の下に鼻をすりつけるころには、ため息とともに自分から動くまでになっており、膣口が温かくやわらかくなっていた。ウエストに添えていたもう片方の手を首筋にやり、薔薇の香りを宿した絹のような髪に手を差し入れた。髪がやわらかな滝となって手首に落ちる。そっとやさしくキスすると、彼女が口のなかにため息を漏らし、体をすり寄せてきて、キスしたまま唇を動かした。ベッドに入って抱きあいたいというそぶりは、まるで見られなかった。キスをしたり、やさしく撫でたり触ったりされることを楽しんでいる。

これが紳士のすることなのか？　永遠にキスを続けることが？　それで、やつらはセックスはしないのか？　股間から湯気が立って、ペニスが痛くなってきた。息をするのも苦しい。胸にきつく帯が巻きつけられ、肺から空気を絞りだされているようだった。

それでも彼女がキスをよろこんでいるのだけは救いだった。ジャックが舌で舌をつつくと、こまかな痙攣《けいれん》とともに彼女が指を締めつけた。

いいぞ！

胸でも感じるだろうか？　ちくしょう、どうして手が三つないんだ？　ひとつはやわらかく濡れた襞のあいだ、もうひとつは首筋に触れ、そしてもうひとつ手があれば、形のいい上品な乳房に触れられる。だが手はふたつしかないので、片方をいまある場所から移動するしかなかった。股間の手は移せないので、動かすとしたら頭を支えている手だった。

ただ、手に落ちかかる髪の感触が気持ちよすぎて、彼女の頭を支えてキスをした。ジャックはここから動くなと言うように、強く彼女を引き寄せた。

キャロラインは無言の指示に従い、舌を奥まで差し入れても、頭を引こうとしなかった。

ジャックは乳房に手をやり、弾力のあるなめらかな肌触りを楽しんだ。あまり大きくない乳房が、伏せた手のひらにぴったりと収まる。この瞬間、ジャック・プレスコットは大きな胸に興奮する男であることをやめ、小さくて可憐《かれん》で、先っぽにピンクの繊細な乳首がついている完璧な形の胸に乗り換えた。

乳首はもう硬くなっているのか？　それを知る方法はひとつだけ。親指で乳首の周囲をなぞり、かさついた指先に触れるベルベットのようなやわらかさを味わった。乳首に触れると、彼女の奥深くに差し入れた指がぎゅっと締めつけられ、彼女が口のなかにうめき声を漏らした。手のひらに蜜がぽたりと落ちる。

ジャックは震えながら指を抜いて、顔を上げた。一拍置いてキャロラインが目を開き、ぼんやりとした瞳でジャックを見つめた。

「おれの服を脱がせてくれ」

「ええ」キャロラインがささやき返した。なぜささやきあっているのか、ジャックにはわからなかった。部屋が薄暗いせいかもしれないし、ブリザードのさなかにふたりだけ孤立しているという思いがそうさせるのかもしれない。あるいは、部屋を満たしているように感じられる、張りつめた空気のせいか。

キャロラインはおずおずと手を伸ばして、腹に触れた。ジーンズの内側に入っているセーターの裾を探られながら、ジャックはうめき声を嚙み殺した。セーターを引っぱりだすとき、彼女の手の甲が硬くなったものに触れ、ふたりして跳びあがった。火傷しそうなくらい熱いものに触れでもしたように、彼女がさっと手を引っこめた。

まずい。股間の筋肉に力を入れないと、漏らしてしまいそうだ。

「ごめんなさい」キャロラインは苦しげに言い、みはった目でジャックを見あげた。

ジャックには返事ができなかった。いく寸前だったのは、わかっていた。また触れられたら、果ててしまって、一生ばつの悪い思いをしそうだ。

「おれが自分で脱ぐべきだったかもな」大きく息をついた。全身が汗にまみれている。あとずさりをすると、胸の前で腕を交差して、セーターを脱いだ。続いてジーンズのボタンに手をかけ、ブリーフともども押しさげ、ついでにソックスとブーツを脱いだ。

ペニスが勢いよく飛びだした。キャロラインが目を丸くし、ジャックは股間を見おろした。目を丸くするわけだ。われながら、怖くなるほどだった。

赤黒く腫れあがって棍棒のように硬く、太い血管が盛りあがって、先端から涙を流している。ジャックはそのペニスを一瞬しか見せないように、キャロラインの頭を両側から支えると、前のめりになってキスした。さっきよりも深く完全に唇を奪いつつ、彼女を数歩先にあるベッドに押しやった。彼女の膝の裏がマットレスに当たると、抱きあげてベッドの中央に寝かせ、続いて自分も横になった。

組み敷いたキャロラインの感触で、頭が真っ白になった。もはや戦略は立てられず、考えることができないまま、本能に従った。一瞬にして脚で彼女の脚を割り、両手で頭を抱えて深々とキスをした。

もう待てない。彼女の太腿を広げると、襞に沿ってペニスをすべらせてから、ひと突きで挿入した。ペニスが引き締まった割れ目を押し広げ、その熱と圧力に耐えがたいほど興奮した。まるでプラグに差しこんだように、全身にちくちくとした痛みが走った。頭のなかで熱と明かりが爆発するや、背筋に電気が走り、次の鼓動とともに奔流となって精が放たれた。

自分ではどうすることもできなかった。全身の筋肉が緊張し、震え、うめきながら、彼女のなかで果ててしまった。思考は混濁していたものの、彼女を噛んでしまいかねないことにどこかで気づき、やわらかな髪に顔をうずめて、薔薇の香りにさらに痙攣を引き延ばされた。永遠に止まりそうになかった。体を震わせ、声を絞りだしながら、体内の全水分をペニスから放出しているようだった。キャロラインの腰をがっちりとつかみ、つま先で体を支えて、さらに腰を押しだした。そして爆発が続いているあいだ、ただしがみついていることしかできなかった。心臓の鼓動は倍になり、フルマラソンでもしたあとのように肺が激しく空気を出し入れしていた。

汗が噴きだし、ふたりの体が密着する。

落ち着くまでには、長い時間がかかった。呼吸が——そして脳が——ふだんに戻ると、いまの自分を省《かえり》みて暗い気持ちになった。

ジャックは彼女の上で大の字になっていた。五十キロは重いのに、それすら無視してのしかかっていた。しかもみずからの汗と、これでもかというほど大量に放出した体液のせいで、全身がべたべたになっている。ふたりの股間は濡れ、あふれたものがきれいな花柄のシーツにまで染みていた。

スタミナでは定評があるのに、今夜のジャックは十五のうぶな少年に戻ったようだ。一分も続かないとは——入れた瞬間にいってしまった。爆発的な絶頂感のせいで、記憶の大半がぬぐい取られているが、議論の余地のない事実が残されていることはわかっていた。

キャロラインはまだいっていない。

困ったことに、せっかくの機会をすっかり台なしにしてしまった。

6

サマービル

そうよ、頼んだのはわたしのほう。

重たいジャックにのられたままのキャロラインは、苦しげな音をたてないようにしつつ、必死で呼吸した。なんて重いの。静かに肺をふくらませようと努力しながら、この状況におけるエチケットについてあれこれ考えた。いま必要としているのは酸素と、いくらかのスペース。どうしたら手に入れられるだろう？　肩を押して、それとなくどいてほしいことを伝えてもいいのだろうか。それとも失礼になるかしら？

セックスを終えてどれくらいしたら、甘えてもいいのだろう？　その前に大問題がひとつ――彼が甘えさせてくれる人かどうかだ。

セックスのあと女性を甘えさせるようなタイプには見えなかった。いつも厳めしく、だいたいは静かだった。女性を甘えさせるタイプの男性は、温かみがあって、おしゃべりなことが多い。ひょっとすると彼は、恋人としていちばん悲しいタイプ、つまりセックスを終えるとすぐに相手から離れ、立ちあがって去ってしまう人かもしれない。そういう人は背後のベッドに孤独と憂鬱《ゆううつ》を残していく。キャロラインも何人か、そういう人を知っていた。キャロラインがセックスでいちばん好きなのは、親密さだった。ほんのいっとき、それを感じられれば、ひとりでなくなる。触れたり触れられたり、耳元に愛情深い言葉をささやかれたりするのは、たとえそのときだけの真実だとしても、いいものだった。わずかなぬくもりでも、なにもないよりはずっといい。

基本的にはジャックにもそれを望んでいたけれど、その前にセックスをしなければならないのはわかっていた。心からセックスを堪能《たんのう》したことは一度もなかった。最後に男性と寝たのは遠い昔のことなので、もうどんなものだか、ほとんど忘れていたけれど。だが、そのときも行為のあとは楽しめた。暗がりのなか、体に腕をまわされながら静かに横たわり、自分以外の人の鼓動を聞くことに慰めを覚えた。

いま、ジャックの心臓はふだんの三倍の速度で打っている。たぶんたいへんな絶頂感だったのだろう。痛みでも感じているのかと思うほど、体を震わせ、うめき、息を荒らげていた。そしてラジエーターのように熱かった。あっという間に終わってしまったけれど、なにはさておき、体の芯に取りついていた寒気がなくなった。ジャック・プレスコットは巨大で重たくて毛の生えた電気毛布のようだった。

キャロラインはおずおずと手を上げ、彼の肩に触れた。それを押すだけの度胸があるかどうか、わからなかった。

肩に触れるや、その感触に魅了された。まったくたわみがなかった。肩の筋肉はみっちりと盛りあがり、鋼のように硬い。ためらいがちに密な筋肉を撫でると、驚いたことに、彼がその手を取って唇に押しあてた。まず手のひらにキスし、そして甲にキスした。ベッドでふたり、まだペニスが入ったままなのに、まるで舞踏会にでも出ているようだった。

キャロラインはかすかに動かし——。

「あなた、まだ……」

「硬いか？」ジャックが言葉を補った。キャロラインの髪に頰をつけて横になっているので、熱い吐息でこめかみの髪が震える。近すぎる。低い声でささやかれると、頭のなかで彼がしゃべっているようで、震えが背筋を伝った。「ああ、そうだ。まだ始まったばかりだ」

彼がたくましい前腕で体を起こし、キャロラインを見おろした。暗くて顔の輪郭がぼやけ、色づいた肌に白目と歯が浮かんで見える。大きな手でキャロラインの頭をつかみ、顔を近づけてきてそっと唇を重ねると、ゆっくりと口を動かした。

一瞬、頭を持ちあげ、キャロラインの顔を少し傾けて、別の角度でキスしだした。甘いキス。初デートのときのキス。セックスの前のかわいがるようなキス――ただし、セックスの前ではなく、言ってみれば、まだセックスの最中のようなものだった。なかに入っている彼のものは、まだ鉄のように隆々としているけれど、動いてはいない。いま動いているのは重ねあった口だけだ。温かみのある唇を深く密着させて、押しつけるように迫ってくる。ふたたび息ができるようになったいま、容易に溺れてしまえるキスだった。ジャックがふたたび顔を上げ、暗がりで目を凝らしている。「大丈夫か？」数センチの距離で尋ねた。「痛くなってないか？」

キャロラインもほほえみ、彼の顔にかかっていた黒い髪の束を押しあげた。「わたしのことをシュークリームだとでも思っているみたいね」かぶりを振ると、髪が枕カバーに少しこすれた。「本人が大丈夫だと言ってるんだから、たしかよ」

彼はまばたきした。瞬時に表情が一変した。目の周囲にあったやさしく気遣わしげな皺が消え、かわりに顔がこわばって鼻腔がうごめいた。薄明かりのなかでも、目つきが熱くなったのがわかる。「でも、きみはそうだ」欲望のままに声がかすれている。「きみはきれいなシュークリームで、おれはいますぐにでも食べられる。すべてを」

この言葉の意味するところは明らかだった。自然と、脳の原始的な部分にそのイメージが浮かんだ。ベッドに横たわる自分。その股間にジャックの黒い頭があって、太腿は大きな手で押し広げられている。悩ましいイメージ。いや、悩ましいのではない——刺激的だ。まちがいない。そんな場面を想像したら、膣がペニスを締めあげた。すかさず彼のものが、太さと長さを増した。

びっくりして彼を見た。「気に入ったんだな」ジャックの声は低く太かった。「きみは興奮してる」

「ええ、そうね……そう、たぶん好きなんだと思う」喉に声が引っかかった。自分の体のなかで起きていることに、すっかり気をとられていた。彼のペニスから脈動が送られてくるたびに、内側の筋肉が締まっていく。なんて不思議なの。こんなことははじめてだ——深くつながっているために、なかに入った男性のものの変化が感じ取れる。

ジャック・プレスコットとセックスしつつあるという事実に興奮しているだけでなく、実際に興奮させられていた。神経症的に悲しいことばかり考えているあいだは、自分を抑えて臆《おく》しがちだった——体はそんな彼女を置き去りにして走り、勝手に欲情していた。疑問の余地はなかった。こうしていま自分をよく観察し、頭が体に追いついてみると、これまでになく興奮している自分がいるのがわかった。

ジャック・プレスコットが険しい顔をしていようと、世界一の会話上手ではなかろうと、キャロラインの体は気にしていなかった。この世に存在するもっともセクシーな男かもしれないからだ。そう、最高に……だれよりも男らしい男。

彼の肉体のなにもかもが、当惑するほど激しいよろこびの源となった。彼の大きさ、硬い筋肉、おたがいが息を吸うたび乳首をかすめる黒くて硬い胸毛、いま内側に入っている鉄のように硬い太いペニス……。

彼のものを感じるだけで……。

「きみを抱くのはいい気持ちだ、ハニー」彼は太くしわがれた声で言った。「一度抜かないとならないんだろうが、いまおれにそうさせるには頭に銃でも突きつけてもらうしかない」大きな手をキャロラインの体の側面にすべらせ、腰をつかんで動かしだした。長くゆっくりと深くを突かれると、体に熱が溜まってくる。「できるわけがない」彼がささやいた。「それはあと、これ以外のことが考えられるようになってからだ」体重をかけて腰を突きだし、さらに深くへ送りこんだ。

キャロラインは彼をつかもうと腕を伸ばした。なめらかな腕の筋肉に手がすべって、つかむことができない。いらいらしながら彼の腕の下に手をまわして、大きな三角筋をつかんだ。自分の上となかで動いている彼の、筋肉の活発な動きを感じることができた。

キャロラインの脚を押し開いているすね毛におおわれた脚から、キスのために頭を固定している大きな手まで、ジャックの長くてたくましい肉体自体が性欲をそそる巨大な器官だった。なにもかもがまったく違っていて、愛撫やキスのひとつずつが新たな発見だった。

激しく奪いあうようなキスになった。ふたたび膣が反応し、キャロラインは息をあえがせた。ジャックはそれを感じている。わたしの反応のすべてを感じ取っている。ひょっとすると本人よりも早く、肉体に起きていることを察知しているのかもしれない。

ジャックは腕をついて状態を起こし、上半身を完全に離した。広い胸に視界のほぼすべてをおおわれ、くっきりと浮かぶ胸の筋肉が目の前にある。キャロラインは大きな二頭筋をもの欲しげに見つめた。硬くて、完璧な形をしている。彼に触れたくて手がうずうずする。硬くて、彫刻のようなあの筋肉に、すべて触れてみたい。そろそろと手を伸ばして胸をまさぐると、彼の全身に震えが走った。ひたと目を見据えられた。

「見てくれ、キャロライン」小声で命じた。「ふたりがつながっている部分を」

はっとして、ふたりの体を見おろした。うなじと二の腕のうぶ毛が逆立った。性器でふたつの体がつながっている光景ほど、エロチックなものがあるだろうか。彼の二頭筋をつかむキャロラインの体は白々として、たいする彼はもっと濃い色をしている。大きくゆっくりと腰を前後するたび、硬い腹の筋肉が引き締まる。彼のものがいちばん奥まで入りこんだ部分にふたりの陰毛があり、彼のものが根元まで入ったのを感じたとき、黒い陰毛が淡い自分の陰毛と重なりあった。そして引きだされたペニスは、放たれた精液と、キャロライン自身の愛液とで煌めいていた。

突き入れられるたびに、快感が昂まっていく。静まり返った部屋で、キャロラインがふたりの交わりを見守るなか、彼はゆっくりと同じリズムを刻んでいた。あらゆる意味の寒さが吹き飛んでいた。炉の前に立ったように、股間から熱が立ちのぼってくる。内側も外側も熱を放ち、熱と欲望が体内を駆けめぐっていた。みずからの静脈が熱くなっているのがわかる。彼の胸から汗がひと雫落ちたとき、キャロラインはクライマックスに向けて長くて甘美な助走に突入した。

電流が走る。

ゆっくりと制御された愛の行為には、それに見合った対価が求められる。彼の腹部の筋肉は引き締まり、盛りあがった筋肉のひとつずつがよくわかる。キャロラインは片方の手を二頭筋――張りつめて、腱が浮きあがっている――から背中にまわし、硬く引き締まったその筋肉からも彼の努力を感じ取った。彼は血の通った生身の人間というより、色の濃い大理石から彫りだした彫像のようだった。

彼が厳しく自分を抑えつけているという事実に、背中を押された。鋭い悲鳴とともに収縮が始まり、ぎゅっとくるみこんで、絶頂感のままにわななないた。

「うっ」ひとこと漏らすや、ジャックの体に震えが走った。うめきながらのしかかり、手を彼女の太腿にかけた。それを高く持ちあげて大きく開き、彼のために完全に開かれたそこを速く鋭く突きはじめた。ナイフの刃のような絶頂感がいつもより長く引き延ばされ、赤く熱い快感の波が体に行きわたる。キャロラインは嵐で迷子になった人が木にしがみつくように、必死で彼にしがみついた。波が収まってきて、呼吸ができるようになると、ジャックが枕の上でこちらを向き、耳元でささやいた。

「もっとだ」彼は言った。「まだ足りない、キャロライン」彼の手が体の下に入ってきて腰を持ちあげられると、皮膚が粟立った。彼は差し入れる角度を変えて、ペニスの根元が直接クリトリスに当たるようにした。感電したようなショックが、耐えがたいほど激烈な快感の波とともに全身を走った。

キャロラインは生まれてはじめて、純粋に肉体だけの存在となった。感覚のすべてが内側で起きているおびただしい快感に向けられている。

性器だけではなく、全身でよろこびを感じているようだった。彼にしがみついている四肢に震えが走り、彼の筋肉の張りつめた動きを太腿や腕で感じ取った。目をつぶり、頭を背後に倒して、快感の波に乗った。波が凪《な》いだときにはもうなにも残っておらず、ジャックにしがみつく力すら失っていた。

腕と脚がベッドに落ち、息遣いが遅くなった。

ジャックが動きを止めた。「キャロライン？」

ああ、内側に入っているものはまだ鉄のように硬い。けれど、もうよろこびを感じる力が残っていない。筋肉という筋肉から力が抜け、目を開けておくのも億劫《おっくう》だった。

ペニスが体から抜けるのがぼんやりわかった。ジャックに抱えられたまま横になり、その硬い肩を枕代わりにして夢すら立ち入ることのできない深い眠りに落ちた。

フランス航空一二四〇便
ＪＦＫ国際空港途上の大西洋上

アクセルのＶＩＳＡカードには、フランス航空のファーストクラスで大西洋を横断できるだけの価値があった。エスパス・プルミエール。名前だけはしゃれている。

ディーバーはベッドにもなる特大サイズの坐り心地のいい席でくつろぎながら、よく冷えた極上のシャンパンを楽しんでいた。後ろの家畜クラスで出している炭酸入りのぬるい小便とは大違いの、本物だった。

懐かしのアクセルよ。彼のクレジットカードと名前は大西洋を飛び、その先、地球上から彼は消える。ディーバーはグラスを掲げた。きみに乾杯だ、アクセル。

ディーバーはフラシ天のカーペットが敷きつめられ、煌びやかな色で整えられたファーストクラスのキャビンを見まわした。ファーストクラスに乗るのははじめてだが、断じてこれを最後にはしない。

アブジャ以来はじめて、くつろいだ気分でこの先数日の計画を練った。頭は冴え、なにをどうすべきかふだん以上にはっきりとわかった。

仰々しいほど快適な空間で、うまいものを与えられ、新品でやわらかくてウール百パーセントのブランケットを膝にかけている。ファーストクラスのキャビンは、美しい女が仕えてくれる、淡い色と淡い音の聖地のようだった。匂いまでが豪勢で、ディーバーがいつも空の旅に結びつけているディーゼル燃料や、洗っていないカーペットの匂いが、ここにはなかった。空気中に漂っているのはほかの乗客の高価なコロンの香りであり、ディナーに食べた牛フィレ肉のパイ包み焼き《ブフ・アン・クルート》のくらくらするような匂いであり、ブルゴーニュのワインとレモンタルトの匂いであり、その仕上げがクリスタルのスニフターにつがれたナポレオンの匂いだった。

金持ちが賢明でいられるわけだ。かわいいスチュワーデスが先を争うようにしてうまい食事とワインを出し、いい匂いのする枕を頭の下に差し入れ、やわらかなブランケットをかけてくれたら、だれだって賢い選択ができるというもの。ファーストクラスだと、エンジン音すら消音されていた。

ディーバーはこれまでおもに貨物輸送機で世界じゅうの空を飛び、それはファーストクラスの旅とはかけ離れていた。ラムシュタインからジャカルタまで空輸されたときのことを思いだす。隔壁に取りつけられた金属製のベンチに固定され、瓶に小便をしながらの十五時間は、つらくて凍えるような時間だった。

二度とあんな目にはあいたくない。金輪際《こんりんざい》。

ディーバーはシャンパンを飲み干した。

「シャンパンのお代わり《アンコール・ド・シャンパーニュ》はいかがですか、ムッシュー？」間髪《かんはつ》を容《い》れずに添乗員が現われ、ウインクと笑顔とともにグラスを満たしてくれた。背の高いブロンドの女で、茶色の目が吊っている。いまのディーバーには任務があるが、ダイヤモンドを取り戻したあかつきには、こんな笑顔を追いかけてみたいものだ。

ファーストクラスの客はほかに五人しかおらず、いずれもビジネスマンたちが、ようやく寝る態勢に入ろうとしていた。小さな窓の外に広がる空はとうに暗くなり、やがて黒一色に塗りこめられた。ワインを飲み、食事を楽しんできた連中が、いまはラップトップを片付け、新聞を畳んで靴を脱ぎ、ひとりまたひとりと、シートを倒してベッドに変えていく。ディーバーはなおも待った。明かりが絞られ、スチュワーデスたちがカーテンの奥に消えて、同じファーストクラスの乗客たちが眠りにつく。

そこではじめてポケットから三枚の紙を取りだした。汚れた写真のコピーと、よれよれになった新聞の切り抜きと、デジタル写真が一枚ずつあった。最初の二枚は数えきれないほど何度も折ったり開いたりをくり返してきたので、イメージが鮮明でなくなっているが、必要なことは充分わかる。

最初にまずデジタル写真を見た。部下のひとりであるサム・デュポンがフリータウンで撮った写真だ。首都に留まって弾薬の調達を受け持っていたサムは、ジャック・プレスコットがあちこちに立ち寄って自分たちのことを尋ねまわっているのを知ると、ベースキャンプに戻ることにした。それでプレスコットの写真を撮って、ディーバーをリーダーとする仲間たちが待っているアブジャへ向かった。シエラレオネにプレスコットが現われたというのは悪い知らせであり、ディーバーは村への急襲計画を進めていた。予想外だったのは、プレスコットがあんなに早く内陸部までやってこられたことだ。

ディーバーはグレンフィディックのクリスタルグラスを持つ手に力を込めた。ちくしょう！　プレスコットがあんなに早く川をさかのぼる方法を見つけていなければ、やつはアブジャで焼け野原となった村の跡地を目にし、ディーバーの部下たちは金持ちになっていまも生きていた。

ディーバーはよれていない紙に触れ、指先でプレスコットの頭部に円を描きながら、嫌悪と憤怒が体内を駆けめぐるにまかせた。おれのものを奪ったプレスコットには、その代償を支払わせなければならない。だが、その前にプレスコットを見つけるという仕事があった。

畳んであった二枚の紙を開き、皺を伸ばした。右側に置いたコピーは新聞の切り抜きで、古くなって紙が黄ばんでいる。写真とキャプションだけが切り抜かれ、新聞の名前を示すのは〈……ビル・ガゼット〉という中途半端な文字のみで、日付は一九九五年十月十二日だった。

写真にはコンサートホールでピアノを弾く少女が写っており、キャプションには〝キャロライン・レークが木曜夜、ウィリアムズ・ホールにてピアノリサイタルを開催〟とあった。もう一枚はよくあるハイスクール生の顔写真だった。合衆国にはこれと似たような写真が無数にある。写っているのは、新聞の写真の娘と同じ娘だった。

たしかに目を惹く美人ではある。新聞の切り抜きには、長く薄い色の髪にほとんど隠されている横顔が写っている。これではまともに顔がわからない。だが、ハイスクールの写真は真正面から写っており、彼女が本物かどうか、まばたきして確かめたくなる。

赤毛混じりの金髪が華やかな、ニコール・キッドマンを若くして、たおやかにしたような娘だった。

一九九五年だから、十二年前になる。もちろん十二年あれば、かつての娘も二十五キロ太っているかもしれないし、髪や歯が減っているかもしれなかった。ガンで死んだり、一年にひとりずつガキを生んだり。客を取るようになっている可能性だってある。十二年あれば、いろんなことが起こりうる。

なにがどうなっていようと、ディーバーには関係がなかった。だが、あのいまいましいプレスコットは気にしている。そうだ、気にしていないわけがない。やつが朝いちばんに引っぱりだして見るのも、夜寝る前に取りだして見るのも、この写真だった。よほどぞっこんでないかぎり、そんなことはしないものだ。

ディーバーの観察によると、プレスコットのベッドに入って出ていく女たちは、あとになにも残さなかった。プレスコットが女たちの写真を記念に残すことは絶対になかった。ディーバーの見てきたかぎりは、なにもだ。

そしてプレスコットは写真を見ていることを知られないように気をつけていたが、ディーバーにはだれよりもたくみにウェブカメラを設置するという特技があった。プレスコットが自慰に耽っている場面まで、二度とらえたことがある。片方の手で写真を持ち、もう一方でペニスをしごいていた。

二枚の写真は保険のつもりでコピーしておいた。いつかプレスコットの優位に立てる材料が必要になるという第六感の指示に従ったまでだ。いつものように、その直感は正しかった。プレスコットはディーバーのダイヤモンドを持っており、ディーバーはそれを取り返したかった。本来はおれのものだ。そのために戦い、血を流したのだから、それが道理だ。

ダイヤモンドの隠し場所を聞きだすため、プレスコットにナイフを振るいたいのはやまやまだが、特殊部隊に所属していたプレスコットは、ほかの兵士たち同然、拷問に屈しないよう訓練されている。それだけではない。あのクソ野郎には根性がある。心臓のほうが先に止まるだろう。

だが、だれにでも弱点はあり、ディーバーはプレスコットの弱点を握っている。十二年にわたって女の写真相手にマスをかいてきたとしたら、その女に惚れているとしか思えない。そんな女のためなら、二千万ドルのダイヤモンドもよろこんで差しだすのではないか。

7

サマービル

この六年間、キャロラインは毎年クリスマスの朝、涙の跡とともに目を覚ました。夜のあいだに泣いた記憶はないのだけれど、起きると頬は濡れ、目は腫れていて、丸くて大きな石が胸にのっているような重苦しさがあった。

今年のクリスマスの朝は違った。ぐっすりと眠り、夜間は室内の温度を下げているにもかかわらず、ベッドのなかは申し分なく暖かかった。

だいたいの朝は寒い思いをして目を覚ますのに、いまは違う。いまのこの感じなら、たとえ裸でも骨まで温かだろう。

キャロラインは意識レベルの低い状態で急激に目覚め、一度にひとつずつ意識を取り戻していった。前夜、驚くべき恋人と極上のセックスをしたことに気づいたころには、掛け布団の下でぬくもりの源となってくれているのが彼で、枕はまぎれもなく硬いながらになぜか居心地のいい肩だと知って、笑顔になった。

笑顔になれると思っていなかったクリスマスの朝に、笑っている。

状況はちっとも変わっていない。二カ月前に最後の家族を失った。完済するには二十年はかかる借金の山でつぶされそうだ。そして家は壊れつつある。

問題は手つかずで残っているのに、気にならなかった。なぜかそうした悩みを晴天の日に地表近くにたなびく黒雲のように追いやることができた。

いまは幸せ。

「聞こえたぞ」耳の下で声が響いた。大きな手が髪に入ってきて、長い指でそっと頭蓋をマッサージしてくれる。もう一方の手はキャロラインの腰の部分にあてがい、それが強い熱源になっていた。

「わたしが笑顔になるのが聞こえたの？」そんなことを想像して、うれしくなった。

「ああ、そうだな」大きな手が腰のくぼみから、お尻の丸みに移動した。ゆったりとお尻を撫でまわされると、神経の末端が息を吹き返す。

完全な沈黙に支配されていた。いまの時間はわからず、気にもならないけれど、窓の外に差す石灰色の光の質からして、雪の吹きつける日の早朝なのだろう。夜のうちにまた雪が降っていた。窓の外にあるオークの巨木の枝は綿帽子をかぶり、窓の下枠にも三センチほど積もっている。それがすべての音を吸い取る。外は完璧な静けさに包まれ、車の行き交う音すら聞こえない。

ふたりが最後の人類だとしてもおかしくない。

キャロラインはそれも気にならなかった。

「メリークリスマス」ジャックの声は低く、頭の上から聞こえてくるのか、彼の胸の奥から聞こえてくるのか、わからなかった。

「メリークリスマス」答える声が彼の胸でくぐもる。

ほんとうにそう。こんなにすてきなクリスマスの朝は久しぶりで、それもどんどん幸せになってくる。

いまや彼は両手をお尻にやり、ゆっくり温かに撫でている。たかがこれだけのこと、たくましい男の手にやさしく撫でられているだけなのに、その効果は絶大だった。血が股間に集まるのがわかる。あの部分が湿り気を帯びて、充血してきている。

ああ！　彼が背後から股間を探り、指で濡れた下の唇に触れた。そっと力を入れられただけで、自然と脚が開いた。彼はそのあいだにたくましい脚を差し入れ、なににも邪魔されずに手を使えるように右脚を押しやった。

そして使った。長い指が入口をそっと探り、周囲に湿り気を広げている。とてもゆったりとした動きなので、拒みたければそうする時間はあった。一瞬、その思いが脳裏をかすめたけれど、そんなことはバカげている。

ジャックが性欲をかきたてていた。股間に差し入れた手が刺激をもたらし、完全に欲望を呼び覚まされた。キャロラインの後頭部に当てた手を少し下げ、敏感な首筋から肩にかけてマッサージしている。この人は人間の——少なくとも女性の——体の構造について、魔法使い並みの知識を持っている。奉仕してくれる手のおかげで刻一刻と肩がほぐれるのがわかった。

なだめるような軽いタッチだけれど、筋肉の奥深くに触れて凝りをほぐし、ストレスのかかっているポイントを的確に見つけだしては、気にならなくなるまで揉みほぐした。そしてその間一貫して、彼女の股間に火を焚《た》きつけつづけた。

ようやく彼の指が入ってきて、ゆるゆると動かしはじめたときには、半べそをかきそうになっていた。

それなのにジャックは相変わらず平静を保っている。どうしたらそんなことができるの？

キャロラインはだんだん体がとろけ、動悸《どうき》が激しくなり、呼吸が速くなっているのに、彼はリラックスして落ち着いている。耳の下に彼の鼓動がある——乱れることなく、ゆっくりと、安心させるように打っている。

股間にある彼の手の動きは、その鼓動に合っているようだった。その手によって積みあげられた欲望の総量がもう一方の手でもたらされた安らぎにまさりだしたのは、彼が首をそっとつかんでキャロラインの体を少し引きあげたときだった。彼の唇がゆっくりとかぶさってきて、深く合わされると、血管のなかの血液が温かなハチミツとなった。

ジャックが両脚を動かした。なぜか彼にまたがる恰好になり、大きくふくらんだ先端が熱く硬く性器に当たった。

彼は口を少し離して、吐息がかかるほどの近さで話した。「いやだったらそう言ってくれ」

ペニスを入口にすりつけてくる。まだ完全には入っていないが、恐ろしく大きくなった先端が入口をいっぱいに広げている。たかがそれだけの挿入でも刺激的だった。

これがいや？

彼がペニスを動かし、さらに圧力が強まる。「いや……やめないで」キャロラインは声をあえがせた。

「よかった」ジャックがふたたび唇を重ねてきた。

キスは気だるげに長く続いた。時間には困っていないとでも言うように、舌でキャロラインの舌をつつきながら、ほんとうにゆっくりと腰を沈めてきた。永遠に続くかと思ったほどだ。キャロラインは彼の信じられないほどの大きさを忘れかけていた。痛みがあって当然だった。ほとんど前戯をしていない。それなのに、体は受け入れ態勢を整えていた。ジャックの腕に抱かれ、半分体を重ねるようにして寝ていたから、眠っているあいだに、体が勝手に用意していたのだろう。

ついに太い根元まですっぽりと収まったときには、秘部の皮膚がすっかり張りつめていた。彼は動かずにただキスを続け、のんびりと口のなかを探索している。

キャロラインは彼の口のなかにため息をつき、片方の手を彼の長い髪に差し入れ、もう一方を広い胸に置いて、さらに身をすり寄せた。彼が首筋をつかむ手に力を入れ、激しく深く舌で突いてくる。ペニスもその動きを真似るように、長く深く突いてきた。

ふつうなら女性が上になると、性行為の主導権も女性に移るけれど、キャロラインはなにも主導しなくてよかった。なにかをしたり、考えたりする必要はなく、ただ、彼の腕のなかでうっとりとわれを忘れ、甘いぬくもりの広がった体で、ゆったりと突いてくる舌とペニスを感じていればよかった。

大きな手でキャロラインの背中を押しながら、彼が腰を持ちあげた。メトロノームのように一定のリズムを刻んでゆっくりと動かしている。鋼鉄でできた温かな機械のようだ。静かな室内で時が引き延ばされ、聞こえるのはただふたりの息遣いと、ベッドのきしむ小さな音だけだった。

十分のようでもあり、一時間のようでもあった。どれだけだかわからない時間をへて、彼が突いてくる角度を変えた。より深くなり、スピードが上がる。全身に広がっていた快感が下腹部に溜まり、一瞬にして目のくらむような熱となった。背中をつかむ彼の手に力が入り、腰の振りが鋭く速くなる。彼は気持ちのいいスポットをすべて通る角度で突きあげていた。

ベッドがきしむ音が大きくなり、リズムが速くなった。最初のうちのようにぎりぎりまで引きだしたりせず、短く強く出し入れしている。全身が熱くなって血管がちくちくする。キャロラインは喉にかかったあえぎ声を彼の口のなかに漏らすと、そっと舌を噛んだ。

それでジャックのギアが切り替わった。体を大きく揺らし、胸の奥底から音を出した。彼の腰の動きが速く激しくなったせいで、内側から燃えあがりそうになる。彼の鋼のような腹部と太腿の細かな震えを感じた。

息をするのもやっとだった。ふたりの結合部が沸きたち、その熱が全身を包んだ。キスから唇を少し浮かし、一瞬目を開いて、すぐに閉じた。まぶたの裏に火花が散っている。彼はじっとこちらを見ていた。そのまなざしに魂を焼きつくされそうで、耐えられなかった。

ジャックが首をかしげて首筋に口づけして、そっと歯を立てた。針で刺されたほどの小さな痛みが引き金になった。

「あ！」キャロラインは悲鳴とともに、彼にしがみついた。膣が鋭くひくついている。ジャックがそのリズムを感知して、絶頂のときを引き延ばす。永遠に続くかと思われた痙攣がようやく収まってくると、動きがより速く激しく荒々しくなり、あろうことか、彼のものがなかでさらに大きくなった。猛々しいうめき声とともに力強い腕でキャロラインを抱きよせ、奥までしっかりと押しこんで爆発した。

キャロラインがふたたび目を開けると、そこにいたのはまるで苦痛に耐えているように顔をゆがめ、歯を食いしばって声を漏らすまいとしているジャックだった。温かなものが勢いよく放出されているのを感じる。こんな感覚ははじめて。彼の絶頂が自分のもののようだった。力強く放たれているために、さっきの延長で小さくもう一度昂りがあった。

彼にもそれがわかった。奥歯を嚙みしめて、キャロラインをじっと抱えていようとした。ついに終わった。ジャックの肩に頭をつけ、全身の筋肉をゆるめた。ジャックの腕からも力が抜け、そっと背中を撫でだした。欲望をかき立てるためではなく、心を鎮めるための愛撫だった。

いずれにしろ、もう興奮できない。キャロラインのなかにはなにも残っておらず、すべての細胞が原形質の小さな水溜まりになっていた。

ジャックがゆっくりと引きだす。驚いたことにまだ半分たった状態だが、キャロラインにはもう受け入れることが考えられなかった。わたしのことは忘れて。早くも甘美な眠りの世界に落ちようとしていた。

「キャロライン？　ハニー？」

「うーん」キャロラインには話す気力がなかった。ただぐったりと彼の上に寝そべり、髪をゆっくりと梳《す》いてくれる手を感じていたかった。もう一生、ベッドから出られないかもしれない。

「ひと晩じゅう、雪が降っていた。このままだと、氷になるから、おれは私道と敷石の雪かきをしてくる」

「まだいいわ」キャロラインはつぶやいた。ベッドを出たいの？　彼にしがみついた。「あとにして」

「きみとベッドにいたいのはやまやまだが、ハニー、やらなきゃならない」彼が髪にキスして、手から逃れた。ジャックはベッドを出る一瞬だけカバーをめくり、すぐに彼女をくるんだ。

ジャックがいなくなったとたん、ベッドのなかが寒くなった。そして、そのときになってようやく自分の愛液と彼のもので股間がひどく濡れているのに気づいた。ジャックが肩の部分の掛け布団をたくしこんでくれる。そのあとしばし手をさまよわせる気配があり、バスルームに行く音が聞こえた。

バスルームから出てきて数分もすると、部屋を出てドアを閉める音がした。物音はしなかったけれど、もう服を着おわったらしい。こんなに物音をたてない人は、はじめてだった。服を着るところを見たかった。明るいなかで彼の裸を見たかったのに、どうにも目が開かなかった。呼吸が静まり、愛する友人の腕にいだかれているように眠りに落ちた。

次に目覚めたときは、窓の外の光の質が変わっていた。雲が垂れこめているようではあるけれど、もう早朝でないのがわかる。キャロラインはすっかり脱力して、ベッドに寝ていた。少し余分に寝たおかげで元気が戻り、気分が変わって、それに……幸せな感じまでする。

いい気になっちゃだめよ、と自分に釘を刺した。人によっては、大きなまちがいだ、この先大きなトラブルが待ち受けていると言うだろう。下宿人と寝るのは、笑いごとでなく、たくさんの面でいい考えとは言えない。関係が終わると、彼は別の下宿先を探すだろう。そうなったら、とてもいい下宿人を何回かのセックスと引き替えにしたことになる。ただのセックスではなく、とてもすばらしいセックスだとしても。

意識の端になにかが引っかかっている。と、外からある音がずっと聞こえていたのに気づいた。うたた寝しているあいだも音を聞いていたのだ。

なんの音なの？　一定のリズムでなにかを引っかくような音だ。上掛けをはねるや、大急ぎでバスルームのドアにかけてあったガウンに飛びつき、裸足で跳ねていってしぶしぶスリッパに足をすべりこませた。冷たい！

ガウンをはおりながら窓に向かって歩きだしたが、整理ダンスの鏡の前を通りすぎようとして立ち止まった。

一瞬、目を疑った。顔を取り巻く髪は赤い鳥の巣のようで、毛先があちこちを向いている。くしゃくしゃで、もじゃもじゃで……信じられないくらい、満足げだった。頬は赤く紅潮し、ジャックの執拗なキスで唇は少し腫れているようだ。喉についているこの跡は――キスマーク。ハイスクールに通っていたとき以来のことだ。彼がわざとつけたのでないことはわかっているけれど、絶頂の時に彼が肌に吸いついていたのはたしかだった。

その瞬間のことを思いだし、彼のものがなかで大きくなって爆発する感覚がよみがえると、頬と首がカッと熱くなって、思わず内股に力を入れた。まだ入っているように感じる。鏡に映った自分を見ながら、まだ愛の行為の最中のようだと思った。

青白くて不安げに引きつったいつもの顔とは、びっくりするくらい違っている。あとは耳に花を飾れば、恋人と一緒にハワイに旅行に来たお気楽な観光客でとおるだろう。

なにかを引っかくような音はまだ続いている。好奇心に後押しされて窓から外を見ると、彼が効率よく雪かきをしていた。ガレージにしまってあったシャベルを見つけだし、表の通りまでの道をほぼきれいにしおわっている。小道は長く、雪は深い。すでに五、六トンの雪を動かしているにちがいない。

公道までの歩行路だけでなく、私道の雪もかきおわっており、そのうえ敷石が凍結しないようにガレージにあった岩塩まで撒《ま》いてあった。ジェナの甥《おい》のランディに頼んだら、この半分やるにも五時間はかかり、三十ドルは払わなければならないだろう。

ふたりのあいだに目に見えない糸があるように、ジャックがふと手を止めて、上を見あげた。黒い瞳と目が合うと、お腹に一発受けたような衝撃があった。

キャロラインは手を上げてあいさつした。

でも彼にたいしてそれでは足りない。頼んでもいないのに、不快な重労働を進んで片付けてくれた。キャロラインは窓を開けて、凍えるような外気のなかに頭を突きだした。

「ありがとう！　もう入って、温かい朝食を用意するから。凍えちゃうわ！」息が白い雲となってまわりに浮かんだ。

この寒空のもと、彼が着ているのは薄手のデニムのジャケットだった。手袋すらしていない。キャロラインはお礼として暖かな冬用の手袋を買おうと、頭の片隅に書き留めた。ほんとうならジャケットを買ってあげたいけれど、そこまでの余裕はないし、彼も受け取らないだろう。誇り高い人のようだから、冬用の衣料をそろえられないと指摘するようなことはしたくない。それでも、手袋ならきっと受け取ってくれる。

ジャックは手を振って返した。「窓を閉めて！　風邪を引く！　こちらはあと少しだ」

彼はサッシが閉まるのを見届けてから、かがんで仕事を再開した。キャロラインはしばらく窓の前に立ったまま、彼の無駄のない動きに見惚れていた。ちょうどいい具合の力加減で仕事をしているらしく、動きは一定していてなめらかだった。

それでふいに、彼の動きが一定していてなめらかだったほかのときを思いだした。キャロラインの体のなかで、機械のように正確なリズムを刻んでいた。その記憶がよみがえると、熱が波となって押し寄せ、皮膚がちりちりした。まっ赤になっているのが、自分でわかった。

この点はキャロラインが自分で制御できるようにならなければならない。彼はバカではない。観察眼が鋭く、洞察力がある。キャロラインの皮膚は感覚や思いをそのまま表わす、かがり火のようになっている。そして自分の意思とは無関係に、セックスのときのことを思いだしていた。目がくらむような体験だった。だがいつものキャロラインは自制心が強く、ひじょうに冷静で抑制が利いており、男性にたいして完璧に自分を把握している。

どうやらジャックは例外らしい。

早急に自分の気まぐれな思いに対処する方法を学ばなければならない。ジャックはすぐにも家に入ってくる。いちいち赤くならずに、彼と向きあえるようにならなければ。

三十分後、キャロラインはシャワーを浴びて、昨日の食事の片付けを終えていた。シャワーを浴びながら、銀行口座やボイラー、残っているトビーの葬式代のことを必死に考えた。これから数カ月はその支払いでまったく余裕がなくなるだろう。なにをとっても、気分が滅入ることばかりだった。

いまはそれが必要だった。体を洗いはじめると、夜の出来事がたびたびよみがえった。とくに股間を洗うときは、落胆するようなことを考えなければならなかった。なぜなら、石鹸をつけて洗おうとしたとき、湯気のこもったシャワー室にジャックとセックスの匂いが立ちのぼり、少しひりつくあの部分にまだ彼のものがあるように感じたからだ。

身支度を整えるあいだも、階段をおりて片付けをするあいだも、ジャックが入ってきたとき冷静でいられるようにと自分を叱咤激励《しったげきれい》していた。できるはずよ、きっとできる――。

「やあ」

だめだった。あの太い声でひとこと、声をかけられただけで、胃が縮こまって股間に溜まっていない血のすべてが顔に押し寄せた。彼があまりに静かに入ってきたのでまるで気づかず、ガレージのドアがきしむことを考えると、奇跡のようだった。

「おはよう」キャロラインは内心たじろいだ。押しつぶされたような声だし、顔はたぶんスポットライトのようになっているはずだ。

ジャックはドアの内側で身動きひとつせず、服に積もった雪が溶けて床に滴り落ちだしている。彼と見つめあったまま、キャロラインは自分が赤くなってまごついているのを感じた。どうなるの？　あんなことのあとで、どんな朝になるのだろう？　〝やらせてくれてありがとう、マダム、おれは朝食がすんだら二階にこもるよ〟っていう朝？　あれは一夜かぎりの関係なの？　それともこれから……男と女の関係に？　下宿人とそうなるなんて、どうしたらいいのだろう？

彼の手が寒さに凍えて青くなっているのに気づいたとき、キャロラインはさらに赤くなった。こんどは恥じ入ったせいだった。

子どものころから、行儀のよさと他者にたいする気遣いを叩きこまれてきた。それなのにジャックにたいしてとるべき態度に迷うあまり、疲れていて空腹の彼を待ちぼうけにさせてしまった。寒いだろうし、まだ朝食も食べていない。自分のためにたいへんな仕事を片付けてくれたのに、ふたりの関係をどう考えていいかに気をとられていた。

キャロラインは手を差しだした。「ジャケットをこちらに貸して。びしょ濡れよ。寒いでしょうから、二階でシャワーを浴びてきたら？　戻ってくるまでに、温かい朝食を用意しておくわ」

ジャックが平然と近づいてきた。あまりに距離が縮まったので、キャロラインは思わず一歩下がった。

彼がこちらを見おろし、うっすらとほほえんでいる。とっさの反応に気づいたのだ。なにもこの人からは隠せない。

「いいね。楽しみにしてる。だが、その前に――」かがんで唇を重ねた。ほかは触れず、無限のよろこびとぬくもりの源泉である唇だけを触れあわせた。彼の体や衣類からは冷気が押し寄せてくるのに、彼は口だけを通じて熱を吹きこめるらしく、永遠の時間が与えられてでもいるように、ゆったりと舌をからみあわせてくる。

小説や映画と同じように、キスにも展開がある。最初はゆったりと始まり、やがて最高潮に達する。より激しく、深く求めるようになり、口以外の部分も加わってくる。キャロラインのこれまでの経験によれば、キスはセックスまで至らないまでも、その気配を運んでくるものだ。

そうでないキスは、これがはじめてだった。キスそれ自体がぐずぐずとした快感をもたらしてくれる。彼はくり返し舌と唇に吸いつき、一日じゅうそうしていても満足だというように、唇以外には触れずにやさしくキスした。夏の日に川岸で交わすようなキス、昨夜の熱烈なセックスとはまったく異なるキスだった。

こんなキスならつい心を許してしまう。快感が意識の波を軽くかすめていく。キャロラインは呼吸に意識を向けるのをやめて、キスを深めようとつま先立ちになった。

キスを次のレベルに押しあげたのは、少なくともそう試みたのは、キャロラインだった。もっと彼を味わいたくてさらに背を伸ばし、彼のジャケットをつかんだ。ジャケットについていた氷に触れたとき、いっきに現実に引き戻された。かかとを床に戻して下がり、彼と見つめあった。

キャロラインは目を伏せようともしなかった。ジャックの高い頬骨のあたりがうっすらと赤らみ、唇が濡れている。

めまいを感じながら言った。「あの、ほら、そのジャケットを脱いでくれないと」

「ああ」ジャックはファスナーをおろしてデニムのジャケットを脱ぎ、それを彼女に差しだした。少しほほえんでいるのか、頬の皺がいつもより深かった。「こんどこそ朝食を楽しみにしているよ」

キャロラインは氷の塊のようなジャケットを抱えて、立ちすくんでいた。

「キャロライン？」

急いで口を開いた。「あ！　ええ、さあ、早くシャワーを浴びてきて」手で追い払うようなしぐさをした。

ジャックは重々しくうなずき、回れ右をして、二段飛ばしで階段をのぼった。

キャロラインはその後ろ姿を見送った。見ないほうがいい。わかっていた。彼が笑顔になったとき、バカのように黙って見つめてしまうだけでもまずかったのに。あれは笑顔らしきものだった。厳めしい顔をやめると、驚くほど魅力的で、心臓が大きく打った。

覚えておきなさい、と自分に言い聞かせた。ジャック・プレスコットを笑わせないこと。笑顔を見たら心臓発作を起こしてしまうかもしれない。

階段をのぼる彼を見ているだけなのに——困ってしまう！

彼のすばらしい後ろ姿のことを考えないですむように、ニュースを聞こうと、ラジオのスイッチを入れた。ニュースを聞くと沈んだ気分になることが多い。だがその日は空電しか入らず、朝食の準備に集中するしかなかった。

ジャックが戻ってきたころには、いつもの自分を取り戻していた。その間に、しっかりしろと自分を励ましておいたのだ。彼がぼんやりと口を開けて涎を垂らしている家主にいやけが差して、最初のひと月で出ていったら銀行の口座がどうなるかを考えたのが、効いたようだった。

それに加えて、横隔膜から三分間深呼吸し、ヨガの先生に教わったように、息を吐くときは音をたてた。なのでジャックが戸口に現われたときには、冷静で穏やかで落ち着いていた。

ジャックのせいで頭は大混乱をきたしているとはいえ、彼がいてくれることには心から感謝していた。ジャックがいなかったらどんな日になっていたか、よくわかっている。

収支の計算をくり返し、あてにならない収入を数えたて、けれどたいした成果を得られずに終わっていた。エクササイズは虚《むな》しい。洗濯をしていたかもしれない。ジャネット・イヴァノヴィッチの新作を最後まで読む。ランチは飛ばす。トレイを膝にのせてテレビを観ながら早めのディナーを食べる。

九時前にはベッドに入る。夢見が悪くて、幽霊や怖いことがいっぱい出てくる。そして目を覚ますと、長く寂しい一日が待っている。

そんな一日を送るかわりに、一緒にいてくれる人がいる。しかも、ただ一緒にいてくれるだけじゃなく、びっくりするほど魅力的で、うまく水を向ければおもしろいことを言う。そして話をさせることができないときは……それはそれで、つねに目の保養になってくれる。

ジャックは席につき、キャロラインはテーブルに料理を運びだした。一般家庭の量ではなかった。トーストした自家製のパンには、バターと自家製のオレンジマーマレードとクロフサスグリのジャムを添えて。スコーン、そば粉のパンケーキ、ふわふわしたチーズオムレツ、ベーコン、全粒粉のビスケット、つながったソーセージ、フルーツサラダ。

ジャックは手を膝に置いて待っている。

「どうぞ」キャロラインは言った。「召しあがれ」

「きみが席について、一緒に食べられるまで待つよ」

キャロラインは席につき、彼が皿の上に食べ物を山盛りによそうのを見て、うれしくなった。びっくりするほど大量だが、大柄な男性だし、午前中いっぱい働いていた。「コーヒーはブラックでいい?」彼がうなずくのを確認して、コーヒーをついだ。フレンチローストを奮発しておいてよかった。

「すごくうまいよ。きみはなぜ食べないんだ?」ジャックが眉をひそめた。

「食べてるわ」キャロラインは言い返した。「そうね……あなたほど量は食べないけれど」

ジャックを見ているだけでうきうきする。彼が四枚めを平らげるのを見ていた。

トーストをかじりながら、赤と白の陶器の朝食セットの組みあわせにした。今日は鮮やかな赤いコットンのテーブルクロスと、トーストとジャムとオムレツとベーコンとソーセージの匂いと混じりあう。いかにもクリスマスのようだった。クリスマスの匂いがする。そして、クリスマスだった。

キャロラインはコーヒーに口をつけてほほえんだ。「あなたさえかまわなければ、たっぷり朝食をとって、クリスマスの食事は六時ごろにしたいんだけど」

「いいね」ジャックは華奢な陶器のカップを音もたてずにソーサーに置いて、キャロラインの手を取った。それを口に運んで、手の甲にそっと口づけする。彼の唇はやわらかく、剃っていないヒゲがざらざらしている。ジャックはキャロラインの目をとらえた。「それまでのあいだになにをするか、いくつかおれに考えがある」

心臓が胸のなかで大きく跳ねた。彼は意味ありげにほほえんではいないけれど、なにを言っているかは明らかだった。鋼鉄さえも溶かしそうなほど、熱っぽい瞳をしている。その瞳に浮かぶ表情にキャロラインは息ができなくなった。

キャロラインの探知能力から大きくはずれた状況だった。クリスマスの朝、これまで出会っただれよりもセクシーな男性に手を取られ、ふたりして前夜のことを思いだしている。どちらも頭のなかにはセックスのことがあって、もうすぐふたりでベッドに戻るのだと考えている。

彼から、おれに考えがあると言われたとき、彼の手のなかで手がびくりとしてしまった。いまも小刻みに震えている。なにを言ったらいいかわからない。家の静けさに包まれたまま、たがいに見つめあっていた。

静けさ。なんの物音もしない。しんと静まり返った家。完璧な、まったき静けさ。

「そんな！」キャロラインはぴょんと立ちあがった。愛の行為やクリスマスのお祝いといった楽しい考えが、嘘のように跡形もなく消えた。

この静けさが意味するものはわかっている。つねに背後にあるせいで気にならなくなっている暖房装置の低い持続音が消えたのだ。そして完全な静けさが意味するものは、ひとつしかない。ボイラーの停止である。

涙が目に浮かんできた。

「ボイラーよ」小声で言った。「ああ、ジャック、またボイラーが壊れたの。ああ、もう、ごめんなさい」

ボイラーが壊れたら必然的にどうなるか、キャロラインには正確にわかっていた。能なしマックは早くても月曜の夜まで来てくれないから、三日間はみじめな思いをしながら寒さに耐えなければならない。

家からぬくもりがなくなるのに二時間ほどかかるけれど、そのあとは外界の氷の指が手を伸ばしてきて、家とふたりをぎゅっと握りしめる。

今日と日曜日と月曜日の終日、凍えるような寒さのなかで過ごさなければならない。着こめるだけの衣類を着こみ、指先と鼻の頭だけをのぞかせてゆっくりと凍え、最後には痛みすら感じるだろう。暖炉に張りついて、体の片面を直火《じかび》で炙りながら、もう片面を凍えさせなければならない。そして家のほかの部分は、しんしんと冷えこむ。

しかも、トイレを使うには氷を砕かなければならない。

どうしてそんなにおめでたいの？　今年のクリスマスは、つらくて寂しかった過去のクリスマスと少しは違うかもしれないと思っていたなんて。

目覚めたときから感じていた軽い高揚感が、きれいに消えていた。なにもかも……全然、違って見える。さっきまでは、ほんとうに久しぶりに先のことを楽しみにしていた。もう何年も縁のなかった性的な活力を感じていたし、これから数日間、ただのんびりとすばらしいセックスに没頭するだけだと思っていた。

それなのに、この先に待っているのは、極寒のなかでただ生き延びることに専念しなければならない陰気な数日間になってしまった。

「肩の力を抜いて」ジャックがつぶやき、頬を指先で撫でた。

言うのはたやすい。けれど、考えてみると、ぬくもりを求めて数日間縮こまっているのがどんなものか、彼ならよく知っているかもしれない。ヒンドゥークシ山脈で戦ってきたと、彼はたしかにそう言っていた。ヒンドゥークシ山脈の場所がわかる程度には地理を知っている。そう、ヒマラヤ山脈のふもとにある。だとしたら、これは彼には耐えられる状況だ。

ただし、今回の寒さは、困難なのがあたりまえの人里離れた奥地での任務ではない。ちゃんとした家賃を払って住む家でのこと、快適に過ごせてあたりまえの場所でのことだ。

何年にもわたって、悪戦苦闘の暗い日々を送ってきたキャロラインは、いくらか快活な気分を取り戻せることを願っていた。何日か男性と浮ついて過ごすのをほんとうに楽しみにしていた。そう、そしてセックスを。

おいしい食事で彼を溺れさせ、レーク家のワインセラーのワインを楽しもうともくろんでいた。シラやらバルポリツェラやらを、地下の暗がりに置いておいても、なんにもならない。それなのに、いまはキッピング夫妻の二の舞になるのではないかと恐れている。キャロラインは控えめな笑みを浮かべ、重苦しい会話を始めようとした。家が凍えるという厳然たる事実を避けられたら、どんなにいいだろう。

こちらの顔をうかがっていたジャックが、回れ右をした。

ここを出ていこうとしている。

彼を責めることはできない。

「ジャック?」小さなしわがれ声しか出てこなかった。

彼がふり返った。

子どものような期待感をいだいたあとだけに、つらかった。なんというメリークリスマスだろう。キャロラインは背筋を伸ばし、手をひねりあわせているのに気づいて、脇に垂らした。たしかにつらいけれど、つらくてもずっとがんばってきた。

「あの——」喉に詰まっている塊を飲みこまなければならなかった。「お金を返したほうがいいかしら?」

ジャックを驚かせてしまった。彼は呆気《あっけ》にとられた顔をした。めったに驚かない人なのがその表情からなんとなくわかる。やがて困惑げに眉をひそめた。「なぜそんなことをしなきゃならないんだ？」

「なぜって――クリスマスの週末を凍えるように寒い家で過ごさなければならないからよ。あなたはこんなことのために家賃を払ったんじゃないわ。だから、引っ越したいんじゃないかと思って」

ジャックがしげしげとこちらを見ている。「きみは動転している」彼は言った。「そんなことをしたら、ただで下宿人を置くことになる」

キャロラインは小さく揺れながら、驚いてまばたきをし、腹部に両腕をまわした。早くも室温が下がってきた。「じゃあ……あなたはどこへ行くの？」

「ガレージからツールキットを持ってくる」彼はふり返らずに言った。「それで、困りもののボイラーを修理するんだ」

JFK国際空港

「ENPセキュリティ社です。どういったご用件でしょうか？」

ディーバーはケネディ国際空港の公衆電話を囲っているプラスチックのおおいのほうを向

いた。「もしもし」鼻にかかった重い中西部訛りで言った。「ジャック・プレスコットにつないでもらえるかな？　こちらはパット・ローレンス。去年ドバイのインターセックで会ったと伝えてくれ」

外国人として税関を通るのは風変わりだったが、何事もなく通過できた。警戒されているのはおもに中東の男であり、フィンランド人ではない。写真が似ているというだけで、手を振って通してもらえた。

まず仕事の第一歩はプレスコットを見つけることだった。オヤジが死んだいま、プレスコットがＥＮＰ社のＣＥＯに就任したはずだ。そしてまだプレスコットがノースカロライナにいるかどうか調べなければならない。

アクセルの書類がもうしばらくは使えるにしろ、まもなくそれでは動きがとれなくなる。ディーバーは電話で待たされるものと覚悟していた。ＥＮＰの秘書が、はいそうですかとプレスコットにつないでくれるはずがなかった。試練を与えられるに決まっている。ディーバーはじっくり待つつもりで、電話カードを用意していた。

「申し訳ございません、お客さま」秘書は、お待ちくださいと言うかわりに、謝った。「プレスコット氏はすでに当社にはおりません」

ディーバーは背筋を伸ばした。「なんだって？　そんなバカな！　もちろん――」

「会社はオリオン・セキュリティ社に売却され、現在のCEOはネーサン・ボディーニ氏です。ごきげんよう」発信音が聞こえてきた。

なんだと！ ディーバーは歯を食いしばって、電話を凝視した。息が荒くなっている。あのろくでなしは会社を売り払った。父親が死んでまもないというのに、あの親不孝は父親の仕事を簡単に手放してしまった。たしかに、わからないではない。あの野郎の手元にはひと財産分のダイヤモンドがある。それだけの財産があるのに、だれが好きこのんで毎日働きに出るだろうか。

ディーバーはいらいらしながら別の番号をダイヤルした。プレスコットの自宅の番号だ。あの秘密主義のろくでなしは、ついぞ自宅の番号を教えようとしなかったので、会社のファイルから盗みださなければならなかった。

呼び出し音が八回。切ろうとしたとき、録音された女の声が流れだした。「おかけになった番号は現在使われておりません」

クソ野郎が逃げた！ 土地を処分して姿を消しやがった！

想定していなかった展開だった。プレスコットは金を盗んだうえでディーバーを犬に投げたが、まさかその金を持って消えるとは、思ってもみなかった。

口の堅いプレスコットには、社内に友人――少なくとも秘密を打ち明けるような相手――

がいなかった。仮にディーバーがノースカロライナのモンローまで出かけたとしても、なにもつかめないだろう。プレスコットの逃亡先を知る者はいない。

だが、ディーバーは知っていた。あのバカは女のところへ、キャロライン・レークのもとへ行ったのだ。女を見つければ、やつが見つかり、ダイヤモンドも見つかる。

身分証明書と武器を手に入れる必要がある。

ニューヨークのブライトンビーチにドレークという名の男が住んでいる。ドレークなら、金さえ払えば、どんなものでも、どこからでも、必要なものを調達してきてくれる。こうなったらマンハッタンに出かけて新しい身分証明書を手に入れつつ、ネットでキャロライン・レークを捜すしかない。

ディーバーはブライトンビーチの番号をダイヤルして、相手が出るのを待った。

「ドレークだ」なめらかな低音が聞こえてきた。

8

サマービル

「キャロライン、上に戻っててくれ。頼む」ジャックは穏やかな口調を崩さなかったものの、内心はがみがみ言いたくなっていた。暖房の効かない地下はじめじめとして寒かった。キャロラインが楽しげにボイラーとか呼んでいる役立たずを動かすまでにあと三十分はかかるだろう。

彼女は不安そうに隣りに控えて、手伝いたそうにしているが、ラグレンチとアイブロウの区別もつかないし、寒さで震えている。鼻は寒さで白くなっているし、手にしても、ジャックの目を盗んでこっそり脇の下で温めているにもかかわらず青ざめている。そんな彼女を見ているのは、耐えがたかった。

「いやよ」歯をがたがた鳴らしながら、キャロラインが言い返した。「大丈夫だから。わたしにも手伝わせて」

「なにがいちばんの手伝いになるかわかるか？」スクリュードライバーを置いて、受け板をはずした。「きみがまだ暖かさの残る階上《うえ》にいてくれたら、大助かりだ。きみの歯のなる音がカスタネットのようで、気が散ってしかたがない」

「ごめんなさい」キャロラインは奥歯を噛みしめた。

ジャックはため息をついた。「冗談だ。あまりたちのいい冗談じゃなかったな」レンチで板をはずして、うんざりした顔で錆びたワイヤーと漏れやすいパイプをつくづく眺めた。

「階上に行っててくれ。きみのそんな姿は見ていられない。頼むよ」

「あなたに耐えられるのなら、わたしにも耐えられるわ。あなたは兵士よ。元兵士だけど。兵士は一致団結するものでしょう？」ジャックにすり寄って、その向こうにあるボイラーの内部をのぞきこんだ。長く嫌悪してきた敵の顔を見るような目つきだ。「これがこの獣の内臓ってわけね？　たいしたことなさそうに見えるわね。これまでわたしに与えてきた数々の損害を考えるとってことだけど」

ジャックは歯を食いしばった。そうとも、たいしたことなさそうに見える。彼がこれまで見てきたどんなボイラーより程度が悪くて、古くて、お粗末だった。こんな粗悪品が暖かさを保ってくれると信じているとは、彼女もどうかしている。もう十年も前にゴミの山に投げ捨てておくべき代物《しろもの》だった。

「新しいフィルターがいる」それに新しいパイプに新しい給水ドラムも。

「言われなくてもわかっているわ」

「きみは新品を買う以上の金を修理に使い、大量の電気を浪費してきた」

「ああ、そう」

「それに、ずっとたくさんの金を節約できる。それには――」

「ガス給湯機を買わなきゃならない」キャロラインが先を引き取った。「わかってるわ、そんなこと。くり返し、そう聞かされてきたのよ。でも、わたしになにが言える？　新しいフィルターを買う余裕はないし、それに――これについては断言できるけど――新しいボイラーを買うお金なんでどこにもないの。いつかはそんな日も来るかもしれないけれど、いまはとにかく無理よ」

ジャックは歯がみしたくなった。月曜日になったら新品のフィルターを買って、彼女がいないうちにつけるつもりだった。能なしマックには二度とボイラーを触らせないから、彼女にばれる心配はない。ほんとうは、どんな犠牲を払ってでも新しいボイラーを買ってやりたいが、自力で設置するのはむずかしいし、彼女に気づかれてしまう。

ちくしょう！　ああ、腹立たしい！　寒くてまっ青になり、暖房が切れるのではないかと震え、怯えている彼女を見るのは、いやだった。自分にはこんなに金があるのに、あと一秒でもキャロラインにお金の苦労を続けさせるのは、バカげている。彼女のために使えないのなら、金を持っていて、なんになるのか。

だが、どうやって彼女に金を渡したらいいのだろう？　ジャックが登場して二日後に銀行の口座に突然、百万ドルが入っていたら――そうしたいのはやまやまだが――いっきにたくさんの赤旗が立ってしまう。ああ、じれったい。百万ドルか二百万ドルを送金すれば、彼女は金の問題から永久に解放されるし、それだけ送っても、ジャックが金に困ることはない。いかにもそそられるアイディアだったけれど、ジャックは厳めしい顔でその思いを抑えつけながら、地獄のフィルターを取りはずし、きれいにして、ふたたび設置し直した。

キャロラインにはこんな人生は似合わない。こんながらんどうの家に住んでいていい人間ではないのだ。そのがらんどうがいくらきれいだろうと、それを飾るラグも絵もなく、壁のペンキは剝げ、真冬に信頼のおけない暖房システムがついている。節約を重ね、心配につねに眉をひそめ、顔にかすかな悲しみをたたえているような生活は彼女には似合わない。

ジャックは彼女を安心感で包みこみたかった。あれこれ買ってやりたかった。実用的なものも、くだらないものも。彼女がくすっと笑ってしまうような、安っぽくてきれいな玩具とか、服とか、宝石とか。家にはラグや美術品を。グリーンブライアースにかつての姿を取り戻させたかった。

むずかしいだろうが、なんとかしてキャロラインに金を受け取らせなければならない。今後、彼女の人生から出ていくつもりはない。すでに体の関係はできた。この週末はなるべくベッドのなかで過ごす予定だ。セックスほど絆を深めてくれるものはないし、少なくとも、キャロラインのような女性にはそうだった。

彼女がつきあってきた恋人の数は知れており、最後のひとりからもう六年もたっている。実際、バージンのようにきつくて、頭が吹き飛びそうだった。けっしてお手軽な女ではなく、えり好みが激しいことは体が物語っていた。そしてありがたいことに、彼女はジャックを選んでくれた。

なぜ自分が選ばれたのか、ジャックにはわかっていた。彼女の人生のどん底の時期にその場にいたからだ。彼女の両親はクリスマスの日に亡くなったと、タクシーの運転手が言っていた。弟が亡くなってまだ日が浅い。ひとりきりで過ごすはじめてのクリスマスだけに、彼女は悲しみ、動揺していた。

自分の魅力で彼女を射止めたのでないことには、こだわっていなかった。本人からしてみると、魅力などないのだから。ただ、いいタイミングで絶好の場所にいただけだ。これまでも一兵士として、有利な点を容赦なく利用してきた。たとえば敵の兵士よりも多少高い地点にいるとか、追い風が吹いているとか、夜陰《やいん》に乗じるといった、ささやかなことでもだ。今回も自分の有利な点を徹底的に追求して、月曜日にはキャロラインが自分のものになっているよう、週末は容赦なく抱きつづけるつもりでいる。

本人は気づいていないが、彼女はすでにジャックのものだった。ジャックならちゃんと彼女の面倒をみられる。ジャックが人生をかけてやりたいことはふたつしかなかった。父親に尽くすこと。そしてキャロラインに尽くすことだった。

彼女は体を暖めようとこっそりその場で跳ね、顔のまわりに小さな息の雲をつくっている。ああ、いまいましい！　あのきれいなケツを凍えさせていては、面倒をみていることにならない。

「キャロライン」話しかけつつ、レンチを置いた。

「やめて」歯の根の合わない状態で、彼女が言った。「わたしはここに残って、その気分屋が動きだすか——もしそれができたら、わたしがあなたを個人的にノーベル賞に推薦するわ——あるいはあなたがあきらめるまで、一緒にいる。どちらが先になるかしら」

「いいか、このままだと、クソ——思いきり凍えるぞ」

「ええ」

「大風邪を引くことになる」

「ええ」

「だったら、階上《うえ》に行っててくれ」

「いやよ」尖ったきれいな鼻先が少しだけ上を向いた。

こんなに歯を食いしばっているのに、エナメル質が尻から飛びだしてこないのが不思議だった。ジャックはボイラーにかがみこみ、作業速度をいままでの倍にしようとした。気がついてみたら、華やかな死体と一緒だったということになりかねない。

十五分後には最後のネジを締め、スイッチを入れた。赤いランプが点灯し、次の瞬間には、大西洋横断の旅に出る大洋航路船のような大きな震えとともに、ボイラーが命を吹き返した。

寒さを防ぐため体に腕をまわしていたキャロラインは、その腕をふいにゆるめた。「すごい」青白い顔に目を丸くしてささやいた。「やったわ。あなたが修理したのよ」

「ああ」ジャックはきちんと道具を片付け、嫌悪とともにボイラーを見やった。チューインガムとダクトテープのようなものでとりあえずは直したが、よくもって月曜日まで。月曜には新しいフィルターを手に入れるか、この役立たずを力ずくで壁から取りはずすかのどちらかだ。「まあな」

キャロラインはまっすぐ腕に入ってきて、胸に頭をつけ、ぎゅっと抱きついた。「ありがとう」小声でお礼を言い、ジャックの顔を見あげた。睫毛《まつげ》が涙に濡れている。「信じられないわ。ほんとうにありがとう。週末のあいだじゅう、暖房が使えないことをどれだけ恐れていたか、口では言い表わせないくらいよ」

ジャックは片方の手を彼女の頭にまわし、もう片方をウエストにまわして、強く抱きしめた。言うべき言葉を探したけれど、なにも出てこなかった。

どう名付けたらいいかわからない新品の感情が湧いてきているのに、その激しく生々しい感情をどう扱ったらいいかわからなかった。

人からこんなふうに見られたことはなかった。とりわけ女からは。性欲や強欲の対象として見られたり、冷淡な目を向けられたことはあっても、キャロラインの美しい顔に表われている温かみや感嘆には縁がなかった。

「たいしたことじゃない」つっけんどんに言った。実際そうだった。できることなら、真珠とダイヤモンドのシャワーを彼女に浴びせてやりたかった。とことん甘やかし、彼女のために問題を解決してやりたかった。ボイラーの修理など、ものの数にも入らない。

それに応えるように、彼女は頭をめぐらせて、ジャックの胸に口づけした。スエットシャツを着ているので感じないが、そのしぐさから受けた衝撃は大きかった。それはまぎれもなく……そう、愛情を示すしぐさだった。

生まれてからずっと、キャロラインを抱きたいと思ってきたように感じた。彼女を頭から追いだすには、昨夜のセックスくらいでは全然足りない。セックスには自信がある。セックスならわかるし、欲望にも対処できるから、できるだけ長く彼女を抱きつづけることも体の上では大丈夫だとわかっていた。

だが、彼女の顔に浮かんでいた表情に骨抜きにされそうになっていた。できることなら、この胸にわだかまっているものに対処しなくてすむように、いますぐ性的な間柄に戻したい。そう、胸のなかで熱い巨石が転がりまわっているようだった。キスしようと前かがみになったとき、キャロラインがぶるっと震えた。

「ここを出よう」荒々しく言った。できることなら、自分のケツを蹴りあげてやりたかった。冷たく湿った地下室に彼女を引き留めておくのは、いいことではない。なにを考えているんだ？　それなのに彼女のパンツを下ろし、いまここ、凍てついたコンクリートの床で体を奪おうとしていた。

いったいおれはどうしたんだ？　お手軽なセックスの相手ですら、そんなふうには扱ったことはないのに――相手はキャロラインだぞ。

彼女の背中を押して、キッチンまで戻った。ここもたいして変わらない。ボイラーの修理を終えるまでの三十分で、屋内はめっきり冷えこんでいた。ジャックは平気でも、キャロラインには苦痛なはずだ。こんなとき行ける場所はひとつしかない。ベッドだ。

そうとも。彼女をシーツとシーツのあいだに差し入れて、さっそくセックスを始めよう。そうしたら消せるかもしれない……あの胸に宿った厄介な感覚を。

ジャックは彼女の腰のくびれに手を置いた。「このまま階段をのぼって」キャロラインがびっくりして、こちらを見あげた。ジャックの熱っぽい瞳に気づくと頬を赤らめ、かすかにほほえんだ。

「ええ」

彼女の寝室には大きな窓があるが、二重ガラスではなかった。熱があっさり漏れだして、すでに冷凍庫のなかのようになっている。凝結作用によって窓に氷がつき、大きな星形の模様が浮きだしていた。ふたりの頭部には吐息の雲がかかっている。いくらそうしたいからといって、キャロラインをゆっくり裸にするのは問題外だった。

かがんでそっとキスすると、彼女の向こうに手を伸ばしてカバーをめくった。「服を脱がずに、なかに入って」

「わかった」キャロラインは小声で返事をすると、靴を蹴るようにして脱いで、ベッドに横になった。脇に体をずらして、ジャックを見あげた。ベッドの片側に大きなスペースを空けてある。カードに浮きだし印刷してあるように、見落としようのないお誘いだった。

ジャックは彼女の目を見ながら、服を脱いだ。その目には少しの恐怖と、少しの羞恥とともに、歓迎の色が見て取れた。

まず上半身裸になってから、ジーンズのファスナーをおろし、ウエストバンドに親指を引っかけた。いったん手を止めたのち、ジーンズとブリーフを引きおろし、ソックスとブーツも脱いだ。キャロラインが目をみはってこちらを見ている。

下半身を見なくとも、彼女の目つきを見れば、どんな状態になっているか察しがつく。実際、自分でもそそり立っているのを感じていた。棍棒のように硬くなり、早くも先端から涙を流しはじめているので、その湿り気のせいで先っぽが冷たかった。寒さを感じるのはそこだけで、全裸にもかかわらず、それ以外の部分は寒さを感じないほど熱かった。キャロラインを見さえすれば、すぐに彼女の内側に入れることになるのがわかり、熱が矢となって全身を貫く。

「このことをずっと考えていたのね」ベッドに入ると、彼女が弱々しい声で言った。

「朝のあいだずっとだ」ジャックの体重のせいでベッドが沈み、彼女がこちらに寄った。手を伸ばし、転がって彼女の上に乗った。

「ずっとって――」キャロラインが半分笑った。「ボイラーを修理しているあいだも?」

ああ、なんて彼女は気持ちがいいんだろう。温かくて、やわらかくて、肌はサテンのようだ。上半身を腕で支え、彼女を見おろして笑みを浮かべた。生まれてこの方、こんなに幸せだったことはない。

「いや、あのときは考えていなかった」地下にいるあいだは、あの困りものの機械を早く動かして、キャロラインを暖かいところへやることしか考えていなかった。「だが、その前は考えていた。そのあとも。そしていまはとくに」

「ええ、見ればわかるわ」

「感じてくれ」突然、息が吸いたいのと同じように、触れてもらいたくなった。キャロラインから離れ、脇に転がった。指の長い、ほっそりとしてやわらかな手を取って、ペニスをつかませた。「おれを感じてくれ」ささやきかけた。「きみをどれほど求めているか、感じてもらいたい」

手のなかで彼女の手がぴくりとし、続いてペニスに巻きついた。血が勢いよく股間に流れこみ、息を呑んだ。上掛けを引っぱって、キャロラインの肩をくるんだ。彼女になにをしているか見せないためだ。だが、たとえ見えなくとも、感じることはできる。ジャックのものをつかんで根元まで押しさげ、そのあとゆっくりと押しあげて、先端に指を這わせた。ひとこすりしただけで、またもや涙が漏れてきた。それを感じた彼女は、小さな魔女よろしく、恥ずかしそうな表情を消し、純粋な誘惑の笑みを浮かべている。

キャロラインには自分がしたことを残らず感じ取ることができる。手の甲で撫でたとき、腹の筋肉が縮むようす。ペニスを握っていないほうの手は胸の、心臓の上に置いてある。ジャックの息が切れぎれになり、動悸が速くなるのも感じることができる。

ふだんのジャックは頭のなかに時計があり、一分単位で正確だった。だが、いま静かな部屋で時の感覚をすっかり失っている。外はどんよりと陰鬱に曇っているので、午後の何時なのか判断しにくい。それに外からは物音も聞こえなかった。

いるのはふたりきり、そして聞こえるのはふたりが静かな部屋でたてる音だけだった。ジャックの荒い息遣い。シーツのこすれる音。布団のなかで彼女の服を脱がせ、それをベッドの脇から落とすひそやかな音もする。ついに彼女にのしかかると、ベッドのスプリングがきしみ声をあげた。

のしかかると、キャロラインの口からああっと、ため息のような声がゆっくりと漏れた。体勢を整え、先端をわずかになかに入れて、濡れているかどうか調べた。ジャックほど興奮してはいないけれど、充分な湿り気があった。これ以上の前戯はあとにしてもらうしかない。彼女を奪ってから――そう、あと千回は奪って、少し落ち着いてからだ。いまは一秒でも入れるのを待ったら、彼女の腹で果ててしまうか、頭が爆発しそうなので、ゆっくりとペニスを送りこんだ。奥へと進む。

家に帰ったような気分だった。

まちがいない——彼女の体がおかえりと言ってくれている。締まりはいいけれど、押し戻そうとはしておらず、濡れてすべりのいい温かな襞が、ジャックのものを通してくれる。太腿を押し広げておく必要もなかった。彼女が自分から脚を持ちあげて大きく開き、かかとをジャックの太腿の後ろにかけ、腕を首にまわして、体をのけぞらせている。

あまりに気持ちがよかったので、すっぽりと収まると動きを止め、彼女のなかの感触を心ゆくまで味わった。この心地よさ、温かさ。ずっとここに留まっていたい。腰を振るために引きだすのは、まともな男のやることとは思えない。と、内側が隅々にまでまとわりついてきて、いくらか譲らなければならなかった。

まずい。

ジャックは押し留まり、マットレスにつま先を立てて耐え、彼女を突いた。ほんの小さな動きが求めていた摩擦を生みだし、腰を引く必要はなかった。

腰を回転させてさらに奥へと進むと、キャロラインが小さな悲鳴とともに背を弓なりにし、美しい乳房を押しつけてオルガスムに至った。膣内の鋭い痙攣が彼のものを引っぱり、絞りあげてくる。彼女は腕と脚に力を込めて全身で絶頂に耐え、彼の舌を求めて深く舌を突きだした……。

こんなことがあっていいのか？　動いてもいないのに、ただ彼女のなかに入れているだけでその時を迎え、滔々《とうとう》と精が放たれた。体が震え、汗が噴きだして、動悸がしている。まぶたの裏には明るい光の風車がまわっていた。

ジャックは動けず、息をすることしかできなかった。それほど強烈で、強い恍惚感があった。キャロラインが口のなかでうめき、ジャックを逃すまいとするように腕と脚とでしがみついている。彼女にすがりつかれるのはいい気分だけれど、そんな必要はなかった。なぜ逃げなければならない？　全身の細胞に快感があふれすぎて、痛いほどだ。そんなときに、逃げるなど、不可能だった。

痙攣がゆっくりと弱まっていった。噛んだりディープキスをしたりの激しい口でのやりとりもしだいに収まり、ゆったりと唇が重なりあうだけになった。キャロラインの体から力が抜け、息が鎮まってため息になった。

最後の大きな脈動とともに、ジャックのクライマックスも終わった。筋肉が水のようになって、彼女の上に横たわった。体重がかかりすぎるとわかっているのに、たとえ銃を頭に突きつけられようと動けなかった。彼女の髪に顔をうずめ、赤みがかった金色の髪のひと房に鼻をくすぐられていた。薔薇の匂いがする。それが脳のもっとも原始的な部分へ、いつも薔薇の匂いをキャロラインや彼女とのセックスに結びつけていた部分へと達した。ジャックは入れたまま硬くなり、キャロラインはかすれた小さな笑い声をあげた。

「まだよ、カウボーイ。少し休ませて」

ジャックはほほえんだ。あと少ししたら、また彼女とセックスできる。ジャックの心づもりではこれから三十六時間セックスしつづけ、中断するのは食べたりシャワーを浴びたりするときだけだ。だが、ムスコはふたたび勃起しつつあるが、動かすつもりはなかった。そこは——そう、完璧だからだ。彼女の感触、匂い、そしてなにより身を寄せあってくつろいでいる感覚。そのすばらしさはセックスにも劣らず、生まれてから一度も味わったことのないものだった。

不完全な人生において、それこそが完璧なものだった。

ニューヨーク
ウォルドーフアストリア・ホテル

潤沢《じゅんたく》な資金さえあれば、望みのものは手に入るものだ。たとえその日がクリスマスであろうと。ディーバーは下着を含むワードローブ一式を購入したチャイナタウンで、タクシーを拾った。アクセルに感謝しなければならない。よくできた偽アルマーニのスーツが二着、グレーのカシミヤのコートが一着、カーキのパンツが二本、白のドレスシャツが五枚、フランネルのシャツが五枚、セーターが二枚、シルクのボクサーショーツが十枚、同じくシルクのアンダーシャツが十枚、それに高価なブーツが二足に、ヴィトンのまがい物のスーツケースがひとつだ。これはこしゃくなプレスコットの追跡後、新しい人生に踏みだす自分のための買い物だった。

それまでに片付けなければいけないことのためには、安物の黒いスーツを二着と、白いノーアイロンのシャツ二枚、ジーンズ二本、セーター二枚、四十ドルのパーカー一枚を買った。それらはすべてジムバッグにしまった。

当面の活動資金がいる。モンローの自宅の金庫には四万ドル入っているが、プレスコットが地元の警察に通報しているといけないので、自宅には戻れない。

いまの準備拠点はここ、ニューヨークでなければならない。ここならばプレスコットの行き先を探りながら、姿を消すことができる。PINコードがわからないので、ATMでアクセルのカードから現金を引きだすこともできなかった。

だが、ディーバーはケイマン諸島の口座にニコラス・クランシー名義で開いた口座のAMTカードを持っていた。その口座には、軍隊で使っていた武器をオセアチアの反政府勢力に売りさばいて大儲けしたときの金が預けてあり、ケイマン諸島の銀行はまさにディーバーのような人間にサービスを提供している。

その実体はグランド・ケイマン島の高層建築にあるサーバーであり、顧客はけっして訪れない。銀行は自分たちがなんのために存在し、顧客がなにを必要としているか心得ているので、顧客が一日にATMから引きだせる額を一万ドルと制限している。

アクセルのプラチナカードがあれば、どんなに計画の立案に時間がかかろうと、〈ウォルドーフアストリア〉のスイートが借りられる。それもこれも、アクセルが国連の平和維持軍に入って世界を救おうと決意する前に、株式市場でひと財産築いておいてくれたおかげだ。〈ウォルドーフアストリア〉のなにもかもが純粋なよろこびをもたらしてくれた。まずは、タクシーから降りるのに手を貸してくれた制服姿のドアマンだった。ディーバーは彼に五十ドル札を握らせ、気前のいい客だという噂が広がるのを期待した。おとぎの国の大将のような恰好のドアマンは、ヴィトンのスーツケースとバッグをベルボーイに手渡し、ディーバーを大理石敷きの広大なロビーへと押しやった。まるで彼がひとりではドアをくぐり抜けられないと思っているようだった。

まさに、そのとおり。ディーバーは困難の多い過酷な人生を送ってきた。それをすっかり変えるときが来ており、〈ウォルドーフアストリア〉こそが折り返し地点としてふさわしかった。きわめて快適な十分ののち、ディーバーは部屋に案内された。兵士時代に過ごしてきたたいがいの営舎の三倍、育ったトレーラーハウスにくらべると、その十倍の広さがあった。

床にはフラシ天の絨毯が敷きつめられ、ぴかぴかに磨きこまれたアンティークの家具は、大きくて背の高い四柱式のベッドにデスク、深い赤紫色の肘掛け椅子。艶やかな果物を盛ったボウルがあり、背の高い花が活《い》けてある。太陽王ルイ十四世も、この部屋なら場違いにはならないだろう。

スーツケースとバッグは折りたたみ式のホルダーにきちんとならべて置いてある。奥へと歩を進めたディーバーは、そのままドアが閉まるにまかせて、深々と息を吸いこんだ。なんとまあ！　匂いまでがぜいたくだった。レモンの家具磨きと、洗いたてのベッドリネン、それに花の甘い香りが重なっている。

ダイヤモンドを取り戻すため、ジャック・プレスコットの追跡本部を設置するには、うってつけの場所だ。

豪華なシャワー室のなかで、アフリカと長い空の旅を体のなかから洗い流すには三十分かかったが、これまでに買った以上のトイレタリーが備わっていた。

ジーンズとセーターとパーカーという恰好で外に出たとき、低く雲の垂れこめた冬の空は暮れようとしていた。急ぎ足でホテルを離れ、一ブロック先でタクシーを止めた。ドアマンに一時間前に到着した洗練されたビジネスマンと、平凡な恰好をした平凡な男を結びつけられたくなかったからだ。戻るころには、ドアマンが交替しているし、そのあとは問題にならない。

なぜなら、荒くれ者の兵士ビンス・ディーバーは、永遠に消えようとしているからだ。

9

サマービル

キャロラインはジャックに組み敷かれながら、絶頂の余韻《よいん》から回復しようとしていた。セックスをしたとも言えない状態でよろこびの時を迎えたことに、いまだ唖然としていた。彼のものをなかで感じ、奥深くに受け入れただけで、快感がはじけてしまった。ジャックは動いてすらいない。

ジャックはわたしが自分でも知らない鍵のようなものを見つけたの？　いつもはなかなかいけず、恋人から文句をつけられることが多かった。そう……恋人。サンダーズのこと。交際を再開したり、やめたりをくり返していたころのこと。そう、交際を。

サンダーズが彼自身のことを洗練された恋人だと思っているのを、キャロラインは知っていた。彼自身をワインや料理の鑑定家《かんてい》、芸術にたいする鑑識眼のある男とみなしているのと同じだった。キャロラインがよろこびの頂点を打つのに時間がかかるという事実が、ふたりのあいだでは軋轢《あつれき》の原因となり、やがてキャロラインはいったふりをするという女性ならではの微妙な技を身につけた。

ジャックとならそんなふりをしなくていい。驚いたことに、自分でもそれと気づかないうちに、体が反応しはじめてしまう。勝手に痙攣してしまうのだ。彼が上にいて、なかにいるその感じだけで。

びっくりだ。

ジャックはみずからも果てたのち、ぐったりとのしかかっていたが、そろそろ意識が戻りつつあるのだろう。筋肉の緊張が感じ取れる。入ったままのペニスがかすかに動いた。これ自体が信じられないほどの刺激になった。彼のものが硬くなる――いや、より硬くなる感覚といったほうが正しい。彼のペニスは精を放ったあともあまりやわらかくならない。

ジャックの肩に手をやり、背中を撫でおろして、たくましくがっちりした感触を楽しんだ。入江のように優雅なラインを描く背骨と、両側にある密な筋肉。キャロラインは溝を下にたどり、針金のような毛が何本か生えている腰のくぼみを通って、お尻まで行き、引き締まった臀部を撫でまわした。

大きなリンゴみたいで、ひどくおいしそうだった。ひとくちかじってみたくなる。でも、それはできないので、お尻の肉に爪を立て、即座に反応するペニスを感じた。

これぞパブロフの犬！　うれしくて、笑いだしたくなった。まるでキャロラインに反応するように教えこまれているようだった。手でなにかをすると、なかのペニスがそれに応じて動く。口でも同じだ。顔をめぐらせて、首筋にキスしてみたら、それがわかった。そして軽くつねってみたら、なんとまあ、彼がきゅうに反応して、なかのペニスがジャンプした！

肉体を用いた会話だった。

キャロラインの手が尋ねる——これは好き？　すると彼の体が答える——大好きだ！

彼が髪のなかに手を差し入れ、頭を傾けて顔を近づけてくる。彼の声が直接耳に入ってきて、太い声の振動と吐きだされる息に震えが走った。寒さのせいではなく、熱のせいだ。

「家のなかが暖まるまで、ベッドにいなきゃならないかもしれない」

不満を感じているふうはなかった。「そうなの？」家が暖まるまで彼と一緒にベッドにいられるなんて、大歓迎だ。

「ああ」彼がこめかみに鼻をすりつけた。「何時間か、かかるかもしれない」ため息をつき、残念そうな声を出しながら、乳房に触れた。キャロラインのほうも、前もって教えこまれていたのかもしれない。彼から触れられるだけで、乳房の皮膚が温かくなる。親指で乳首をいじられると、股間でそれを痛烈に感じて、否応なく彼のものを締めつけてしまう。ペニスがなかで大きく動き、びりっとしたショックを受けた。

笑みを浮かべ、彼の肩に両腕を戻した。とても肩幅が広いので、抱擁することはできないけれど。

「かもね」キャロラインは言った。「残念だけど」

彼の口が首筋に戻ってきて、敏感な部分を上へ下へと舐めだした。もっと舐めてもらいたくて、首をそらせた。彼に首筋を舐められ、嚙むようにキスされるのは、無上のよろこびだった。

「それで……」彼が肩に鼻をすりつけ、そっと嚙む。「その間、どうしようか？　話でもするか？」

「わたしはそんなこと――」キャロラインは鋭く息を呑んだ。ジャックが巨大な先端のふくらみを入口の襞まで引きだしておいて、ふたたびゆっくりと奥に戻す。彼女は切れぎれに笑い声をあげた。「あなたがそんなことをしていたら、話せないわ！」

「そんなことって？」ふたたび引きだし、ゆっくりと戻す。彼は楽々と動かしている。彼から放たれたものと、キャロライン自身の蜜とで濡れているからだ。

入れて……出して……。

「それよ」喉が詰まる。

「きみの家族のことを聞かせてくれ。どんな家族だった？」

ジャックがなにを訊いているのか気づくのに、一瞬、間があった。それくらい出し入れされる感覚に夢中で、ゆっくりとした動きだけに尖端から根元までをもれなく感じていた。だが、キャロラインは気色《けしき》ばむと、彼の肩を押した。体に寒気が走った。家族のことなど話せない。いまは無理。これからも。

「いや」もう一度、彼の肩を叩いた。鋼鉄の壁を押しているようだった。

彼が深々と奥まで突き入れ、そこで動きを止めた。「話してみろよ」深みのある彼の声は穏やかで、なだめすかしているようですらあった。「来るときに乗っていたタクシーの運手から、きみが五年前のクリスマスに両親を亡くしたと聞いた」

「六年。六年前よ」喉がひりひりするだけでなく、全身がひりひりした。感情がすべてむきだしにされて、恐ろしく傷つきやすくなったようだった。いつもなら身を守ってくれるものが、いまはなかった。キスと、乳房を這いまわるゆっくりとした指の動きで破壊されてしまった。そしてセックスと。

「話してくれ、キャロライン。話せば楽になる。ご両親はどんな人だった？　親父さんのほうから聞こう。どんな人だった？」

「おもしろい人。とてもおもしろい人だったけれど、わたしたちにしか見せなかった」止めようもなく言葉が口から転がりだした。「父はきまじめな実業家だと思われていたの。でも、物事をとても皮肉な目で見る人で、偽善者と政治家を毛嫌いしていたわ。知事の滑稽なものの真似をしたりして。でも、家族にしか見せなかったし、それもウイスキーを飲んでいるときだけだった。いつ深刻になって、いつ深刻にならなくていいのかを教えてくれたのは、父よ。子どものころは、いつも父を通じて物事を見ていた。昔——」

キャロラインは口をつぐんだ。目の端から涙がこぼれ落ちる。彼の肩をつかんで拭けないでいると、ジャックが親指でぬぐってくれた。「昔?」静かにうながす。

キャロラインは笑いながら涙をすすりあげた。「昔、上院議員の候補者が父に資金調達係を頼もうと、うちに来たことがあるの。その人は根っからの実業家で、とてつもなく頭が悪いうえに、つまらない人でもあった。その人、父が実業家なものだから、節税と規制解除にしか興味がないと思ったのね。それで彼とその奥さんはそこに坐り、税金を逃れるためにバージン諸島で法人を設立したらどうかとか、株価を底上げするために自分の会社の年金基金を流用したとか、どうやって雇用口を五千減らしたとか、得意げに語りはじめたの」そのときのことを思いだし、ふふっと笑う。「すると、父と母は目を見交わして、自分たちはいずれすべてを清算してチャリティにまわし、インドの僧院《アシュラム》に引っ越すつもりだと話した。候補者とそのおぞましい奥さんはぎょっとするあまり、デザートも食べずに帰ったわ。ふたりがいなくなったあと、父と母はシャンパンを開けて、暖炉の前でふたりで飲み干した。わたしが見たときは、抱きあいながら声をあげて笑っていたわ」

ジャックの目を見た。「人にこの話をするのは、はじめてよ。いまとなっては、もうわたししか覚えていないことだけれど」

ジャックの顔に笑みはなかった。眉間の皺が深くなっていた。「どうしてだれにも話さなかったんだ？　きみの親父さんの人となりがよく伝わって、好きにならずにいられない類いの話じゃないか。おれもきっと大好きになっていた。おれはちゃらちゃらしていない人が好きだ」

「そうかもね」想像しにくいけれど、ありえないとは言えない。ひょっとすると、父とジャックは気が合ったかもしれなかった。一見すると、ジャックは父とは正反対だった。父はゆったりと暮らすのが好きな人で、ぜいたくやよろこびを追求したし、人生をおおいに謳歌し、それが一級品なら、なおよろこんだ。

好きだったのはしゃれた服装と、高級なワインと料理、高価なキューバ産のシガー、それにシングルモルトウイスキー。飛行機はファーストクラス、ホテルはつねに五つ星で、家族で劇場に出かけるときは一等席を用意させた。

一方、兵士だったジャックは、過酷な生活に慣れた厳しい男だ。古い服を着て、かかとのすり減ったブーツをはき、キャロラインの出した食事をひどくありがたがってくれる。日ごろろくなものを食べていないのだろう。そんなふたりには、ほとんど共通点がない。

だが、父は嘘つきとスノッブとうわべだけの人間を毛嫌いしていた。サンダーズのことも、最初は彼のほうが実体を隠そうとしていたけれど、いったん知ってしまうとひどく嫌った。そうしてみると、父もジャックなら好きになったかもしれない。ジャックは自分を偽らないし、キャロラインのご機嫌を取ろうともしない。

「きみのお母さんは？　お母さんはどんな人だった？」

「すばらしい人。ああ！」ふいに挿入の角度が変わった。体とお尻の使い方のせいらしく、ゆっくりと出し入れするたびにクリトリスがこすられて、ぞくぞくするほどの快感があった。彼は何度かその甘美で衝撃的な動きをくり返してから、動きを止めた。

「もっと話してくれ。彼女はすばらしい人だった。ほかには？」

「きれいな人だった」快感で体がとろけそうで、声に力が入らない。快感は内側の奥深くから湧いてきていた。「母はとてもきれいだった。内面も外面も」

ジャックが身をかがめて、首筋に鼻をすりつけた。「だろうな」彼女の肌にささやきかけた。「写真を見たんだ。きみはとても母親似だ」

キャロラインはほほえんだ。昔からよくそう言われるし、それがうれしかった。

「父は母を連れ歩くのが大好きだった。母を甘やかすのが好きで、高価なプレゼントを買い与えていたわ。それが父にも幸せだったの。そして、母は父のためにすてきな家庭をつくることをよろこびとした。トビーとわたしは、ふたりがわたしたちに気づかずにキスしている場面をよく見たものよ。ふたりが一緒に亡くなってくれて、よかったと思ってる。それがふたりの願いでもあったはずだもの」ジャックの二頭筋をつかむ手に力を込め、彼の目をのぞきこんだ。「あのね、あのあと——事故のあと、だれもわたしに両親のことを話させてくれなかったわ。だれもがわたしが嘆き悲しむのを嫌ったし、思い出を語るのを聞きたがらなかった。〝気持ちの整理をつけろ〟という意味のことを、ありとあらゆる表現で聞かされた。両親のことを話すのが、なにか……趣味の悪いことみたいに扱われて。相手の目を見ればわかった。我慢して話を聞いているんだけれど、さりげなく話題を変えられる機会があると、すぐにそちらに移ってしまう。わたしが望んでいたのは、ただ——両親を思いだすことだったのに、だれもそうさせてくれなかった」

「トビーは？　弟さんはどんな子だった？」

これがかつて経験のない奇妙な会話であることは疑問の余地がなかった。ジャックがふたたび動きだした。ゆっくりと、熱のこもった動きだった。キャロラインの下半身はどっぷりセックスにはまっているのに、彼は頭も同時に使わせようとしている。併行してふたつの会話を行なっているようなものだ。下半身は情熱的に交わり、肉体を使って大きな声ではっきりと語りあい、首の上では深い会話が行なわれている。

「トビー。事故の前のトビーは、わかるかしら、ほんとうにただの男の子だった。いたずらな子で、いつも面倒なことに巻きこまれるのに、溶けてしまいそうなとびきりの笑顔で切り抜けていたわ。なんでも許せてしまうの――次にいたずらされるまでだけれど。ベッドにカエルを入れられて、心臓発作を起こしそうになったことがあったのに、それさえ許してしまった」キャロラインは話を聞いているジャックの顔を見た。これほど真剣に耳を傾け、自分に意識を集中してくれた人はいなかった。

この人が子どものころは、どうだったのだろう？ いたずらだった？ 活動的でわんぱくだったの？ たぶん違うだろう。静かでまじめな子だったのではないか。子ども時代を思い浮かべながら彼の顔を見ると、なんとなく……ありえないことだけれど、見たことがあるような気がしてくる。

「事故のあと三カ月は、意識不明の状態が続いたわ。二度と歩けない体になった。そして六年のあいだ、一度も不平を言わなかった。痛みにさいなまれているときもよ。人といるのが好きな子だったのに、だれも来てくれなくて。学校の友だちがしばらくは来ていたけれど、やがて足が遠のいた。トビーは車椅子の生活だったし、突発的に発作を起こすことがあって、それを怖がる人が多かったの。だれにでも事故が起こりうるということを突きつけられるようで、避けたかったのかもしれない。ハイスクール時代のわたしの親友には、なぜトビーをし、し、施設に入れないかわからないと言われたわ」

キャロラインはすぐ上にある浅黒い顔と、自分にそそがれた黒い瞳を見あげた。トビーの話をしているあいだに、彼は行為のテンポを速め、ベッドがぎしぎし鳴っていた。

キャロラインは絶頂に向かって長い助走を開始していたけれど、なぜか、口を閉じることができなかった。

「トビーはほんとに勇敢だった」自分を見つめるジャックを見ているうちに、目に涙があふれた。「あの子は歩けなかったし、最後には動くことすらむずかしくなったけれど、いつも気力を失わなかった。わたしのことも励ましてくれた。この二年は自分が死ぬのを知っていたんだと思う。でも、あの子はなにも言わなかった。わたしはあの子がほ、誇らしい。勲《くん》章《しょう》をもらったどんな兵士より、あの子のほうが勇敢だもの。それに――そう、わたしが家に友人や、交際相手を連れてくるたび、その人たちはトビーなどいないようにふるまった。そうでなければ、やけに大声でしゃべったりして。トビーが脳に障害を負ったとでも思っていたみたい。それに、彼らはいつもわたしが――あ、あの子のことを、は、恥ずべき――ああ、ジャック、ああっ！」

激しく身を震わせながら、キャロラインはいきだした。筋肉が長くよどみなく引き絞られて、腹部の筋肉までが締まるほどだった。そしてその快感にまっぷたつにされてしまったように、痙攣が収まる前から、ジャックの首筋に顔を伏せて、わっと泣きだした。止めることはできなかった。命が懸《か》かっていたとしても、押し留められなかっただろう。激しいセックスと絶頂感とで、これまで積みあげてきた防御がもろくも吹き飛び、あとには傷つきやすいむきだしの彼女が残されて、根深い悲しみが表に噴きだしてきた。

ひたすら泣きじゃくり、息が切れそうになっても、さらにまだ泣いた。悲しみと怒りと恐怖を涙にして出した。朝、トビーに泣き腫らした顔を見せたくなくて、涙をこらえていた長く寂しい夜を思って泣いた。悲劇によって断ち切られたすばらしい三人の人生を思って泣き、その三人と生と死を分かつ壁によって分かたれたことに泣いた。

そしてときに、自分がその壁の生者の側ではなく、もう一方の側にいるように感じられることに泣いた。これまで何度、自分の内側が死んだと感じただろう？　彼らと一緒に死ななかったことを思うと、不思議な気がするほどだった。

泣きつづけるうちに、喉がひりひりしてきて、引きつけたように息を吸うたび、胸が痛くなるようになった。そしてようやく、流すべき涙が涸れた。

その間ずっとジャックが強く抱きしめ、なかに入れたまま、動かさずにいてくれた。彼は話しかけようとはしなかった。言葉は無力だとわかっているのかもしれない。それに、言葉ならごまんと聞いてきた。

いつまでも悲しみに浸っていてはいけない。自分の人生を取り戻さなければね、キャロライン。悲しみは処理の過程なのに、きみはまったく感情を処理していない。

そのとおりだった。ときには深いブラックホールにはまりこみ、底なしの息苦しい井戸のなかで、頭上にかすかな明かりを見ているだけのように感じた。ほかの人たちが話す言葉は、ほとんど心に届かなかった。

やはり、ジャックは言葉をかけてもしかたがないとわかっているのだろう。彼が与えてくれたのは、もっといいもの——肉体がもたらす慰めだった。友人たちは何千何万という言葉をかけてくれたけれど、だれひとり抱きしめてくれようとはせず、いまジャックがしてくれているように、腕のなかで涙を吐きださせてはくれなかった。

ついに涙がやんだ。彼の下で静かに横たわりながら、息を整えようとした。ジャックがゆっくりと彼女からおり、いまだしっかりと抱えたまま、ふたりして横向きになった。いまキャロラインは彼の肩を枕にして、暖かくて固い抱擁のなかにいる。ひどい事故にでもあったように体が利かず、筋肉も思考も自分では制御できなかった。

「ごめんなさい」呆然としながら、謝った。

ジャックがなにかで顔を拭いてくれた。「失った悲しみはおれにも覚えがある」彼は静かに言った。「気分がよくなったか?」髪に手を差し入れて、頭蓋を揉《も》んでくれる。

「ええ、ありがとう」すこし湿った声で行儀良く答えてから、はたと気づいた。気分がよくなっていた。ひとしきり泣いたおかげで、長年、体内にあって憂鬱の原因になってきたよどみが吐きだされたようだった。

ジャックがまた顔を拭いてくれる。キャロラインは半笑いになった。「ベッドにハンカチを持って入っていたなんて、信じられないわ」

「ハンカチじゃない」ジャックはしれっと言った。「シーツだ」

キャロラインはびっくりして、目を白黒させた。「わたしのシーツで涙を拭いたり、洟《はな》をかんだりしてたってこと?」

「べつにいいだろう」ああ、神さま。彼の声のすてきなこと。太くて、穏やかで。精神安定剤として壜詰《びんづ》めにして売りたいぐらいだ。プロザックよりずっと効く。「シーツならふたりで交換すればいい」

ふたりで。ほんのひとことなのに、そこには大きな意味があった。シーツならふたりで交換すればいい。

両親が死んでからはじめて、ひとりで問題を抱えないでいいのだと言ってもらったことに気づいた。友人たちとときおり現われる交際相手たちは、夜の外出とか観劇にはまめにつきあってくれたものの、自分の問題に立ち向かうときはつねにひとりだった。今回の問題はささやかでバカげている。それにシーツなら何枚もあるが、彼の声音《こわね》のなにかがシーツに関してだけでなく、キャロラインの味方になろうと告げていた。

「あなたなら、トビーから逃げなかったでしょうね」キャロラインは質問ではなく、感想として述べた。

「ああ」髪のなかにある彼の手に、力が入った。「逃げなかっただろうな」

ジャックの肩から頭を持ちあげて、彼の顔を見た。「もっと早くに知りあいたかった」

なにかが――ひじょうに強い感情が――彼の顔をよぎった。眉間の皺が深まり、頰骨の皮膚が張りつめた。

「もっと早くに来られていたらと、おれも思うよ」

ブライトンビーチ

ブライトンビーチは、人口十五万人のコミュニティで、ブルックリンの一角を成している。ニックネームを〝リトル・オデッサ〟というのは、住民の大半がロシア移民だからだ。

ディーバーは皮肉なめぐりあわせに思いを馳せた。なぜなら、これから会いにいく男と出会ったのがビッグ・オデッサ——つまりウクライナ南部にある本家オデッサだったからだ。ビクトール・〝ドレーク〟・ドラコビッチにはじめて出会ったのは八〇年代後半のこと。地上に住んでいて、目がふたつあり、使える脳がある人間ならみな、ソビエト連邦が倒壊しようとしているのを知っていた。

ＣＩＡはそれを知らなかったが——ＣＩＡはふたつの手と一本の棒きれがあっても、自分のケツが見つけられない組織だからだが——エルベ川の東側にいる人間ならみんな承知していた。

当時のドレークは世界一の武器商人だった。、オデッサにあるこれといった変哲のない高層建築を拠点にして、集める端からアフガニスタンのムジャハディンに武器を提供していた。特殊部隊に所属する若い兵士だったディーバーは、ドレークに金銭を届ける任務を与えられており、ブリーフケースには五十万ドルが入っていた。前に一度計算してみたことがあるが、合衆国政府はざっと見積もっても一千万ドルをドレークにつぎこんでいた。

そして彼の商品には価格だけの価値があった。ドレークの武器は質がいいことで有名だった。兵器係だった元ロシア兵を四人雇っており、ドレークから武器を購入すると、価格に見合った商品を、きれいにクリーニングして油を差し、いつでも使える状態で渡してもらえる。

ドレークの職歴は九・一一に一度、途切れた。実際は九月十日、アフマド・シャー・マスード暗殺の報が入ったときだ。

短波ラジオからそのニュースが流れた日、オデッサにいたディーバーは、ドレークがニュースを聞くなり、粛々《しゅくしゅく》と持ち物をまとめだすのを見て、びっくりした。「悪いことが起きる」どうしたんだと尋ねたディーバーにたいする彼の答えは、それだけだった。「この仕事はおしまいだ」

翌日には、ドレークの正しさがわかった。そしてタリバンにたいする武器の供給を停止したドレークの判断は、的確だった。そのまま続けていれば、合衆国政府が本気で彼をつぶしにかかっていただろう。目先が利くドレークは、勝負のしどころを知っている。ひと月後、彼はベルギーのオステンドに拠点を置き、コンゴの反政府組織のリーダー、アシャド・ファトイに武器を供給しており、そこでディーバーとふたたび道が交わった。ディーバーはできるだけドレークに仕事をまわすように心がけ、一度は、ベルギーの安全保障をになう機関シユターツフェイリヘードのフランドル人捜査員がドレークに迫っていると忠告してやることもできた。

九月の十日以来、ディーバーはドレークの動きを追い、自分がつねに窮地を切り抜けられること、そしていつか彼を必要とする日が来ることを予期してきた。その日が来たのだ。

「ここでいい」タクシーの運転手に声をかけ、メーターの金額に五ドルのチップを加えた額をシート越しに差しだして、車を降りた。まだ夕方までに間があるが、雪空は重苦しく曇り、夜のように暗かった。

そこから二ブロックの距離まで移動した五分後には、ディーバーは運転手の視界から消えていた。一分としないうちに、これといった特徴のない高層建築の呼び鈴を鳴らしていた。ドレークがオデッサで住んでいた建物に似ていなくもなかった。呼び鈴の上の名前とは無関係に、どれを押せばいいかはわかっていた。いちばん上の呼び鈴だ。ドレークは外から攻撃してきた部隊の侵攻を遅らせるために下の階に偽装爆弾をしかけており、屋根にはヘリパッドがあった。これが彼のやり方であり、オデッサでもオステンドでもラゴスでも、そしていまのブライトンビーチでも、そのやり方は変わらなかった。

呼び鈴を鳴らすと、防犯カメラが軸を中心に回転してこちらを向いたので、ディーバーは二本指を眉につけ、おどけたしぐさで敬礼した。ドレークは三つのレベルで防犯体制を敷いており、十階のこれといって特徴のないドアの脇に控えるフル装備のひじょうに有能なふたりの巨漢警備員の前を通るまでに十五分かかった。すばやくそっけなく身体検査をされてから、広いホワイエに押しやられ、そこで待つこと数分。全身がスキャンの対象にされているのはまちがいなかった。

ドレークにはたくさんの敵がおり、ディーバーが知っているだけでも、五度、暗殺未遂にあっているが、いずれも成功にはほど遠かった。ドレークはきわめて殺すのが困難な男なのだ。

防犯対策にもボディースキャンにも問題はなかった。ディーバーはなにも隠し持っていないからだ。ドレークのいる場所に爪楊枝《つまようじ》より大きい物を持ちこむ人間がいるとしたら、そいつはどうかしている。用意された防犯手続きがすべてすむのを我慢強く待った。

ようやく、無言の巨漢ボディーガードがもうひとり現われ、ついてくるよう手招きされた。長い廊下を歩き、やはり特徴のない別のドアの前で立ち止まった。ボディーガードはノックしてから、ディーバーをなかへ押しやった。

「よくきてくれた、わが友よ」ドレークの低音が暗がりから聞こえてきた。「さあ、入って」

彼の英語はすばらしい。フランス語もドイツ語もオランダ語もスペイン語もアラビア語も同様にあやつる。ドレークは交渉はみずから担当すべきだと考えており、そのためには外国語も使いこなさなければならない。

黒髪に黒い瞳のドレークは、身長こそ人並みだが、ひじょうに屈強だった。複数の武術を身につけているのは当然として、それよりなにより、超人的なストリートファイターだった。手はだれよりも大きく、一センチ近い硬いタコがついた関節は、航空機のボルトほどの大きさがある。ディーバーはドレークがある男の顔を殴るのを目撃したことがあるが、その顔は銃弾にやられたかと思うほどひどいありさまになった。渾身《こんしん》の一発でサンドバッグを破壊するのも見たことがあった。

牡牛のように危険な男だが、その一方で厳しい行動規範を持っていた。一度として約束をたがえたことがないことで知られ、相手にたいしても同様に、約束の厳守を要求する。ドレークを敵にまわした人間は、自分の葬式の計画を立てたほうがいい。

そのドレークがそこに立ち、坐り心地のよさそうな肘掛け椅子を指さしていた。

部屋全体がひとりの男が安楽に過ごせるようつくりあげられている。なんの変哲もない建物で、壁や通路はがらんとしているが、ここには快楽があった。座面の広い革製の肘掛け椅子に、厚みのあるぜいたくなカーペット、高価なスピリットのならぶサイドボード、シガーの詰まった専用ケース。

このシガーには、ドレークがけっして口にしないなにかにたいする返礼として、フィデル・カストロ本人が毎月直接送ってくるという伝説がある。

部屋には金と権力を感じさせる見た目と、匂いと、感触があった。

ディーバーは肘掛け椅子に腰かけ、ため息とともにジャケットのファスナーをおろした。アブジャ以来、はじめて完璧にくつろぐことのできる空間だった。ここならなんの心配もいらない。セキュリティに幾重にも守られ、静かな音をたててドアが閉まったら、そこは銃弾が飛びこんでくる心配のない、安全で静謐《せいひつ》な空間になる――いまのディーバーは守られている。この二十年のほぼ全般にわたって、ふたりは立場上敵味方の関係にあったが、いまは同じ側に立ち、その結果はよろこばしいものだった。

琥珀《こはく》色の液体が半分入ったカットクリスタルのグラスが肘のところにあった。ディーバーはそれに口をつけ、年代物のシングルモルトウイスキーを味わった。

「それで」からのグラスをサイドテーブルに置くと、ついにドレークに向き直った。「いまのおたくは米国側にいる。今後もそのつもりなのか?」

ドレークが肩をすくめた。「ああ、いまのわたしは獣の腹のなかだ」おっとりと答えた。「それでどうなるか、やってみるまでのこと。いまのところ文句はないがね。さて、きみの用件を聞こうか」

これ以上の世間話がよろこばれないのは、ディーバーにも察しがついた。ドレークはリラックスしたようすだが、たいがいの第三世界よりも価値のある帝国を率いており、しかも実務の取りしきりまでしている。彼にとって時間は貴重品だ。本題に入ったほうがいい。

ディーバーは身を乗りだした。「まずは、インターネットの検索ができるラップトップが一台いる。いずれ捨てることになるから、中古品が都合がいい。ただし、徹底的な検索に耐えられるよう、充分なRAMが搭載《とうさい》されたマシンにしてくれ。指紋のないもの。そしておれも、捨てる前には、検索履歴を消すと約束する」

ドレークがうなずいた。「ここに一台ある」

いいだろう、最初の問題が片付いた。「ふたつめは、仕事が終わるまで使える新しい身分がいる。一週間で終わるかもしれないし、ひと月かかるかもしれない。だが、それ以上にはならない。人を追うんだが、相手を見つけたら、米国本土以外の土地に引っ越して戻らない。モンテカルロにしようかと思っているんだが、そのためにはパスポートが必要になる。米国籍はやめてくれ。そして身分のほうもそこそこの信憑性がいる。ある程度の調査には耐えられる裏付けのある出生証明書が必要になるだろう」

ドレークは重々しく頭を傾けた。「それも任せてくれ。ボディーガードのひとりがお抱えの技術者のところへきみを連れていく。その男ならなんでも持っている。そいつがそうそうのことではばれない新しい身分を用意してくれる。さらに、マルタのパスポートも彼のもとで手に入る。マルタはEUに加盟している。そのパスポートがあり、モンテカルロの銀行に充分な預金があれば、滞在許可書《ペルミ・ド・セジュール》が手に入る。そして十年行儀に気をつければ、市民権が与えられる」

これでディーバーにはパスポートの行方がわかった。クロアチアのザグレブにあるマルタ共和国の大使館から、百九十通の未記入のパスポートが盗まれたと報告があった。それだけのパスポートがあれば、ひと財産になる。それがドレークの手に渡っていた。なるほど。

次が難問だった。「まだあるんだ。ＦＢＩの身分証明書と電話番号がいる。そしてその番号にかけると、おれが特別捜査官だと証言してくれる人物がいなければならない」

ドレークはうなずいた。「期間は？」

ディーバーの顎の筋肉がぴくりと動いた。「なるべく長く。それに火力が必要になるが、行った先で手に入れたい。飛ぶときはきれいな体でいたい」

ドレークはとっておきのサービスを提供していた。望みの武器、しかもコ、ー、ル、ド——追跡不能——で完璧に作動する状態にある武器を、希望する場所に希望する時に届けてくれるのだ。ドレークのネットワークは世界じゅうに広がり、事実上、核弾頭以外のどんな武器も調達することができた。このサービスを使えば、航空機に火器をこっそり持ちこもうとしなくていいし、地元の供給業者を探さなくてもいい。とりわけ、本格的に仕事を行なうときは役に立つサービスだった。

ドレークはウイスキーを飲んで、穏やかに話した。「どんな武器がいつ欲しいか言ってみてくれ」

ディーバーは列挙した。「ベレッタのＭ92が一挺に弾倉が三つとショルダーホルスターがひとつ。バックアップとしてケルテックＰ32を一挺にマガジンが三つ、Ｍ40ライフルに10Ｘ

スコープと携帯ケースと弾薬が四箱。どの銃もコールドである必要がある」

「言うまでもない」ドレークは多少機嫌をそこねたふうだった。彼の評判がかかっている。

「受け取りたい場所は?」

二千万ドル相当のものを取り戻せるかどうかがかかっている。「まだわからない。わかったら、すぐに連絡する。以上のものを頼むと、いくらになる?」

「二十万ドル」ドレークは即答し、ディーバーはかろうじて平静を保った。全財産に近い。宿敵プレスコットを早々に捜しださねばならない。そして見つけたあかつきには、苦労させられた分、ゆっくり痛めつけてやらずにはいられまい。

「決まりだ。銀行の口座番号を教えてくれたら、すぐに電子メールで振込依頼を出す。銀行は二十四時間、週七日開いているから、金は二十四時間以内に振りこまれる」

「いや、そんな心配はしていないよ」ドレークの声は穏やかだった。「きみのことは信用している」

信用できるはずだ。ディーバーの銀行には一万ドル以下しか残らないが、それでも支払いをごまかそうとはつゆほども思わない。最後にドレークをだました男は、みずからのペニスで窒息死し、切り取られたペニスをくるんでいたのは、さばいた腹から取りだされた本人の腸だった。だからこそ、ドレークには信じられるのだ。

どうせプレスコットさえ見つけられれば、金持ちになれる。ドレークほどではないにしろ、いい線までは行けるだろう。

「ほかにまだあるかね？」

あったとしても、もはや先立つものがなかった。「いや、以上だ」

「ならば、ここでの話はおしまいだ」ドレークが立ちあがった。「部下がきみをIDの入所場所まで連れていく。たいして時間はかからない。きみにひと月間与えられる電話番号には、つねに人を配置して、きみがFBIの捜査官だと証言させよう。サービスを延長したい場合は、追加料金が必要になる」

「いや、ひと月あれば足りる」ディーバーは人の追跡をだれよりも得意としていた。ひと月使いきることなくプレスコットを見つけられるだろう。

「では、これで契約成立だ」ドレークが手を差しだし、ディーバーが握った。ドレークの手は冷たく乾いていて、力強かった。「武器の受けわたし場所が決まったら、連絡してくれ」

ディーバーはうなずいた。表立って合図をしたわけでも、ボタンを押したわけでもないのに、鋼鉄製のドアがにわかに開き、ドアの外側にいたふたりのボディーガードが身分証明書の入手先まで連れていこうと待ちかまえていた。

「ところで」ディーバーとともに戸口まで来たドレークは、いつもどおりの冷静かつはっきりとした口調で言った。「ダイヤモンドを取り戻したら、わたしのところへ持ってくるといい。高く買い取らせてもらおう」

驚愕の表情を浮かべるディーバーの眼前で、鋼鉄製のドアが閉まった。

10

サマービル

「そうよ、ベイビー、それをちょうだい」女は喉を鳴らすように言った。「大きくて太くて熱いのを」

「ほら、ハニー」サンダーズ・マカリンは願いを聞き入れるべく、女の貧相な腰をつかんで、腰を突きあげた。そこそこ気持ちがよかった。女はしっかり濡れ、激しく腰を振っている。

女の名前は思いだせない。カーラだか、カラだか、カレンだか。まあ、そんなような名だ。昨晩〈ジグザグ〉で出会ったのだが、クリスマスイブだったために、店内は活気があって騒々しかった。彼女は一緒に来ていた女友だちが男を見つけていなくなったとかで、サンダーズの隣りの空いていたバースツールに坐った。

彼女と体を重ねて二十四時間、食べるときと、シャワーを浴びるときと、トイレに行くときをのぞいて、ずっと交わっている。名前を知らなくても問題にはならない。ハニー、でこと足りるからだ。

カーラだかカレンだかは頭を後ろに倒し、目をつぶって腰を振っている。

サンダーズが見るところ、三十歳ぐらいの女だった。ただし、乳房と鼻は四歳前後。乳房に異物を入れた女は、セックスのとき上になってはならない。ほかが全部揺れているのに、乳房だけが胸にボルトで留められているように見えるからだ。サンダーズは興味津々《しんしん》で乳房を見つめた。大きくて動かない乳房は、まるで胸壁に取りつけられた水風船のようだ。胸の風船以外は、どこもかしこも痩せている——棒に乳房。それにのけぞると、鼻の整形手術の跡まで見えた。

そのうえ……顔にあるのは？　〈ジグザグ〉では気づかなかったし、そのあとも暗いなかでセックスしていた。ひょっとすると、三十歳どころではないのかもしれない。

さらに何分か腰を振ると、大きな声とともに女がいき、彼女の収縮につられて、サンダーズもいった。

猫がクリームの皿を前にしたときのような笑みとともに、女が上に横になった。そのまま居残るつもりで、肩を枕にしている。

「すてきだったわ」女が満足げにつぶやいた。

サンダーズは自分たちの体からセックスの匂いが立ちのぼるのを感じた。気持ちが悪い。きれいにする時間だ。

「悪いな、ハニー。トイレに行かせてくれ」女を押しやり、転がってベッドから出ると、裸のままバスルームに向かった。化粧台の前を通るとき、自分の姿が目に入って、満足げに立ち止まった。ジムで過ごした時間は嘘をつかない。腹はぺたんこだし、体の線もゆるんでいないが、いまは……ペニスからぶら下がるコンドームが見苦しい。サンダーズはコンドームを引きはがした。

いいだろう。まだうなだれていない。これならご婦人方からも文句が出ないわけだ。バスルームに入ると、くずかごにコンドームを投げ捨てた。これでくずかごの底には四つのコンドームが入っている。

サンダーズ自慢のバスルームだった。三万ドルかけて改装し、丸ごとすべて気に入っている。シャワーの隣りには、黒い大理石の塊から彫りだした独立型のバスタブがある。一トンの重みがあるため、床を補強してから設置しなければならなかった。

シャワー室に入ったサンダーズは、輝きを放つ設備とバレンチノの淡いクリーム色のタイルを見て、浮き立った。三十のジェットノズルのあるスパ仕様のスチームシャワーと、フットマッサージ器と、有線放送と、手を使わずにかけられる電話システムが備わっている。

クリニークの紳士用シャワージェルで体を洗いながら、ふと気づいてみると、いまのうちに女が消えてくれればいいのにと思っていた。セックスはもう充分だし、セックスなしで一緒に過ごしたいほど好きな女ではない。

彼女は秘密にしてとっておきたいほど気の利いた道具ではなく、しかも神経にさわる金切り声をしている。床上手でフェラチオがうまいのには感心したが、そのあと股間を見おろしペニスが黒くなっているのに気づいたときは、ショックだった。突然、壊疽《えそ》にかかったようになっていた。結局、カーラだかカラだかが塗っていたゴシック風の黒いリップスティックがついていただけとわかったものの、一瞬、いやな思いをさせられた。

カーラだかカラだかは広告会社に勤めており、サンダーズが聞いたことのない音楽や、観たことのない映画や、行ったことのない酒場について語るので、退屈でしかたがなかった。

彼女がいなくなれば、密輸入されたクリミア産のキャビアの大瓶と冷蔵庫で冷やしてある二百ドルのドンペリを楽しむことができる。もったいなくて、カーラだかカラだかにはとても出せない。酒場で拾ったとき、彼女はなにやら甘い酒を飲み、クラブサンドイッチをぱくついていた。

ゆっくりシャワーを浴びていたら、彼女がそれと察して、立ち去るかもしれない。あ可能性はないに等しい。すっかりベッドに落ち着いて、根が生えたようになっていた。

あ、うっとうしい。彼女をぱちんと消せるボタンがあればいいのに！

カラだかカーラだかは、もういらない。

このところ、女を抱いたあと、そう感じることが多くなった。

ベッドのなかではいい女も、外だと退屈で低俗だった。彼女とはもうたっぷりセックスをした。股間に目をやり、もう一ラウンド手合わせすると考えてみて、ムスコの反応を確かめてみた。

頑《がん》として下を向いている。つまりは、そういうことだ。

というか、彼女とさらにセックスしようと考えると、少々憂鬱になるほどだ。

カーラだかカラだかなんだか知らない名前の女も、運が悪い。

よりによってクリスマスに、一緒に過ごす女をまちがえてしまった。

ではだれならいいのか、サンダーズにはわかっていたが、彼女をベッドに連れこむには、クリスマス過ぎまで待たなければならない。そう、ベッドに連れ戻すには。それは自分の人生に連れ戻すこととイコールだった。

キャロライン・レークを。

彼女と一緒になるべきときが来ているのが、わかった。ふたりは十代のころからたがいのまわりをめぐってきた。だが、ふたりの関係を永遠のものにするべきときが来ていた。彼女とは何度か別れ、最初は十代のときだった。当然ではないか。東部のカレッジへの進学を控えていたのだから。いくら金持ちの家の娘で、かわいいからといっても、田舎のガールフレンドに足を引っぱられるわけにはいかなかった。

その後、キャロラインも東部の、電車で一時間のボストンに出てきた。彼女は以前にもましてきれいになっていた。何度かふたりでシーツに絡まってのたうちまわり、婚約指輪を送ることを真剣に考えはじめたころ、彼女の両親が交通事故で死んだ。

以来、婚約など不可能になった。

ロバート・レークは亡くなった時点でいくつかまずい投資を行なっていた。それに治療費と父親の借財が重なったキャロラインは、破産寸前まで追いこまれつつも、自分の書店を開くことでなんとか生き延びてきた。そして書店とおぞましい弟で手いっぱいになり、サンダーズにまで時間を割《さ》けなかった。

一方、サマービルに戻ったサンダーズは、キャロラインとよりを戻したいと考えるようになった。たとえ彼女に金がなくても、だ。

キャロラインにはそれを補う長所がたくさんある。美貌と教養に恵まれているので、どこへ連れていっても恥ずかしくない。サンダーズは弁護士として仕事の幅が広がるにつれて、大物クライアントと話すとき、キャロラインが隣りにいてくれたらと思うことが多くなった。

キャロラインには不思議な魅力があり、一緒にいるとそれが自分にも伝染した。何度か頼みこんで、ここぞというときについてきてもらったが、サンダーズの株までぐんと上がった。だが、キャロラインにとっての一番と二番と三番はトビーであり、サンダーズは悲惨なことに四番めだった。

受け入れがたい現実だ。

そのことを思うと、毎度ぞっとした。そう、彼女が自分よりも、そして自分が提供できる生活よりも、のたうちまわることしかできない哀れな生物を優先させていることにだ。キャロラインが孤軍奮闘《こぐんふんとう》していることはわかっていたが、苦労を招いているのは彼女自身だった。彼女は頭にレンガが落ちかかっているというのに、古い建物にこだわって道理を受け入れようとせず、何度売れと言っても聞く耳を持たなかった。

彼女に黙ってグリーンブライアースを鑑定させたところ、驚いたことに、崩れ落ちつつあるにもかかわらず、いまだ百万ドルを超える資産価値があるとの報告を得た。鍵は設計にあるらしい。だとしても、売り払う理由のほうがなお多い。少なくとも、築七十年にはなるのだから。彼女はお高く気取ったまま貧窮し、屋敷は廃墟へと向かっている。サンダーズになら苦境から救って、それまでどおりの暮らしをさせてやれるのに、彼女はそんな申し出を鼻であしらい、障害を負った弟との暮らしを選んだ。

いまだにそのことを考えると、まごついてしまう。

キャロラインはただあの屋敷を売り払い、トビーを適当な施設に入れて、ほかの人たちの目に触れないようにすればよかった。そのうえで自分と一緒になれば――いや、よりを戻せば――サンダーズは自分が最初の男であることを、ことあるごとに思いださせた――問題はすべて解決する。サンダーズは手を替え品を替えて、それを伝えてきた。

だが、ありがたいことに、トビーも死んだ。最大の金食い虫がいなくなったと同時に、おぞましい要素が排除された。トビーのこと――ぐったりと車椅子にかけ、傷だらけの顔はフレディのようで、両手はかぎ爪のようにゆっくりと収縮するように動いた――を思いだすと、胸がむかむかしてくる。

キャロラインと最後にデートした日のことは、鮮明に覚えている。彼女をベッドフォードの〈チエ・マックス〉に連れていき、ひとりあたり百ドルかかったが、その甲斐はあった。あの夜のキャロラインは一段ときれいで、ベルサーチの黒のドレスを着ていた。なぜそんな高価なドレスを買う余裕があるのか謎だが、たしかにベルサーチだった。そして恐ろしく似合っていた。彼女は周囲の注目を一身に集めていた。

そしてふたりの仲もうまくいっていた。彼女がしゃれた雰囲気とおいしい料理を楽しんでいるのが、見ていてわかった。一本二百ドルするシャトーヌフデュパープを頼み、ふたりでそれを飲み干した。ゆったりとくつろいだキャロラインは、うっとりするほど美しくて、目が釘付けになった。

彼女のような女は、そういう場所——そういう男の腕のなか——にいるべきだ。

自宅に誘って断られたのち、家に送って、一杯いかがという誘いを受けた。

おぞましい弟はまだ寝ておらず、リビングでテレビを観ていた。キャロラインはサンダーズにお酒をつぎ、穏やかに会話しながら、弟にミルクをついだ。弟は彼女がグラスを口元にあてがってやらないと飲めず、それでも半分はこぼしてパジャマの前を濡らした。まったくろれつがまわっていない——口の半分が傷跡になっていた——のに、キャロラインはそれをごたいそうに最後まで辛抱強く聞いてやっていた。

そして、キャロラインが弟に手を置いた。それを見た瞬間、あやうく吐きそうになった。彼女のほっそりしたきれいな手が、あんな怪物……物に触れるとは。

それで立ったままウイスキーを飲み干し、かっかしながら立ち去った。あの家に足を踏み入れてからずっと、キャロラインから無視されているに等しかった。あの人間とも呼べない哀れな物体のご機嫌をとるのに忙しくて。

だが、それももはや過去のこと。ついにトビーが死に、キャロラインは自由になった。

いまだ貧乏は続いている。

「ねえ、ベイビー」カーラだかカラだかが鼻にかかった声で言う。「ママ、寒くなってきちゃったわ」

サンダーズは天を仰いだ。

女をとっかえひっかえするには歳をとりすぎたのかもしれない。クライアントにしても既婚者が大半で、なかには結婚二度め、三度めという人もいる。サンダーズが独身だと言うと、奇異な目で見られるようになってきた。

必要なのは妻だった。すぐに飽きてしまうセックスがうまいだけの尻軽女《しりがる》ではなく妻。連れて歩いて体裁《ていさい》のいい女、夫のために家を切り盛りしてくれる女でなくてはならない。そして子どもを生めること。かわいくて、健康で、賢い子どもを。

そうしてみると、条件に合致する女はひとり、キャロラインしかいない。

サンダーズは先月、政治活動に熱心なふたりの実業家に呼ばれて、シアトルに出かけた。数時間かけて物議をかもす問題にたいしてどう考えているか探りを入れられてから、翌年に控えた中間選挙に議員として立候補する気はないかと尋ねられた。いま返事はいらないから、考えてみてくれ、と。

サンダーズは政治家になるために生まれたようなものだ。容姿と頭脳と資金を兼ね備え、そしてなにより肝心なのは、話をすればバックアップしてくれそうな自分以上の資産家をたくさん知っていることだ。政治家として階段をのぼっていく姿を思い浮かべるのは、むずかしいことではない。下院議員、州知事、上院議員。いや、場合によっては頂点を極めることも可能かもしれない。

それが自分の運命だ。サンダーズはそう考えて、指先にまで力がみなぎるのを感じた。もう女遊びに精を出している歳ではない。少なくとも、おおっぴらには控えるべきだ。人生のその部分はもう終わった。これからは家庭生活の安定と妻子がいる。政治家の妻たるもの、写真写りと愛想がよくて、どこへ出しても恥ずかしくない女でなければ困る。手短かに言って、それこそがキャロラインだった。

また政治家の妻にはスタミナと忠誠心が求められる。仮に実習生とセックスしている現場を押さえられたとしても、妻には自分の味方になって、かばってもらわなければならない。そしてこの世の中に責任を放棄しない女、骨の髄《ずい》まで献身的な女がいるとしたら、献身的にすぎると言っていいくらいのキャロラインだった。

そうだ。彼女なら文句のつけようがない。家をきれいに飾りつけ、お客たちを感じよくもてなし、見栄えのいい子どもを生み、自分のことより家族を優先する。

ようやく準備が整った。この段階に至るまでに十三年かかった。

クリスマス休暇中は、こちらの都合で彼女を避けていた。この時期のキャロラインはひどく陰気で退屈になる。それに今年はたぶんトビーのことを悼《いた》んでいる――まともな神経の持ち主なら、あんなお荷物がいなくなってせいせいするはずなのだが。

彼女のなかから、そうしたものを一掃してやらなければならない。

月曜になったら書店まで行き、さっそく仕事に取りかかろう。なに、さしたる苦労はないはずだ。キャロラインはいまやひとりきりで、金に困っている。そしてたぶん、少し寂しい。彼女と進んでつきあおうという人は少ない。本人が愚痴るわけではないけれど、みな彼女の苦境を知っているからだ。問題を抱えた人間が好きな人などいるだろうか。

そして彼女の祈りに応えるのは、サンダーズだ。復活祭には婚約し、六月には結婚の運びとなる。立候補者として政界のようすをうかがうのにちょうど間に合う。

カーラだかカラだかを、追いださなければならない。たわいない雑音《ホワイトノイズ》にすぎないとはいえ、こうなってみるとうっとうしかった。

サンダーズはプライベートの携帯電話を引っぱりだし、仕事用の携帯に電話をかけた。何秒かすると、寝室に置いてある仕事用が鳴りだした。

「ねえ、ベイビー、電話が鳴ってるわよ！」カーラだかカラだかがキーキー声をあげた。

黒板をチョークで引っかくような声に顔をしかめながら、寝室に入った。仕事用の携帯を開いて耳につけ、聞いているふりをした。

「ああ、ああ」眉をひそめて話を聞く。「いつ？　バウアーズには伝えたのか？　ああ、ああ……だろうな……念のために言わせてもらうと、クリスマスだぞ……ああ、ああ……そうか、わかった」最後のひとことはいらだたしげな口調で言った。電話を閉じ、女の服を床から拾いあげた。

「悪いな、ハニー」ベッドでふくれ面をしている女に声をかけた。「きゅうな仕事が入った。あと三十分で人が来て、彼らとロサンゼルスに飛ばなきゃならない」ブラジャーとパンティは赤いシルクで、少し汚れていた。彼女に向かって投げた。「急いでくれ。タクシーを呼ぶ」

月曜日のことを思うと、実際、胸がわくわくした。時が満ちた。

ニューヨーク
ウォルドーフアストリア・ホテル

ディーバーは自分の部屋で、ホテル内の〈ピーコックアリー〉から運ばせたクリスマスディナーを食べていた。メーン州のロブスターサラダに、特殊な環境で二十八日間熟成させた最高級のサーロインのグリル、サイドディッシュは天然マッシュルーム、それにサイドボードで呼吸しているのは四十ドルの辛口のイタリア赤ワイン、バルポリツェラ——チップを含めて計百五十ドル。それだけの価値のあるディナーだった。

グラスを持ちあげ、いまだ好意を示してくれているアクセルを称えた。

ウエイトレスがアンティークで大きなオークのデスクに食事をセットし、黙って頭を下げて部屋を出ていくと、ディーバーは深々と息を吸い、その瞬間を堪能した。

非の打ちどころがなかった。リネンのテーブルクロスとナプキン。華奢な陶器に、重厚な銀器に、クリスタルグラス。すばらしい料理の食欲を誘う匂いと、清潔なテーブルリネン。

ディーバーはテキサス州のミッドランド郊外にあるトレーラーパークで育った。子ども時代を通じて、食べ物といえば缶詰《かんづめ》をそのまま食べることが多く、しかもゴキブリと先を争うような食事だった。フォークにいろいろな大きさがあるのを知ったのは、十八歳で軍隊に入ってからだ。

だが、それも遠い昔のこと。いまはぜいたくを好むたちだと自覚している。自分にはそんな暮らしがふさわしい。

それから一時間後、ディーバーはピーチ色の大判のリネンのナプキンで口を拭き、小さくげっぷをした。完璧だ。完璧な食事。これから続く完璧な食事の第一回。

残りの人生はこの調子で続く。そう、まさにいまのように——豪奢《ごうしゃ》な空間と、スタッフと、一級品の料理とワイン。そして周囲には女をはべらせよう。大勢の女を。

いまは狩りの時間。女はいらない。

備えつけの厚いテリークロスのローブ姿で、ドレークから譲り受けたラップトップを開いた。やはり、ドレークの商品には、まちがいがない。酷使されたマシンであることは見ればわかるが、ハードディスクのなかはきれいに掃除され、パワーアップされていた。ディーバーはインターネットの高速回線に接続してグーグルを開くと、椅子の背にもたれて明るい画面を凝視した。

大佐がダンプスターの裏でプレスコットを見つけたのは、一九九六年のことだ。プレスコットは痩せ衰え、なかば凍死しかけていた。その冬のディーバーはほとんど米国本土におらず、ボスニアで寒い思いをしていた。その後、本部に戻ってみると、プレスコットの存在は既成事実になっていた。大佐の養子となり、筋肉が二十キロ増えて、軍隊に入りたい一心で、教育一般証明試験に向けて勉強中だった。

プレスコットのことは初対面のときから大嫌いだった。大佐はプレスコットにぞっこんだったが、実の息子であるもうひとりのジャックのことを考えれば、無理もないかもしれない。大佐の息子は十五歳で酒に手を出した情けない弱虫で、二十歳のときに乗りまわして遊ぶつもりで盗んだ車をめちゃめちゃにしたうえ、四人家族を道連れにしてこの世を去った。そのとき死んでいなくても、やがてコカインという新しい習慣に命を奪われていただろう。ジャック・プレスコットについてひとつ言えることがあるとしたら、徹底的にまっすぐな男だということだ。大佐はそんなプレスコットを人生におけるふたつめの預り物のように扱っていた。

大佐が退役してENPセキュリティ社を始めたとき、周囲はディーバーが右腕になるものと思っていた。なんといっても、大佐に仕えて二十年。当然ディーバーに与えられてしかるべき地位だった。

陸軍での二十年間、それを示すためにあらゆることをしてきた。ほかの連中はみな国家安全保障省から大金を巻きあげ、こんどはディーバーの番のはずだった。

ところが大佐が提供してくれたのは仕事だけだった。しかも、陸軍時代の倍の実入りとはいえ、情けない雇われ仕事だった。株券つきで管理職になれると思っていたのに、プロの銃使いとして崇《あが》め奉《たてまつ》られただけだった。そしてパイプラインの警備のためすぐにパキスタンに飛び、続いて採掘会社の太った重役を守るためシエラレオネに飛んだ。

レーンジャーを辞めたジャック・プレスコットが、ENPセキュリティの副社長に就任したのは、その翌日のことだ。

そのときのことを思いだすと、いまだに怒りで目がくらむ。

だが、こだわっている余裕はなかった。計画を練るときは、感情を排除しなければならない。愛、憎しみ、復讐——こうしたもののほうが、砲撃よりも命取りになりうる。そうだ、だから論理的かつ明晰に、順を追って考えなければならない。

さて、まずは、エルビスが立ち去ったかどうか——プレスコットがほんとうに会社から手を引いたかどうかを、確認しなければならない。

三十分後には、ほぼ確認できた。プレスコットは競合他社に会社を売り払い、自宅を公認会計士のロドニー・ストロングと、その妻でライフスタイルアドバイザーのキャシーに売っていた。

プレスコット名義の電話は、電気・ガス・水道とともに、止められていた。町にはジャック・プレスコット名義で不動産を売却した記録も、電気・ガス・水道を契約した記録も残っておらず、半径八十キロ圏内にもなかった。

信じがたいことだった。高価な屋敷と業績好調の会社を相続したのに、そのすべてを売却して、地球の表面から消えるとは。プレスコットは車まで手放していた。

ディーバーはかえって苦しくなるだけなのに、銀行のコンピュータに侵入し、プレスコットの口座の画面を見つめて顎をひくつかせた。

プレスコットは十二月十九日、つまりシエラレオネに飛んでディーバーの人生を破壊する直前に、全資産を八百万ドルプラス小銭の預金小切手に換えていた。

あの野郎！

こぶしでデスクを叩くと、クルミ材の卓面にヒビが入った。落ち着け。ディーバーは立ちあがって部屋の周囲をめぐった。

あのクソ野郎は八百万ドルのうえにおれのダイヤモンドを盗んだ。こうなったら、ダイヤモンドを取り戻すのはもちろんのこと、全財産をケイマンにある自分の口座に送金させてやる。全身の骨を一本残らず折って、喉を切るのは、そのあとだ。

そして女を殺す。

平静に戻るまでに十五分かかったが、そのときには兵士の集中力を取り戻していた。豪奢な空間、いつでも客の求めに応じようと待ちかまえているスタッフ、ぜいたくな食事。任務に集中するや、ディーバーの頭からそれらすべてが消えた。

ジャック・プレスコットが見つかるまでは、浮かれていられないし、いい暮らしを先取りするような真似も控えねば。

あらためてコンピュータに向かい、プレスコットの自宅があった町とその周辺のレンタカーの営業所を調べた。車は借りていない。バスは使わないだろう――三千万ドル近くを持った男がそんなことをするか？　飛行機で町を出たか……行き先は？

三十分後には答えが出ていた。ジャック・プレスコット名義のクレジットカードが、フリータウンからパリ経由でシアトルまで、そしてアトランタからシカゴまでの片道キップを購入するのに使われていた。車を借りたレンタカーの営業所は見つからなかった。

これでふたつのことがわかった。ひとつめは、プレスコットが太平洋岸北西地区にいることと、もうひとつは、やつが足跡を消そうとしていないことだ。その背後にはくっきり跡が残っており、つまりディーバーがつけていることに気づいていない。

もしプレスコットが追跡を嫌っていたら、ディーバーは成果をあげられないまま自慰をして過ごすしかなかっただろう。つまりジャックはつけられていると思っていない。願ったりかなったり。奇襲ほど効果の高い攻撃はない。

ディーバーはワシントン州の詳細な地図が表示された画面に顔を近づけた。おまえはワシントンのどこにいる？　それともカナダに移動したのか？　バンクーバーの北百五十キロの位置で切れている画面のいちばん上まで視線でたどった。存分に頭をはたらかせ、さまざまな角度から可能性を検討した。

いや。プレスコットには正規のパスポートがあり、逃げているわけではない。カナダに行きたいのであれば、直行しているはずだ。

どう考えてもプレスコットは使命を抱えており、だとしたらそのために最短の道のりを選ぶだろう。可能なかぎり早々に資産を流動化して、まっすぐ……。

まっすぐ少女のもとへ向かう。そう、いまは女となった元少女のもとへ。その女を見つければ、プレスコットも見つかる。その点にまちがいはなかった。

いま一度、二枚のコピーをテーブルに広げ、これまでになく熱心に検討した。早くプレスコットの居場所を教えてもらわなければならない。

捜しだした彼女が、結婚して六人の子持ちになっている可能性はおおいにある。この十二年で二十五キロ太り、歯と髪を失い、プレスコットのことを忘れているかもしれない。

その場合、プレスコットはそのまま立ち去って永遠に姿を消し、結果としてダイヤモンドも消えてしまう。

だからこそディーバーは、戦闘に入ろうとしている兵士が地形図を検討するように、慎重かつ徹底的に検討した。これから直面する事態をわかっているかどうかに、すべてがかかっているからだ。

写真は少なくとも一九九五年までさかのぼれる。大佐に拾われて以来、プレスコットには特定の女がいなかった。つまり、入れこんでいるこの女は九五年以前に出会ったことになる。新聞の切り抜きの日付は一九九五年十月十五日だから、その時期に撮られた写真なのかもしれない。

続いてハイスクール時代の写真に注目した。こうした写真ならではの演出がほどこされている。ディーバーにはこの手の写真がない。父親が金を出さないと言ったからだが、ほかのみんなが撮っていたのは覚えている。たいがいの生徒にとっては、はじめてのポートレートになり、少なくとも見せてもいい程度の歯を持っている連中は、顔に笑みを張りつかせていた。女子は顔を塗りたくり、男子はTシャツのかわりに生まれてはじめてのドレスシャツを着ていた。

写真の少女の笑顔は作り物でなく、自然だった。写真を撮られるのに慣れていたのかもしれない。いかにもかわいいティーンエージャーという感じだが、かなりきれいな部類に属する。軽くカールのかかったロングのストロベリーブロンド。まっすぐで均等にならんだ白い歯。ピンクのセーターらしきトップスに真珠のネックレス。体つきまではわからないが、全体にほっそりとした印象がある。

ディーバーは彼女がピアノを弾いている写真に目を移した。セーターに長いスカートをはいてきれいな体を見せつけているが、顔は横顔だった。

再度、新聞のヘッドの部分を確認した。〈……ビル・ガゼット〉

さて、最初に手をつけるべき州はワシントンだ。ワシントン州に来たいのでなければ、プレスコットがシアトルに直行する意味がないからだ。

ワシントン州にあるすべての市町村をコンピュータで調べてみた。市が十七、町が九十二。そのうち四つがビルで終わり、そのいずれでもガゼットのつく新聞は発行されていない。

椅子の背にもたれて、けんめいに頭をはたらかせた。

いまやっていることの全体が無意味に終わるかもしれない。ひょっとするとまったくの見当違いかもしれないのだ。キャロライン・レークはきれいな少女だった。そのまま美しい女に育っていれば、もう結婚しているだろう。場合によっては、二度め、三度めの結婚をして、そのつど名前を変えているかもしれない。ラスベガス在住のキャロライン・ワーナーかもしれないし、サンフランシスコのキャロライン・ユーかもしれないし、ニューヨークのキャロライン・スタインバーグかもしれない。

こんちくしょうめ。

ひょっとすると、足跡を消そうとしていないプレスコット捜しに取りかかったほうが賢明ではないか？　アクセルのカードが使えるあいだここに潜んで、プレスコットがまたクレジットカードを使うのを待つべきか？

ふとした思いつきで〝新聞＋ガゼット＋ワシントン＋1995〟と入力してグーグルで検索してみると、これが当たった。情報がヒットしたことに驚きながら、身を乗りだした。インターネットさまさまだ。書かれた情報としてそこにあり、穏やかに点滅するカーソルが、そのサイトにつながれるのを待っている。〈サマービル・ガゼット〉。サマービルという名の小さな市で発行されていた三流紙で、二〇〇二年には廃刊になっているが、一九九五年当時はちゃんと発行されていた。

鋭い目つきになり、キーボードにかがみこんだ。〝キャロライン・レーク＋サマービル、ワシントン〟で検索をかけると、十件ヒットした。すべてキャロライン・レークという、書店を経営していて、受賞歴があり、教会でピアノを弾いている人物を差していた。念のために画像を拡大し、十五枚ほどあるキャロライン・レークの写真を見た。プレスコットのキャロライン・レークにまちがいない。いまだきれいで、独身だった。

ジャック・プレスコットはいま、そこにいる。左の睾丸を賭けてもいい。

早々にシアトルに飛ぶ便を予約しようと、オンラインサイトを見てまわり、翌日の夜九時に着く便がいちばん早い便だと知って、悪態をついた。大半の便は新年明けまで満席で、ようやく見つけた便はニューアークから十二時間かけて、アトランタ、シカゴをへてシアトルに至る。それが手に入る最善のチケットだった。

とはいえ、月曜日の朝には向こうに着ける。

ディーバーはもう一度、キャロライン・レークの写真を見た。目が覚めるような美人だ。プレスコットは月曜日もサマービルにいる。そうとも、もはやどこへも行けまい。

11

サマービル

結局、キャロラインが予定していた豪華なクリスマスディナーは、実現しなかった。

大泣きしたキャロラインは、そのあと昏睡《こんすい》状態に陥ったかと思うほど、かつてない深い眠りに落ちた。ベッドでひとりで目覚めたときには、外はまっ暗で、自分が何時間寝たのかわからなかった。

室内は暗く、外の廊下から差しこむ明かりしかなかった。ベッドに横たわったまま暗い天井を見つめ、自分の感情を探ってみた。恥ずかしさと、とまどいと、安堵と。それらが混じりあっていて、どれがいちばん強いのかわからなかった。

恥ずかしさはあるけれど、どうしようもないほどではない。ジャックの肩を借りて赤ん坊のように泣きじゃくったのだから、恥ずかしいのは当然だろう。相手は体を許しあったとはいえ、ほとんど知らない男性なのだから。そして実際、恥ずかしかった。困惑もあった。あのあと——いや、体がのぼりつめている最中から——泣きじゃくるなんて、恰好が悪くてしかたがない。

けれど、同時に感じるのは……深い安らぎだった。涙によって心のなかにあったどろどろとして黒っぽいものが洗い流されたのか、疲弊《ひへい》してからっぽになっている——でも、悲しくはなかった。悲しみは消えた。あまりに長いあいだ悲しみとともにあったせいで、なくなってもすぐにはそれと気づかなかった。

いまは穏やかで、生まれ変わったようで……お腹がすいている。キャロラインは急いでバスルームへ行き、冷やしたタオルで目を押さえ、手早くシャワーを浴びた。チェリーレッドのセーターを着て、寝室を出た。

階段のなかばまでおりたとき、どこに隠れていたのか、ジャックが階段の下にぬっと現われた。

彼と目が合ったとたん、心臓が大きくはずんだ。

すばやくキャロラインの体を調べる黒い瞳は、戦友が負傷していないかどうかを点検する兵士のように冷静だった。調べおわると、瞳にぬくもりが戻った。

「やあ」ジャックの声は低く穏やかで、耳にやさしかった。

「ハイ」キャロラインには、自分の声が苦しげに聞こえた。

彼は一段おきに階段をのぼってきて、すぐ下の段で立ち止まった。ふたりの顔がほぼ同じ高さになった。

見惚れるほどすてきな顔——まぎれもなく男そのものの顔だった。「気分はどうだ？」彼はキャロラインの顔をうかがって尋ねた。

「なぜだか、いいみたいなの」かすかに首を振った。「あなたの肩を借りて大泣きしたせいで、少しばつは悪いけれど」

「気にしなくていい」険しい口元に笑みらしきものが浮かんだ。キャロラインの右手を取って口に運び、それを左肩に置いた。「おれの肩はきみのものだと思ってくれ」

興味深い考え方だった。それに彼の肩も興味深かった。キャロラインはやわらかなコットンのスエットシャツの下にある硬い筋肉を揉んだ。もう何度か彼に抱きついたけれど、そのたびに驚いてしまう——鉄のような触れ心地で、人の皮膚と筋肉というより、もっと硬い物質でできているようだった。

手を彼の鎖骨《さこつ》から大きな肩先の骨に軽くすべらせ、裸の感触をありありと思いだした。服という妨げがないと、力がみなぎりすぎていて怖いほどだ。ジャックはキャロラインが知っているだれよりも、強そうな外見をしていた。

広くて厚みのある筋肉を撫でながら、彼の顔を観察した。なぜハンサムでもないのにこんなに魅力的なの？　今日は長い黒髪を垂らしており、それががっちりとして細長い顔を縁取って厳めしさをやわらげている。同じ歳ぐらいではないかとあたりをつけてはいるものの、ほとんど年齢不詳で、ただ彼はキャロラインが頼りきっている保湿剤の助けを借りていない分、肌が風雨にさらされ、黒い瞳の淵から白い皺が放射線状に広がっている。

今朝、彼がヒゲを剃ったのは、電動ヒゲ剃りの音を聞いているからたしかだけれど、早くも無精ヒゲに黒ずんでいる。アフガニスタンではヒゲを伸ばしていたの？　写真で見るかぎり、大統領を警護する男たちの多くが顎ヒゲを生やしていた。

どんな経歴なのだろう？　ジャック・プレスコット――あまりに非凡な男性にしては、あまりに平凡な名前。肌と瞳の色からして、ヒスパニック系の血を引いているか、あるいは頬骨の高さから判断するに、先祖にネイティブアメリカンがいるのかもしれない。

こうして彼の一段上に突っ立って、顔を眺めていても、まったく見飽きない。それくらい味わい深い顔だった。彼のような人には一度も会ったことがないのに、じっくり見るたびに、どこかで会ったことがあるような気がしてならない。

セックスのせいなのだろう。おたがいを知りあう段階をすっ飛ばして、熱烈に愛しあったために、彼が脳裏に刻みこまれて、ずっと昔から知っているような錯覚を覚えているのだろう。セックスがもたらす既視感《きし》というか。

「階下《した》に行こう」ジャックがたくましい腕を背中にまわしてきた。こんなところでじろじろ見てしまって、なんだと思っただろう？　埋めあわせるためにも、とびきりのディナーを用意しなくては。

「ディナーにはなにが――」キャロラインは言葉を切った。なにかを忘れている。ふたりで階段をおりながらも、そのことが頭に引っかかっていた。なんだろう――「階段ね！　階段を直してくれたのね！　すごい！」ふり返ってジャックの首にかじりつき、感謝の言葉をつらねた。「ありがとう、ありがとう、ありがとう！」

これはキャロラインの懸案《けんあん》事項のひとつだった。早急に解決すべき懸案事項一覧の四百七十六番め。大工さんに電話をかけて、だれかが首を折る前に階段を直してもらうこと。だが、余分なお金があるときでなければ実現できない。つまり永遠に直せないということだ。

ジャックはすぐに両腕をまわして、キャロラインを強く抱きよせた。「これほどよろこばれるとわかっていたら、全部の段を直したんだが。どの段も少し音がする。そのかわりと言ってはなんだが、バスルームの棚と、階段の手すりと、ゆるんでいた書斎のドアノブを直しておいた。で、ごほうびは？」

ジャックが軽口を叩いている。彼にそんな一面があるとは意外だった。そして、その顔には……笑みとまでは言えないけれど、目がきらきらして、厳しい口元が少しほころんでいる。

「あなたはわたしのヒーローよ」キャロラインは笑顔で身を投げだし、大きな音をたてて唇にキスした。

ジャックの体が硬直した。キャロラインは手の下で彼の筋肉がさらにこわばるのを感じた。大きな手で肩胛骨《けんこうこつ》のあいだを前に押された。

彼の口が口におおいかぶさってきた。

これまでとは違うキスだった。この人には、ありとあらゆるキスができるの？　今回のキスは温かみがあって、わがもの顔で、最初から申し分なかった。舌で口をこじ開けてもらう必要はなかった。すでに開いていて、彼に口のなかを探られる感覚を味わおうとしていたからだ。キャロラインはまだ一段上にいた。彼とほぼ同じ高さで、つま先立たなくてもキスができるのは、いい気分。胸を高鳴らせながら、彼にもたれかかって、うっとりとキスした。

彼の舌の動きのひとつずつが炎の矢となり、とりわけ股間を直撃した。ジャックが後頭部を抱えこんで、さらにキスを深めようと顔を倒してくる。そして彼の舌が触れたとき、奥まった部分がびくりとした。なんて人だろう？　キスだけで深い部分を反応させられるなんて。

身を引いて、言葉もなく彼を見つめた。彼が自分の体にたいしてもつ影響力の強さが怖いくらいだった。いつもはなかなかその気になれないのに、いまはただのキスだけでオルガスムの前触れが始まっている。

そしてキャロラインも、彼にたいして似たような影響力をもっていた。彼のよく日焼けしたもともと浅黒い肌の頬骨からその下の部分にかけて、まっ赤な色が浮かんできているし、自分が影響を及ぼしたのをじかに感じられる。大理石の円柱のようなものがお腹に押しつけられているからだ。

不安げに唇を舐めると、彼が舌でその動きを追って、呼吸を荒らげた。キャロラインがまた唇を湿らせると、ペニスが腹部に押し寄せた。

そのお腹が鳴った。

キャロラインは目を丸くして彼を見やり、まっ赤になった。「ごめんなさい」屈辱感で息が苦しい。肉体が並行してふたつのもの――セックスと食べ物――を求めていて、頭がおいてけぼりをくらっている。「ディナーの準備にかかれという合図みたいね」

「おれに考えがある」ジャックは彼女の口の端にキスした。「調理はしなくていいから、トレイに食べられるものをのせて、リビングに運んだらどうだ？　おれは暖炉に火を入れるから、クリスマスのピクニックとしゃれこもう」ふたたびかがんで唇に軽くキスし、首筋の皮膚を歯でなぞった。「何時間もキッチンで調理するくらいなら、おれと一緒にいてもらいたい」

ああ、彼に首筋を攻められると、溶けてしまう。キャロラインは首をそらせ、気がつくと笑顔になっていた。こんなに単純な行為が、どうしてこんなに気持ちがいいのだろう？　触れているのは彼の唇だけなのに、快感が体を駆け抜けている。「すてきな考えだけど、薪は昨日、使いきってしまったから、もし暖炉をつけたければ、これからわたしが――」

ジャックがしかめ面になった。「おれがガレージで薪を用意してくる。そのあとふたりでしっかり食べよう」キャロラインの手を取って、階段をくだりだした。キャロラインはわざわざ手すりをつかんで、揺すってみた。ぐらついて危険だった手すりが、もはやぴくりともしない。ジャックがこちらを見て、わずかにほほえんでいた。

「ちゃんと直ってるわ」

ジャックがうなずいた。「階段と手すりの修理に関しては博士号をもらった。クラスでトップだったんだぞ」

ひょっとしたら、ほんとうに階段と手すりの修理に関しては学位を持っていたりして。ついでにボイラーの修理についてもだ。

彼がなにかしらの学位を持っているのは、まちがいないことに思えた。意外にもきちんとした言葉遣いだし、世間のことをよく知っている感じがする。その一端は、旅行慣れしているという事実で説明がつく。たとえ行き先の博物館には砂嚢《さのう》とマシンガンがたくさん転がっているとしてもだ。旅行は知見を深めるという。部下がいたと、たしかジャック本人が言っていたはずだ。将校だったのだろうか？　大学は？

突然、居ても立ってもいられないほどジャックのことが知りたくなった。彼はどこからともなく現われて、夢のような時間をくれ、家を修理してくれている。「あなたはどこで——」質問しかけたものの、彼はさっさと先に行ってしまった。

「おれも腹ぺこなんだ、食べ物の準備を急いでくれよ」彼の低音がマッドルームから響き、続いてガレージにつながるドアが開く音がした。

キャロラインは大きなトレイに食べ物をのせて、リビングとのあいだを往復しだした。チーズ、全粒粉入りのパンを丸ごと、コーンブレッド、フォカッチャ、ローストビーフの残り、ベークドハムのスライス、バター、ラベンダーのハチミツ、自家製のチャツネ、スライストマトにオリーブオイルのサラダ、レタスとロケットのサラダ、ニンジンとセロリのスティックとサワークリームのディップ、ギリシア産のオリーブ、チョコレートケーキが大小ひと切れずつ。

トレイで食べ物を運んでいるあいだにも、ジャックは薪置き場に数日分の薪をきちんと積みあげてしまった。これはキャロラインの大嫌いな仕事だった。そのせいで、ボイラーが壊れればもちろんつけるしかないにしろ、それ以外のときはめったに暖炉を使わない。だが、腰の痛くなる汚れ仕事なのに、彼はまたたく間に片付けてしまった。

キャロラインは自分のことより、彼のことに気をとられていた。ジャックは暖炉の前に膝をついて火を熾していた。太腿の筋肉がジーンズを押しあげ、熾きつつある炎のせいで広い背中の輪郭が赤く縁取られている。前夜とまったく同じ光景だった。できることなら、ひと冬じゅうでも見ていたい――火を熾すジャックと、その男らしい顔のうえで踊る火明かりと。

彼の身のこなしは優雅だった。そして、自分のしていることに確信がある。まもなく、申し分のない火が赤々と燃えだした。

キャロラインは後ろに下がり、大きなコーヒーテーブルに広がった光景を見てうれしくなった。灯したロウソクをテーブルの四隅に立てたら、クリスマスのご馳走らしい雰囲気になった。

暖炉は早くも軽やかに燃えさかり、暖かさが体に染みこんできている。ジャックが立ちあがり、手のほこりを払った。テーブルを見て、キャロラインに顔を向けた。「すてきだ」

「でしょう？　さあ、これで全部そろったわ――いけない、ワインを忘れてた！　昨日のは飲んでしまったから、ワインセラーからもう一本持ってくるわ」

「おれが行くよ。きみはカウチで休んでてくれ。とくに注文はあるかい？」

父はクリスマスというと、きまってバーガンディを開けたものだ。

「バーガンディの赤にして。奥の壁にならんでるから。セラーは――」

ジャックは早くもその場から消え、セラーへのドアはキッチンへのドアの隣りだと伝えるひまさえ与えてくれなかった。

外はとっぷり暮れている。クリスマスの日は過ぎ去り、クリスマスの夜に突入していた。トビーが死んで以来、恐れてやまなかった日が終わろうとしている。

外からはなんの物音も聞こえてこない。ふだんなら、ときおり通りすぎる車の音や、犬の吠える声が聞こえてくる。いまは、自分たちふたりがこの惑星に住む最後の人類かもしれないと思うほど、静かだった。

違うという証拠はないのよね？

ひょっとすると、あまりに気分がいいせいで、世界が平和になったのかもしれない。だとしたら、すばらしい。それを確かめる方法はひとつだけだった。リモコンで地元のニュース局を選んでテレビをつけると、画面に白い斑点が浮かんだ。ＣＢＳ、ＮＢＣ、ＣＮＮ……スノーノイズ。

手当たりしだいに確かめていたら、突然手からリモコンが消えて、画面がまっ暗になった。

「おれにはまだ外界に対処する準備ができていない」ジャックは片方の手に持っていたリモ

コンを置き、ワインの瓶を左右に振った。「うるさくておかしな連中に邪魔をさせないで、ふたりで祝おう」

「そうね」彼の言うとおりだ。「どうせテレビは映らないし。それより、コルクスク――」

まるで奇術のように、彼の手からコルクスクリューが出てきたものだから、思わず笑いだしてしまった。コルクは年代物のボトルらしい軽い音とともに抜け、ジャックはキャロラインが料理を皿に盛っているあいだに、グラスに半分ずつワインをついだ。

どちらも食欲旺盛だった。キャロラインが考えていたよりもずっと早くにすべてを平らげ、ケーキのかけらまで拾って食べた。ワインも残り少しになっている。水を用意するのを忘れていたが、おいしいワインがあったら、だれが水など飲むだろう？ そのバーガンディは飲む悦楽だった。キャロラインが選んだであろう、まさにそのボトルだった。わたしの兵士は、洗練されたワインの趣味を持っている。

幸福をため息にしてジャックの腕にもたれ、なにもはいていない足をコーヒーテーブルの端にかけた。暖炉から薪の爆ぜる音や、楽しげな炎の音がする。

時刻はわからず、気にもならなかった。わかっているのはまもなくクリスマスが終わり、恐れていた日がさまざまな意味ですばらしい一日に終わったことだ。

後頭部をジャックの腕に寄せて、彼を見あげた。このすばらしい一日を演出してくれた男性だった。「去年のクリスマスは、どこでなにをしていたの？　どんなお祝いをした？」

ジャックはワインを飲み干すと、そっとサイドテーブルにグラスを置いた。人さし指の甲側で首筋を上下になぞった。「去年のクリスマスは、アフガニスタンで終日、任務についていた。かの国にはクリスマスが存在しない。もし存在するとしても、平和な一日の先駆けにならなかったことはたしかだ。クリスマス休暇にハビブの首根っこを押さえられたら、軍司令官たちもさぞやよろこんだだろう。それがおれのクリスマスだった。似たようなことはよくあるし、二百二十日前のとある一日もそんな日だった。任務は二十時間続き、食事は山羊《やぎ》肉のシチューだった。つまりふだんの食事と同じで、乾燥した国だからワインはなく、一日の終わりに『ロスト』の再放送があった」かがんでキャロラインの耳にキスをした。「きみは？　きみは去年のクリスマスにどこにいた？」

「ここよ」キャロラインはため息をついた。「トビーと一緒だったわ」

「ふたりでなにをしてたんだい？」

「最初のころ、事故のあと数年は、クリスマスに人を呼ぼうとしたわ。ふたりともクリスマスには沈みがちだったから、人がいたほうが陽気でいいと思ったの」口を閉ざして、記憶をたどる。みんながどれくらいトビーにたいして及び腰だったかを思いだした。腕によりをかけてクリスマスのご馳走を用意しても、コーヒーを出すころになると、みなそそくさと帰ってしまった。

以前とは、胸が痛くなるほどの違いだった。かつてのレーク家のクリスマスといったら、何日も続く豪勢なお祝いの日々で、お客さんがいることも多かった。ご馳走とワインと音楽と笑いにあふれていた。

「それで？ うまくいったのか？」ジャックはその答えが重要だとでも言うように、じっとキャロラインのようすをうかがっている。

「ええ、最初のうちはなんとか。トビー――最初の数年はトビーもある程度、体の制御が利いたの。でも、あの子の容態《ようだい》が悪くなるにつれて、わたしたちの人気も……落ちていった。最後の数年はふたりきりで祝ったわ。ツリーを立てて、キャロルを何曲か演奏して、テレビを観て、チェスを打つ。トビーはチェスが強くて――いえ、強かった。いつも容赦なく《ビーツ・ザ・》わたしを負かした《パンツ・オフ・ミー》わ」

肩にまわったジャックの手にふと力が入ったので、びっくりして彼を見あげた。暖炉の火明かりが黒い瞳のなかでちらちらと踊っていた。熱までが伝わってくる。

「おれはまったくチェスができないが、習うのはやぶさかじゃない。きみを容赦なく《ビーツ・ザ・パンツ・》負かせられる《オフ・ユー》なら」ジャックに男らしい低音でささやかれると、ちくちくとした感覚が背筋を上下した。

それだけで欲望が頭をもたげ、電気ショックのように手足の先までそれが伝わった。電気のソケットに指を差しこんだ漫画の登場人物よろしく、髪が立たないのが不思議なくらいだ。体が熱くなるのはワインのせいだと思っていたけれど、ジャックの瞳に宿った情熱に見あうだけの熱をかきたてられるバーガンディなど、この世には存在しない。

全身にぬくもりが広がり、乳房とすでに湿りはじめている股間に溜まりだした。ジャックはほとんど触れておらず、キスさえしていないのに、体は彼を受け入れたがっている。ジャックはそれを知っている。そう、もちろん知っている。黒く鋭い瞳は、なにひとつ見逃さない。

「もっとも」と、ささやくジャックに抱きよせられた。「きみのパンツを脱がせるのに、チエスをする必要はないかもしれないが」彼に抱きあげられ、唇を重ねられた。物憂くゆっくりとしたキスで、舌が奥まで入ってくる。彼は口のなかを探りながら、大きな手で腰から足首へと手をすべらせ、ふたたび上へと戻ってきた。

三度手を上下させると、スエットパンツのなかに手をすべりこませて、腰を揉みだした。ああ、なんて刺激的なんだろう。大きくて温かな手にゆっくりと撫でまわされ、しだいにそれが下がっていく。そしてどこよりも敏感な皮膚に近づき、一本の指の尖端が少しだけ潜りこんできた。すでにすべりがよくなっており、彼もそれを感じているのがわかる。キャロラインが彼の大きく熱いものを腹部に感じているのと同じだ。指がさらに奥へと入ってくると同時に、舌が口の奥深くへと達した。昴りすぎて苦しいけれど、困りはしない。彼がかわりに息をしてくれているようだった。

長い指が入ってきて、ゆっくりと内壁をこすりだした。親指が敏感な部分を行き来している。

ジャックの口のなかにあえぎ声を漏らすと、ペニスが硬くなった。気がついたときには、スエットパンツとパンティを脱がされていた。彼の手と口に夢中で、脱がされることにほとんど気づかなかった。さっきまでやわらかなスエットパンツをはいていたのに、いまは火がついたように背後に熱いものを感じている。

ずっとキャロラインに触れていたはずのジャックも、いつしかスエットスーツを脱ぎ捨てていた。

「ゆっくりやりたい」ジャックは口づけしたままささやき、キャロラインを抱きあげた。次の瞬間にはキャロラインは彼にまたがり、左右の襞に長く太く熱い円柱が押しつけられていた。「入れてくれ」

「ええ」キャロラインはささやき返した。

昴りすぎた彼のものは腹部側に倒れているので、先端を入口にあてがうために膝立ちになった。屹立したものにすりつけてなじませ、彼が大きく息をつくのを口のなかに感じた。

ジャックがキスを中断して、そっと額をぶつけてくる。キャロラインはペニスをつかみ、その先端に入口をぐるりとなすりつけ、手と充血した部分の両方で彼がさらにふくれあがるのを感じた。

「すごい」ジャックの声は震えていた。「もう一度」

彼は軽く汗をかいていた。ひと雫の汗がこめかみから頬骨を通って顎まで伝い、そこで少し震えてからみっしりと生えた胸毛のなかに消えた。

汗をかくほど暑くはない。彼が身を震わせ、汗をかいているのは、自分を抑えて、キャロラインにペースを握らせるためだ。

そのためにあえてキャロラインに触れず、自分の手には信用がおけないと思っているかのように、カウチで関節が白く浮くほど強く手を握りしめている。

キャロラインは腰を回転させ、彼のものをほんの少し、たぶん数センチだけ入れてから、ふたたび遠ざけた。喉の奥でうめきつつも、ジャックは動かない。体が熱くなって、いまにも湯気が立ちのぼるのが見えそうだ。その息は荒く、猛々しく勃起したものは鉄棒のようだが、それでもまだ、キャロラインに主導権を握らせている。

キャロラインが再度、腰を沈めると、彼が声を漏らし、カウチに倒れこんで目をつぶった。

ジャックが我慢しているさまがひどく刺激的で、いっきに蜜が湧きだした。それが雫となってペニスに落ち、ジャックの体に身震いが走る。

「いまだ。頼む」

そう、いまだ。

キャロラインは太い根元をつかんでゆっくりと腰をおろした。彼のものが入ってくる。ふくれあがった先端から、長い円柱の部分へ。動きを止めたときには、すべてがすっぽりと収まり、濃くてごわごわした陰毛がやわらかな内腿にこすれていた。

彼のものがゆるやかに動くのを感じ、目をつぶって、その感覚を味わった。次に目を開けると、こちらを見据える彼の瞳が、煌々と燃えていた。その目を見つめながら、身を乗りだして、彼の唇にそっと唇を重ねた。彼の顔のなにもかもが険しい——高く鋭い頬骨、くっきりとした顎の線、小さくひくついている鼻腔。彼の唇をのぞくすべてが、見るととても険しそうでいて、その実、触れるとひどくやわらかかった。

頭を傾けて口で彼の口をこじ開け、舌でなかを探った。舌に触れたとたん、彼がくぐもったうめき声を漏らし、分身がなかで跳びはねて、ありえないほど大きくなった。

なんて誘惑的なの！

ジャック・プレスコットはこれまで会っただれよりも力強く、またそう見える男だった。

たちが控えている。

まるでこの世界の女王になったようだ。力強い体の下には、いつでも指示に従うべく兵士たちが控えている。

かなわないけれど、いまこの瞬間は、彼よりもずっと力があるように感じる。

見るからに力がありそうで、強さや耐久力があるのを感じさせた。身体的にはとうてい彼にかなわないけれど、いまこの瞬間は、彼よりもずっと力があるように感じる。

キャロラインはもう一度、彼の舌を攻め、彼のものがひくつくのを感じると、一撃を与えるように上から腰を押しつけた。音のない爆発のように、彼が息を吐いた。

「気に入った?」黒い髪に手を差し入れ、軽く引っぱるように指に髪をからませた。刺激だけで痛みを感じない程度に力を入れた。

毎回、真夜中の色をした彼の髪の温かさに、驚いてしまう。

「ああ、気に入った」ジャックは喉にかかった声でつぶやいた。

「これは?」軽く腰を持ちあげて、少しだけ上に引っぱりあげておいて、ふたたび体重とともに腰をおろした。「これは好き?」

「ああ、好きだ」ジャックは息をはずませ、汗をかいている。自分を抑えつけようと、歯を食いしばっている。

そんな彼をもう少し苦しめてやりたい。彼にたいする力を探ってみたいという思いが避けがたくある。それこそ、彼が譲ってくれたのだと承知していながら、そんな思いにのぼせあがっていた。

だが、キャロラインの計画は思わぬ結果を招こうとしていた。わずかな震えが内腿に走り、膣が一度、二度と収縮した。オルガスムへの急降下が始まろうとしているのに、まだ支配する感覚を楽しむところまで行っていない。

だが、肉体は乗っ取られようとしている。

キャロラインは腰を上下し、彼の震えを感じた。自分自身、震えてきていた。「じゃあ、これは?」ささやきかけ、彼と見つめあった。暗く深い瞳のなかに落ちてしまいそうだ。

「キャロライン、だめだ——悪いが、おれはもう——」

カウチの上で握られていた手がキャロラインの腰をつかんだ。ジャックは彼女を押さえつけたまま、深く激しく突きあげた。

キャロラインはひるみ、彼は肩で息をしながら動きを止めた。手を開いて、キャロラインを解放する。

「いまはきみに触れられない」息が切れている。「きみを傷つけてしまう」

自分でなんとかしなければならない。

キャロラインは前傾して、彼のうなじで手を握りあわせると、それを支えにしてゆっくりとしたダンスを踊りだした。大きくゆるやかに腰を動かし、彼の耳たぶをあまく嚙んだ。

震えが大きくなり、よろこびの瞬間が近づいている……。

ジャックが首を倒して彼女の口をとらえ、リズムを合わせて腰を動かす。入れて出して……。

速度が速まり、キャロラインがそれに合わせた。腰を持ちあげては落とし、熱が閃《ひらめ》く。と、キャロラインはそのときを迎えた。彼のものを絞りあげ、痛みをともなうほど激しく収縮した。

大きな震えとともに、ジャックものぼりつめた。いきおいよく放たれる精がそのときを引き延ばす。たがいに相手の口にうめき声を漏らし、キャロラインは彼を通じて息をしているように感じた。

ひと心地つくまでには、長い時間がかかった。ようやく緊張が抜けると、体を丸めて、彼の肩に頭をつけた。

例によって、彼は果てたあとも硬いままなかに入っている。キャロラインはおとなしく横になっていた。少しでも動けば恐ろしく敏感になった内部がこすられ、痛みをともなうほど強い快感がふたたび目覚めてしまう。

なぜかそんな思いがジャックにも通じていた。彼は動かず、腰も突きあげなかった。もう一度愛しあおうとはしていない。彼が唯一したのは、カウチの背にかけてあったアフガン編みの毛布に手を伸ばし、それをキャロラインに巻きつけて、その上から背中に腕をまわすことだった。

ぬくもったキャロラインは、ぐったりと彼に身をゆだねた。

快感で骨抜きになっているけれど、感覚は研ぎすまされていた。鼻をつくようなセックスの匂いと、薪を燃やした匂いが混じりあっている。ふたりが呼吸をするたびにこすれあう乳房と胸毛におおわれた硬い胸板、下腹と腹部。頬をくすぐるやわらかな黒い髪。唇に残るしょっぱさ。

なにより、大きなものが胸の内側でふくらむのを感じていた。なにか大きくて、明るくて、新しい感情。

それが幸福感だと気づくまでに、何分かかかった。

12

サマービル

日曜日、ディーバーは丸一日費やしてクソ広い大陸を横断した。ようやく吹雪のシアトル空港に着陸したとはいえ、どうにかダイヤモンドを取り戻すための第一歩を踏みだしたにすぎない。

新しく手に入れた身分は二種類あった。アイオワ州出身の農機具セールスマン、フランク・ドーソンと、ダレル・バトラーFBI特別捜査官だ。どちらも調べればすぐに偽物とわかるが、使用するのは一週間、長くてせいぜい二週間だろう。

ケイマン諸島へ渡るのに使うのは、ドーソンのパスポートだ。ダイヤを取り戻したら、レンタルのSUVでティファナへ行き、そこで車を乗り捨てたら、片道のチケットでグランド・ケイマン空港へ飛ぶ。ドレークに金を払ったとはいえ、しばらく潜伏するぐらいの余裕はある。それに、ダイヤを取り戻したあかつきには、ドレークの申し出に乗るかどうか、考えてみてもよい。

ドレークがダイヤについて知っていたことには度肝《どぎも》を抜かれたが、愚かであれば大金持ちにはなっていない。ドレークは商人は商人でも、主力商品は銃や偽のIDではなく、そちらも繁盛してはいるものの、目玉となる売り物は情報だ。世界のどこにいようが、川が海に流れこむように、情報はドレークのもとに集まる。

その情報システムは、合衆国じゅうにネットワークとなって広がっている。ディーバーは飛行機の着陸から三十分後には、シアトル郊外の倉庫でドレークが手配した売人と会った。購入した商品はどれも申し分のないコンディションで、おまけの弾薬までついていた。

それから三時間後には、サマービルに到着した。あらかじめダレル・バトラーの名で〈ホリデーイン〉に部屋を取り、チェックインが遅くなると伝えておいた。チェックインする前に、片付けておかなければならない用事がある。

助手席にネットからダウンロードしたサマービルの地図を広げ、それを頼りにキャロライン・レークの自宅を探した。彼女の家は、広々とした敷地に石やレンガ造りの屋敷が立ちならぶ高級な住宅街にあった。

ディーバーはスピードを落とし、じっくりと観察しながら家の前を通過した。この一帯でも指折りの豪邸だった――大きいけれど品がある。塀《へい》はなく、少し前までは芝生だったのだろうが、いまは一面雪におおわれたのぼり斜面が広がり、そのなかを歩道が通っている。歩道と車道は、きれいに雪がかいてあった。

十分後、屋外に防犯システムが設置されているかどうかを確かめるため、ふたたび家の前を通りすぎたが、街灯が暗すぎて、窓の警報器の有無や玄関の錠の種類は、確認できなかった。もっと近づかなければ調べられず、この雪では足跡が残ってしまう。プレスコットがいれば、すぐに気づくだろう。

いまのところたしかなのは、防犯カメラがないことだけだ。

どうやら、美貌のミス・レークは世間知らずらしい。

こちらにとっては好都合。ジャック・プレスコットは、簡単に倒せる男ではない。お人よしのキャロライン・レークに心を許していることが、やつを打ちのめすハンマーになる。

よし。計画が少しずつ形になってきた。

さしあたってやれることはやったと満足し、ディーバーはホテルへ向かった。

明日には終盤戦に突入だ。

月曜の朝、キャロラインは天候がどうなるか見極めようと空を見あげた。雪は降っていないけれど、朝の八時だというのに、空はどんよりとした鈍色《にび》だった。

今日も雪が降るのだろうか？　テレビもラジオも調子が悪いせいで、天気予報が聞けていない。インターネットで調べることはできるが、パソコンは二階の部屋だし、電源を入れてグーグルで天気を確かめているうちに、店を開ける時刻になってしまう。

雪が降るかどうかは、キャロラインに決められることではない。今日のうちにしておかなければならないのだから、ぐずぐず考えても無駄だ。それにジャックは、今日のうちにしておかなければならないことにさっさと取りかかりたいらしく、早くもデニムのジャケットを着こんで、準備万端だった。

キャロラインは顔に作り笑いを張りつけた。月曜の朝は決まって気がふさぐけれど、今日はいつにもましてひどい。

できることなら前日の朝に時間を巻き戻し、もう一度くり返したかった。昨日はジャックとふたり、食事とセックスに明け暮れて、なにもしなかった。いや、なにもしなかったのはキャロラインだけだ。ジャックは水漏れする洗濯機を修繕し、キャロラインの部屋の本棚を補修し、ガレージのドアの蝶番《ちょうつがい》に油を差し、車道からさらに大量の雪をかいてくれた。そのあいだずっと、きみは暖炉の前でワインとブランケットをお供に本でも読んでろ、と言って譲らなかった。

それはだめだと答えても、聞く耳を持たなかった。ジャックがさせてくれたのは料理だけで、なにをつくっても貪欲《どんよく》に平らげた。ふたりは暖炉の前で、シャワーの下で、それから何度かはベッドで愛を交わし、そのあとキャロラインは丸太のように眠りこけた。

それはまるで、外界とあらゆる心配事から切り離され、ふたりきりでクリスマスの楽しくはかない泡のなかにいるようだった。けれど、いまでは外の世界が待ち受けている。現実を直視しなければならない。まずは、スペアタイヤもなしに、すり減ったタイヤで町まで凍った道路を走るという仕事が待っている。

「天気がよくないみたい」キャロラインはため息をついた。

「よくないな」ジャックは眉根《まゆね》を寄せて腕時計を見た。と、インターホンが鳴った。「時間どおりだ」彼はつぶやき、玄関へ向かった。

玄関の外には、男が書類とキーを手に立っていた。彼の後ろの路上に、黒い大きなエクスプローラーが停まっている。ジャックは書類にサインし、キーを受け取った。ドアが閉まると、キャロラインの目の前でキーを揺らした。「車だ」

身をかがめ、キャロラインにすばやくキスをする。

「え？」

ジャックは外のエクスプローラーを指さした。「あれを一週間レンタルした。そのあいだに、手ごろな車を探す。この天気でタイヤのすり減った車を転がすわけにはいかない。天気が回復するまで、おれがきみを送り迎えする」

二日前のキャロラインなら、プライドを優先してまずは断っただろう。だが、金曜の夜にあやうく死にかけているだけに、なにも言えなかった。

ジャックがコートを着せてくれた。

キャロラインは彼のデニムジャケットに触れた。「もっと暖かな上着がいるわね」

「ああ。今日、適当なのを買うよ」

「このあたりでいちばん安い店は〈ポージーズ〉よ。クリスマスセールが始まっているから、いいものが安く買えるわ。ステート・ストリートの〈クローズファクトリー〉にも行ってみて。古着屋さんだけど、ときどき掘り出し物が見つかるから、わたしもよく使うの。あなたがこんな薄いジャケットだけでこの寒さのなかを出かけると思うと、ぞっとする」

ジャックは、底知れない闇のような目でキャロラインを見おろした。「大丈夫だ」穏やかに言った。「おれのことは心配しなくていい」

心配しなくていい。キャロラインはため息をつきそうになった。長いあいだ心配がミドルネームのようになっていて、心配事がない状態がどんなものか、もはや忘れている。

デニムのジャケットに手をかけたまま、ジャックの顔を見あげた。ぐずぐずしている理由は自分でもわかっていた。「出かけたくない」と、小声で言ってみた。

ジャックはキャロラインの手を取り、口元へ持っていった。「そうだな」とだけ答えた。外は寒く陰鬱で、まったくの別世界だ。悩みと苦難に満ちた世界。家のなかは暖かく安全で、なにものにも触れられることはない。

もちろん、ジャックは別。

キャロラインは一歩踏みだし、彼の引き締まった腰を抱いてぴったりと寄り添った。ジャックもすぐに抱き返してくれた。彼が薄着でよかったことがひとつ。胸の鼓動が聞こえる。それは彼自身と同じように、力強く安定していた。

ふいに、この週末は妄想だったのではないかという恐ろしい考えが浮かんできた。寂しくて、気が滅入るあまり、ジャック・プレスコットという人物をつくりあげてしまったのかもしれない。彼は与えてくれるばかりだった。キャロラインの体をぬくもりで満たし、存在するのも知らなかった官能のよろこびを教えてくれた。

「この週末がわたしにとってどんなに大切なものだったか、言葉では言いつくせないわ」ささやきながら、ジャックをきつく抱きしめた。それまで感じていた幸せな気分は、いまや煙のように消え失せようとしている。つかまえようとあせればあせるほど、どんどん消えてしまう。

玄関の外へ出ることが、魔法にかかった城を出て虎とライオンの群れのなかに入っていくようで怖かった。

頭のてっぺんにキスをされるのを感じたとたん、ジャックが一歩しりぞいた。その瞳は暗い炎のようだった。「そろそろ出発しよう。それとも、ベッドに戻るか。きみが決めてくれ」

そんなふうに言われると、ああ……今日一日、店で過ごしたいの？　午前中にせいぜい三人も客が来ればいいほうなのに。口座の残高を調べ——そのたびに身がすくむ——一日が終わるのを待ちわびるだけなのに。それとも、ジャックとベッドで過ごし、すばらしいセックスを満喫《まんきつ》する？

むずかしい問題だ。

けれど、さぼれない性分だし、ジェナと一緒にランチをとる約束もある。そんなわけで、キャロラインは息を吐いて言った。「出かけるわ」

ジャックがドアを開け、背中をそっと押してくれる。「今日一日、おれの夕食の献立でも、のんびり考えててくれ」

彼は笑い声をあげ、キャロラインの肘鉄《ひじてつ》をたくみに逃れた。

ジャックは、困難続きの人生のなかでも一、二を争うほどの難事に耐えていた。キャロラインの銀行口座に大金を振りこみたいのを我慢したのだ。だめだ、だめだ、だめだ。歯を食いしばらなければならなかったが、なんとかこらえた。

いまジャックはサマービルのとある銀行にいた。この銀行でなければならなかったわけではない——ここに決めたのは、隣りにスターバックスがあって、ついでにうまいコーヒーが飲めるからというだけで、肝心なのは、キャロラインの取引銀行ではないということだった。

彼女がどの銀行に口座を開いているのかはわかっていた。その口座の残高も、借金の額も知っている。取引銀行はセントラル貯蓄貸付銀行で、当座預金の残高は千ドルに満たず——だが、ジャックが払った一カ月分の家賃と保証金を足せば、ほぼ二千ドルになる——赤字は三十五万四千七百五十九ドルに及ぶ。

キャロラインはあまりにも人を疑うことを知らない。口座の出入金を記録した書類は机に置きっぱなしになっていて、だれでも見ることができた。

彼女が事実上、銀行に借金しかしていないと知っているからこそ、ジャックはなにはともあれ別の銀行を選んだ。同じ銀行に行けば、彼女の口座に金を振りこみたい気持ちを抑えきれなくなる。

百万か二百万。いや、三百万ドルぐらい、かまわないだろう？　ジャックには一生暮らしても余るほどの金がある。金銭上の悩みのせいで彼女の眉間に刻まれたかすかな皺が消えるのを見られるのなら、安いものだ。

いずれはそうするとして、今日のところは我慢だ。キャロラインはバカではない。自分の生活に入りこんできた男と、いきなり口座に振りこまれた大金を結びつけるのはむずかしくない。

そのとき窓口の女がジャックを呼んだ。出納係《すいとう》は生意気そうなブルネットで、好奇心を隠そうともしていなかった。

「いらっしゃいませ。ご用件はなんでしょう？」

株や債券への投資を考えるのは後まわしだ。とりあえず、金を預けたい。

「口座を開いて、貸金庫を借りたい」

係の女は、いまや露骨に誘うような笑みを浮かべている。「承知しました。こちらの書類にご記入ください。ご住所と電話番号をお忘れなく。お預かりするのは現金ですか、小切手ですか？」

「預金小切手だ」

ジャックは手早く書類に必要事項を記入し、キャロラインの住所と電話番号を書き入れた。

それから書類と一緒に、八百万ドルの預金小切手と小銭をカウンターの向こうへすべらせた。

出納係は書類の向きを変え、慣れたようすですばやく内容を確認してから、小切手を一瞥《いちべつ》して、はっとした。笑みの消えた顔でジャックをちらりと見やり、「すぐに戻りますので」と言い残して席を立った。

ジャックはいくらでも待つつもりだったが、出納係はまもなく、背は低いが肥満体になりかけている男と戻ってきた。支店長にちがいない。

「こちらへどうぞ」支店長らしき男はドアを指した。ジャックが先に入った。ノースカロライナのジャックの取引銀行に確認を取るのに、時間はかからない。支店長が何本か電話をかけたあと、金は新しい口座に預けられ、ダイヤモンドは貸金庫に保管された。

ダイヤの入った布袋を平たい箱に入れた瞬間、ジャックは心から安堵した。布地越しでもダイヤは硬く、悪意さえ感じられた。純粋悪の冷たい塊。ディーバーからこれを奪ってきたのは、自身の力では防ぎきれなかった大虐殺で利益を得るやからがいると考えただけで許せなかったからであり、ダイヤを返すべき村人はひとり残らず殺されてしまっていたからだ。シエラレオネ当局に託すのは問題外だった……あれほど腐敗しきった浅ましい集団は、めったにいない。そう、ダイヤは、しかるべき相手に渡すときまで貸金庫にしまっておくのが妥当だ。

ジャックは銀行で用を済ませると、しばらく外で寒風に服をはためかせていた。いかにもサマービルらしい冬だった。

ジャケットの襟を立て、首筋にみぞれの針を浴びせようとする冷たい風をさえぎり、スターバックスに入った。防寒着を買わなければならないが、それよりも熱いコーヒーをもう一杯、体に注入するほうが先決だ。

みぞれまじりの旋風とマツの香りとともに、ジェナが書店の店内に入ってきた。「もう、最悪の天気！」大声をあげながら足早に近づいてきて、キャロラインの頬にキスをし、マツのリースを差しだした。

キャロラインはほほえむと、看板をひっくり返して〝クローズ〟にした。毎週月曜日のランチにジェナが来ると、いつもそうする。火曜日から土曜日までは少しでも売上げをあげようと、ランチタイムも店を閉めない。

今日は売上げが見こめなかった。今日、店に入ってきたのはジェナがはじめてだし、彼女が最後になりそうな憂鬱な予感がした。

キャロラインは小さなリースをくるりと回転させた。「きれい」ほんとうにきれいなリースだった――マツの小枝を細かく組みあわせ、赤いシルクのリボンが編みこまれている。鼻先に持ってきて、マツのすがすがしい芳香を吸いこんだ。「ありがとう」

「お礼ならあたしに言わないで」ジェナは重ねた手袋を取り、肘掛け椅子に放り投げた。寒さが大の苦手で、お金持ちになるか玉の輿《こし》に乗るかしたら、バハマで暮らすのだといつも言っている。「シンディに感謝して。あの子があなたにってつくったのよ。すごいでしょう。雑誌に作り方がのってるのを見つけて、一晩かけてつくったんだから」自慢そうにリースを眺める。「九歳の子にしてはよくできてるわよね？」

「ええ、ほんと」キャロラインはサイドテーブルに積んだクリスマスがテーマの本の脇に、リースをそっと置いた。「シンディ、元気にやってるのね。よかった」

「あなたのおかげよ」ジェナは言った。「あなたにはすごく感謝してる。言葉では言い表わせないくらい」

キャロラインは笑顔でジェナの礼を払いのけるように手を振った。

ハイスクール時代、ジェナはずっと親友だった。彼女は進学せず、そのころつきあっていたボーイフレンドと結婚し、さっさと子どもをふたり生んだ――いま十二歳のマークと、九歳のシンディだ。若かったジェナは結婚生活と母親業に熱中して外の世界から遠ざかり、いささか家庭ぼけしていたために、キャロラインの両親が死に、トビーが重傷を負ったときも、その悲惨さに思いが至らなかったらしい。葬儀には顔を見せず、キャロラインが何度か電話をかけても、返事はなかった。

だが、みんな同じような態度だったので、ジェナを恨《うら》みはしなかった。不運は伝染すると

感じている人は多いらしい。現にトビーの葬儀のあとしばらくは、悔やみ言を言うのを嫌っ
て道路の反対側へ渡ってしまう人が多いことに、キャロラインも気づいていた。悪い知らせ
をよろこぶ人はいない。
ところが去年、ジェナの夫が秘書と駆け落ちし、それから一週間もしないうちに、こんど
は父親がアルツハイマーと診断された母親を置き去りにした。
幼い子どもふたりと病気の母親とともに残されたジェナは、先立つものも仕事もなく、精
神的に打ちのめされ、キャロラインにべったりと寄りかかった。しばらくはキャロラインが
マークとシンディを預かり、その間にジェナは母親の介護の手配をし、銀行の出納係の職を
得た。キャロラインの家にやってきたころのマークとシンディは、自分たちの世界がばらば
らになったことにショックを受け、怯えきっていた。だが、キャロラインとトビーによくわ
かっていることがあるとすれば、ある日突然、世界がばらばらになることだった。
ジェナは、キャロラインの机に大きな袋を置き、なかから紙箱を取りだしはじめた。今週
は彼女がランチを買う番だ。
「ああ、いい匂い」キャロラインは歓声をあげ、箱のひとつを開けて箸《はし》で点心を口へ運び、
おいしさに天を仰いだ。「味はもっといいわ」
「どうぞ」ジェナが自分の箱を差しだした。「牛肉の豆鼓《とうち》炒《いた》め、食べてみて。抜群よ。だけ

ど、あたしのお尻の肉にはまずならないわ。寒いなか、ここまで歩いてきたんだもの、一万キロカロリーは消費してる」

温かくおいしい食事は気分を高揚させ、ふたりは楽しく食べた。「うーん、食べるのって最高」ジェナは椅子の背にもたれ、最後に残ったチキンの切れ端をつまみあげようと、箱の底を箸でがりがりと引っかきながら言った。「セックス以上ね」

キャロラインはほくそえんだ。いいえ、それは違う。たしかに食べるのは楽しいけれど、つい最近知ったのよ、セックスのほうがずっとずっといいって。

「セックスと言えば」ジェナは箸の先をキャロラインのほうへ向けた。「全部話しなさいよ。信じられないわ。すてきな人と一緒に住むようになったっていうのに、このあたしにひとことも話がないなんて」

キャロラインは目をむいた。

どういうことなの？　ジェナはレーダーでも持っているの？　それとも、挙動不審だった？　今日一日、きみのなかにおれがいるのを感じてほしい——今朝、ジャックと愛を交わしている最中に低く太い声でそうささやかれ、キャロラインはそのとおりにしていた。身動きすると、体のなか、かすかにひりひりする部分に彼の存在を感じた。乳首がセーターとこすれあい、彼に激しく吸われた感覚がくり返しよみがえった。

たちまち体が今朝のことを生々しく思いだした。古代の宗教で生け贄《にえ》となった処女《おとめ》のように両の手足を広げ、貫いては抜く彼を眺めていた……。

キャロラインは呼吸を整え、手の震えを止めようとした。なんてこと、ジャックを思うだけでのぼりつめそうになってしまう。落ち着くのよ。深く息を吸った。「うちの新しい下宿人のことを言ってるのなら、ええと——」

「ジャック・プレスコット」ジェナは得意気な笑みを浮かべてさえぎった。「三十一歳、元陸軍将校、そしてなにより肝心なのは、背が高くて浅黒い肌のハンサムってこと」鼻に皺を寄せる。「というか……ハンサムというよりセクシーね。しかも——」箸でテーブルを叩く。「現在の住まいは、メープル・レーン十二番地、つまり——ジャジャーン！——グリーンブライアースよ。さあ、吐きなさいよ、全部。どこで出会ったの？　先週の月曜以降なのはまちがいないわね、だって、男ができたのなら話してくれたはずでしょ？　まったく、すばやいんだから！　知りあって一週間もしないのに、もう一緒に住んでるなんて。あっという間じゃないの、ウエディングベルが鳴るのも近いんじゃない？　言わせてもらえば、育ちのいいお嬢さんはこんなことしないもんよ」

「ちょっと待ってよ！」キャロラインは笑いながらかぶりを振った。「違うのよ——あなたが思ってるようなことじゃないの」素知らぬ顔でこともなげに言うつもりだったが、赤かぶのように顔がまっ赤になっているのがわかる。

ジェナはバカではない。夫の不倫にはまったく気づかなかったとはいえ、情事探知能力にはすぐれている。市長とアマンダ・リーゼンタールの浮気に真っ先に気づいたのはジェナだった。

「わたしたちはただ――」キャロラインは唇を嚙んだ。ふたりの関係が知れわたっても、ジャックはかまわないだろうか――でも、そもそも、どういう関係なの？　ただの情事？　週末だけの関係？　そうではないと思いたいけれど、彼の考えを知るまでは、ベッドをともにしたことは伏せておいたほうがよさそうだ。というわけで、キャロラインは無難な返事をすることにした。「あの人は新しい下宿人よ。クリスマスイブに現われてくれて、ほんとうにありがたかった。あなたにはまだ話してなかったけど、キッピングさんのご夫婦が出ていったから、家賃が入らなくなって途方に暮れていたの。だから、ジャックが――ミスター・プレスコットが店に来て部屋を借りたいと言ってくれたのは、願ってもない幸運だった」

ジェナは驚いたように濃い茶色の目をみはって聞いていた。そして、眉をひそめた。「下宿人？　あなたの家の？　なに言ってんの？　部屋以外に目的があるに決まってるわ」

キャロラインは少々むっとした。「たしかにグリーンブライアースは快適とは言えないけれど、同じ値段でもっといい部屋を借りることはできないわ。彼はこの町に着いたばかりで、しばらく泊まるところが必要だったのよ」

「あら、〈カールトン〉へ行けばよかったじゃない」ジェナは言った。「それか、〈ビクトリア〉でもいいし」〈カールトン〉はサマービルでもっとも歴史のあるホテルで、一九〇〇年ごろの建物を最近改修したばかりだ。たいする〈ビクトリア〉は近代的な五つ星ホテルで、どの部屋にもジャクジーがついている。

月給でなんとか月末までやりくりしているジェナが、そんなところに泊まれなどとよく言えたものだ。「〈カールトン〉は一泊百九十ドルで、〈ビクトリア〉は百七十ドルよ。なぜ彼がうちに来たと思ってるの？」

「さあ」ジェナは当惑顔で首を振った。「やっぱり、あなたとひとつ屋根の下に住みたかったからじゃないの」

キャロラインはいらだちの声を漏らし、炒めたブロッコリーをつまんだ。「わたしたち、初対面だったのよ。わたしのことを知りもしないのに、一緒に住みたいと思うわけないでしょう」

「だから、あたしにはわからないって。ただ、ちょっと変でしょ。快適なホテルがあるのに、下宿部屋を探すなんて。気を悪くしないでよ、キャロライン、グリーンブライアースは立派なお屋敷だけど、サービスや快適さにかけては断然〈カールトン〉が上だし、豪華さなら

〈ビクトリア〉のほうが上よ」

ジェナはわざとひどいことを言っているの？　「〈カールトン〉に泊まるお金なんかないわ。いくらかかると思ってるの？　一カ月でほぼ六千ドルよ。あの人は軍人だったんだから、そんなお金を持ってるはずがないでしょ」

「嘘でしょ」ジェナは目を丸くしてつぶやいた。「あなた、知らないのね。ほんとに知らないんだ」

「なにを？」返事はなかった。「ジェナ、不安にさせないで。なにを知ってるの？　わたしがなにを知らないのが、そんなに意外なの？」

「あたしは――あたしの口からは言えない」

キャロラインは不安をつのらせた。ジェナは見るからにうろたえている。まるで、ジャック・プレスコットの正体は切り裂きジャックだと知っているけれど、口外しないと誓いを立てたかのようだ。「ジェナ――話して。彼がどうかしたの？　ジャックがどうしたって言うの？　彼はうちにいるのよ、ジェナ。妙なことがあるのなら、知っておかなければならないわ」

ジェナはつかのま真顔でキャロラインを見つめていた。それから、心のなかで決意を固めたかのように小さくうなずいた。「わかった」唾を呑みこみ、親友の手に手を重ねた。「わかった、正直に言う。でも、ここだけの話よ」手を握りしめる。「約束して」

キャロラインは喉を詰まらせ、目を見ひらいてうなずいた。

ジェナは身を乗りだしてキャロラインの目を見据えた。見ていて胸が痛むほど、ジェナは苦しそうなようすだった。

「あなたの口からこのことが漏れたら、あたしはクビにされちゃう。とくに、ジャック・プレスコットには黙ってて。顧客のことを外部にしゃべるのは厳禁なの。いいわね？」キャロラインはうなずいた。「じゃあ――話すわ。ジャック・プレスコットが初対面のあなたの家に下宿したがる理由はわからないけど、ただの軍人だと思ってるんなら、それは考え違いよ。あの人、わざわざあなたの家に下宿しなくてもいいはずなの。〈カールトン〉と〈ビクトリア〉を買って、そのうえでグリーンブライアースを買っても、痛くも痒《かゆ》くもないだろうから」ジェナはまたキャロラインの手に手を重ねた。「あの人、今朝うちの銀行に来て、口座を開いて貸金庫を借りたのよ」口をつぐむ。

「それがどうかした？」キャロラインはせっついた。「べつに犯罪じゃないわ。この町に住みたいんだから、銀行口座が必要よ」

「そりゃあそうだけど。でもね……」ジェナは黒い眉をかすかにひそめ、ぼそりと言った。

「今日うちの銀行に八百万ドル預けたのよ」

13

ディーバーは、キャロライン・レークの自宅から一キロ半ほど離れたところに車を停めて、残りの距離を歩いた。衛星写真と地図を見ながら、できるだけ裏通りや路地を通った。実際には、それほど気を遣うことはなかった。悪天候のため、外をうろついている者はなかった。仕事をしていた人びとは帰宅し、それ以外の人びとは冷たいみぞれを避けて家にいた。住宅地なので、ふだんは時をかまわず犬の散歩をしている人やジョギングをしている人がいるものだが、この天気では、それもない。

おかげで、仕事は楽だった。玄関のドアから堂々と入ることができたくらいだ。

玄関の鍵は冗談のような代物だったが、屋敷のなかに入ると、その理由が飲みこめた。屋敷自体は大きくても、調度品はごくわずかで、壁に絵画はかかっていないし、高級なホームシアターの装置やステレオもない。銀器や高価な小物もほとんどない。要するに、盗むに値するもののない家だった。

もちろん、二千万ドル相当のダイヤモンドは別だ。

ディーバーは現状を変えないよう気をつけながら、慎重に一部屋ずつ調べてまわった。どの部屋もほぼからっぽだったので、作業は滞《とどこお》りなく進んだ。女ひとりのほかにだれかが住んでいる気配が見られなかったのは、二階の主寝室に入るまでのことだった。床に大きな黒いダッフルバッグとスーツケースが置いてあり、バカでかい男物の服もあった。当たり。やはり、プレスコットはあの美人に会いにきて、さっそくねんごろになったというわけだ。

いいぞ、間抜け野郎。おまえのおかげで仕事がやりやすくなった。女をつかまえ、頭に銃を突きつけてやれば、プレスコットはすぐにダイヤのありかを吐くだろう。よし。

プレスコットの鞄を丹念に探ってみたが、武器もダイヤモンドもなかった。つまり、プレスコットは武器を携帯していて、ダイヤはどこかに隠したということだ。

ディーバーは立ちあがった。耳のなかでどくどくと血流の音がし、こぶしに力が入った。近いぞ、ちくしょう、近くまで来ているのに！　ドレッサーにこぶしを叩きつけ、髪を短く刈りこんだ頭を撫でた。

手持ちの金はあと一万ドル。ダイヤを取り返さずして、どうやって生きていけばいいのか？

ダイヤがこの屋敷のどこかに隠されている可能性もあるが、ジャック・プレスコットは抜け目のない男だ。屋敷のなかに隠されているのであれば、隅々までひっくり返さなければならない。それは時間がかかるし、探しているあいだに、いつプレスコットが帰ってくるかもわからない。どちらにしても、追っ手がいることを気づかせてしまう。

ディーバーは考えをめぐらせた。プレスコットが莫大《ばくだい》な価値のあるダイヤモンドをこの女の家に隠すだろうか？　たしかにやつは女と寝ているが、会ったのは数年ぶりのはずだ。それなのに、女がダイヤを持ち逃げしないと確信できるものか？　それに、ダイヤの隠し場所を見つけるほど、邸内に詳しいのか？

いや、ここに隠すことは考えられない。ということは、どこかほかの場所、ほかの者には近づけない場所に隠している。たとえば銀行の貸金庫や、貸倉庫。

こざかしいやつめ。だが、まだ考えが足りない。

ディーバーは静かに屋敷を出て、レンタカー会社から借りたタホーに戻った。

こんどはキャロライン・レークの調査に乗りださねばならない。

客が来なくて困るのは、考える時間がたっぷりあることだ。

ジェナが帰ったあと、キャロラインはぼんやりと歩きまわり、うわの空で本を整頓《せいとん》したり、ほこりを払ったりしていた。

つきあっている男——ほかにどう言えばいいのかわからない——が裕福だと知るのは、かならずしも悪いことではない。とりわけ、腐るほど金を持っていると知るのは。ジャックはどうやらそうらしい。八百万ドル。キャロラインにはどうしても腑に落ちず、またそんな大金を彼に結びつけることができなかった。

金のある男は中身がない。ぜいたくを好み、なぜか自分が恵まれていて、他人よりすぐれていると思いこんでいる。たとえばサンダーズのように。真冬にすりきれたジーンズとぼろぼろのブーツ、デニムジャケットというでたちのサンダーズを思い浮かべてみる。ありえない。

金持ちは人を雇って手間仕事をさせる。裕福な男が、ジャックのようにボイラーと格闘し、いろいろなものを修繕し、車道の雪かきをするなど、まず考えられない。金持ちはなにも考えずに電話を取り、人を雇って雪かきをさせるだけで、二時間もかけて骨の折れる汚れ仕事はしないものだ。

キャロラインは、サンダーズが雪をかくところを想像して、鼻を鳴らした。サンダーズならカルバン・クラインの防寒着とカシミヤの裏地がついた手袋に身を固め、マニキュアした爪を台なしにしながら雪をかくのだろう。すっかり空想のなかに入りこんでいたために、ちょうどそのとき店に入ってきたサンダーズ本人を見たときは、苦笑してしまった。ついに幻覚が見えたのかと思ったのだ。

サンダーズはキャロラインの笑顔を見ると、手袋をはめた両手を握りあわせて相好《そうごう》を崩した。「キャロライン、会えてうれしいよ!」キャロラインの肩をつかみ、キスをしようと身をかがめた。キャロラインはなんとか顔をそむけたものの、唇ではなく頰に派手な音をたててキスをされてしまった。

うう、サンダーズだわ——本物の!

彼とは十月、すてきなディナーのあとにグリーンブライアースで一杯飲み、いやな思いをさせられて以来の、再会だった。ディナーがとてもすばらしく、つかのま息抜きできたのがありがたかったので、ウイスキーでもどうかと誘ったのだが、彼のトビーにたいする態度はひどかった。

「なんの用?」キャロラインは冷たく尋ねた。

サンダーズはおもむろに上着を脱いで手袋をはずし、店内を見まわした。彼が〈ファーストページ〉をどう思っているかは、知らない。彼は現代的でスマートなものが好きだが、〈ファーストページ〉は違う。サンダーズはくるりとふり向き、キャロラインを見据えた。

「きみに会いたくて寄ってみた。まだ弟さんのお悔やみを言っていなかったからね」

なるほど。この二カ月、ものすごく忙しくて、訪ねてくることもできず、電話をかけたり手紙を書くひまもなかったというわけだ。

そう思ったものの、人には礼儀正しくするように、両親にしつけられてきた。それをときどき、ハンディキャップのように感じる。

「ありがとう、サンダーズ」もう一度、無理やりほほえんでみせた。「ご親切にどうも。感謝するわ」

皮肉が通じなかったらしく、サンダーズはうなずいた。ふたたび店内に目を走らせ、またキャロラインを見つめて待った。

キャロラインはため息をこらえた。忙しいからと追い返すわけにもいかない。店に客はなく、外の通りにもひとけはなかった。ひょっとすると、町じゅうが無人で、全員が家にこもっているのかもしれない。

「どうぞ、かけて、サンダーズ。お茶はいかが？」たぶん、彼は店の前を通りかかって、温かい飲み物が欲しくなったのだ。お茶でも飲めば、帰ってくれるだろう。本を買いにきたとは思えない。彼とは長いつきあいだけれど、本を読んでいるのを見たことがない。知ったかぶりをしたくて書評に目を通しはするけれど、本そのものは読まない、それはわかっている。

サンダーズはやけに温かい笑みを浮かべ、キャロラインの手に手を重ねた。「ありがとう、よろこんでいただくよ」

ありがたいことに、奥のオフィスに中古の電子レンジがあった。三分後、心のなかでいい加減なことをしている自分を叱りつけつつ、バニラのフレーバーティーのマグを二個、店へ運んだ。

鈍感だからといって、サンダーズをとがめるべきではない。客の来ない店でジャックが迎えにくるのを待つだけの、単調な午後がだらだらと続いていたけれど、サンダーズがちょっとした変化をもたらしてくれたのはたしかだ。それに、ジャックが大金持ちだったことや、その大金のでどころについてもだらだらと考えていたが、これでしばし気がまぎれる。

そんなわけで、キャロラインは心から歓迎の意をこめて身を乗りだし、マグカップを渡したが、反対の手をいきなりつかまれ、その手にキスをされて驚いた。彼はしばらく両手でキャロラインの手を握りしめていた。

「あの、サンダーズ？」

「どうかしたかい、ダーリン？」彼はにっこりした。

「手を放してくれる？　お茶を飲みたいから。お願い」

「ああ、そうだね」サンダーズは手を放すと、椅子に深く坐り直し、すっかりくつろいで紅茶を飲んだ。「ところで……クリスマスはどうだった？」

赤くならないで。キャロラインは必死に自分をいましめ、気力でなんとか頬が紅潮するのを抑えた。どんなクリスマスを過ごしたか、サンダーズには絶対に言えない。もし打ち明けたくても――そんなことはまずありえないけれど――ジャックがふたりの情事と言っていいのかどうか、ふたりの関係を吹聴《ふいちょう》したがっているとは思えない。サンダーズに話すのは、地元の新聞に広告をのせるようなものだ。

どう答えよう？　ひとりじゃなかったと言えば、きっとすぐさまだれといたのかと訊き返される。嘘をつくのは苦手だ。嘘をつかずに肝心の事実を隠すには、なんと言えばいいの？

「あの……静かに過ごしたわ」やっとのことで答えた。

サンダーズがさもありなんとばかりにうなずく。「ひとりでクリスマスを過ごしたいだろうと思ったから、あえて電話をしなかったんだ。きみが毎年、クリスマスにつらい思いをしているのを知っているからね。でもね、キャロライン、悲しみはいつか断ち切らなきゃならない。きみはまだ若いし、いまとなってはトビーも――そう、トビーも安らかな場所へ行ってしまったんだから、そろそろ自分のことを考えたらどうかな。悲しみには段階があるんだよ……」

キャロラインはしらけてしまった。サンダーズに言われるまでもなく、何千回と聞かされてきた演説だ。

サンダーズは頭上のランプの真下に坐っているので、一分の隙《すき》もなく整えた髪が純金色に輝いている。ハンサムなのはまちがいなく、本人がそれを承知しているのもまちがいない。キャロラインは、とうとうと説教を続ける彼を眺めながらも、十のうち一くらいしか聞いていなかった。

ランプの光は彼の頭のてっぺんにも反射していた。気づかれないように注意して目を凝らした。金色の髪に透けて見えるのは地肌なの？　そう、あれは絶対に地肌だ。こめかみに毛がない。こめかみの生え際が後退している。この人、禿《は》げるの？

きっと本人も気にしているはずだ。あらゆる高価な育毛剤を使っていて、それにもかかわらずこのまま男性特有の禿頭《とくとう》めざして悲劇の道を突き進めば、いずれは植毛することになるだろう。ジェナは、彼がすでに目元を整形していると力説しているが、じっくり見ても、その痕跡はわからなかった。もっとも、わからないのがあたりまえだ。その道の専門家ではないのだから。

「――どうだろう？　ぼくはすばらしいと思うし、きみも元気が出るんじゃないかな。楽しんでもらえる自信があるんだけど」

長話が終わったようだが、キャロラインはなにも聞いていなかった。困ったことに、返事が求められているらしい。なにを尋ねられているのかわからないのに、承諾するのは問題外。

でも断るのは――サンダーズは、快く受け入れてくれるほど寛大な男ではない。

キャロラインは彼の手をそっと叩いて、嘘をついた。「ごめんなさい、サンダーズ。今週の新刊が届くことになっていて、配達の人がいつ来るかと気になっていたの。新人さんだから、裏に駐車するのを知らないのよ。外でバンの音がしたように思ったんだけど、気のせいだったみたい。それで、申し訳ないけど、あなたの話を聞き逃してしまったわ。もう一度、最初から話してくれる？」

サンダーズはむっとしたように金色の眉をひそめ、小さくため息をついた。「だからね、こんどの土曜日、シアトルでやる『椿姫』のチケットを持ってるって言ったんだ。ボックス席だよ。それで、一緒に週末旅行に行かないかと思って。ぼくは金曜の午後から予定を空けてあるから、きみも早めに店じまいすればいい。〈フェアモントオリンピック〉に部屋を予約してある。きみはあのホテルが好きだし、泊まるのは何年ぶりかだろう？　ゆっくり楽しもうよ。ぼくたちふたりで。それから日曜日は、友人たちに会ってほしいんだ」キャロラインの手に手を重ねる。「昔のように、どうかな？」

キャロラインはまじまじとサンダーズを見つめた。びっくりどころではない。勝手に先走り、またよりを戻すつもりでいる！　ただ、こちらにまったくその気がなかった。もっと楽しい、もっと大切な用事があるのだから。

「サンダーズ——部屋を予約した？　むちゃくちゃだわ！　週末にあなたとシアトルに行くなんて無理よ」

その返事に、サンダーズは意外そうに顎を突きだした。「だけど、チケットも取ったんだよ！　めったに取れないのに。キャロライン、ぼくの唇を読んでくれ。『椿姫』。それに〈フェアモント〉だぞ。それなのに、だめだって言うのか？」

いくらサンダーズでも、度を超している。「サンダーズ、高価なオペラのチケットを買って、〈フェアモント〉に部屋を取る前に、わたしにひとこと相談しようとは思わなかったの？」

サンダーズはぽかんとした。「だって、行きたくないはずがないだろう？　べつに、きみには——」たいした用事もないだろうし。

言葉が宙に浮いていた。サンダーズはぴたりと口を閉ざした。賢明だ。あとひとことでも続けていたら、彼を平手で打っていただろう。

もうたくさん。キャロラインが立ちあがると、サンダーズもぎょっとして立ちあがった。

「悪いけど、お誘いには応じられないわ、サンダーズ」もっとも、誘いというより、呼びだしに近い。「この週末は忙しいの」それから、来週の週末も、その次の週末も。「こんど、女性を誘うときは、なにもかもひとりで決める前に相談することね。そろそろ仕事に戻ってもいいかしら」

「待ってくれ！　キャロライン、待ってくれ」サンダーズに二の腕をつかまれた。キャロラインはつかまれたところを見おろし、それから彼の顔を見た。「気を悪くしたのなら申し訳ない。聞いてくれ、ぼくはただ、きみとの関係を昔のように戻したいんだ。それには週末、ロマンチックに過ごすのがいちばんだと思った。きみもそう思わないか？」と、ほほえみを浮かべた。いつものように魅力たっぷりの笑顔だが、もはや効き目は失せている。「ほら、きみはいままで苦労してきたじゃないか。ぼくはきみにぜいたくな暮らしをさせてあげたいんだ。わかるだろう、ぼくたちは一緒になる運命なんだよ」

キャロラインは手を振りほどこうとしたが、彼の握力は強かった。せっせとジムで鍛えているからだ。「サンダーズ、こんなことは言いたくないんだけど、わたしたちにはもうなんの関係もないの。あなたにはわたしなんかより、先週一緒にいたあのブルネットのほうがお似合いなんじゃないの？」彼はその女のスカートのなかに手を入れ、喉に舌を這わせていた。キャロラインはその夜遅くまで残業して新しく入ってきた本をならべ、車で家に帰る途中、はやりのイタリアンレストランの前にいるふたりを見かけたのだ。

「なんだ」サンダーズの顔が明るくなった。「妬《や》いているんだな。そういうことか。ああ、誓っていうよ、焼き餅《もち》を焼くようなことじゃないんだ。あの女は関係ない。ぼくにとって大事なのはきみだけだ。いままでずっとそうだったし、これからもそうだ。ぼくたちが一緒になるべきときが来たんだよ、キャロライン。やっとね」

恐ろしいことに、サンダーズはキャロラインを抱き寄せてキスをした。それは、最初のデートにふさわしいキスではなかった。以前寝たことのある相手なのだから、舌を入れて濃厚なキスをしても許されると思っているらしい。

逃れようとしても、頭の後ろをがっちりとつかまれ、髪をからめとられている。きつく抱きしめられて、あばら骨が折れそうだった。そのうえ——おぞましいことに——彼が股間を押しつけてくる。勃起しかけたペニスが下腹に当たっていた。

それがキャロラインを怒らせた。こんな男のペニスなんか感じたくない。ううっ。必死に彼を押しのけ、やめてと言おうとしたものの、抗議の言葉が彼の口に吸いこまれてしまう。結局は弱々しい声をあげて彼の胸をこぶしで叩くばかりだった。

サンダーズがさらに激しく股間をこすりつけてきて、一物が完全に硬くなるのがわかる。ああ、気持ち悪い！　彼は目を閉じている。これが恋人同士のロマンチックな行為であって、無理強《じ》いではないといわんばかりだった。

口のなかでサンダーズの舌が生温かい濡れたナメクジのようにうごめくので、吐き気をもよおした。必死にあらがい、彼を蹴りつけようとしたが、つま先を痛めただけだった。彼が髪を握りしめて乱暴に引っぱるので、涙がにじんだ。

いやっ！　痛い！　言葉は喉まで出かかっているのに、口にすることができず、嫌悪に満ちたうめき声をあげるのが精いっぱいだった。ようやくつま先が彼に当たったが、ますます頭をきつく押さえつけられた。いまやサンダーズはすっかりのぼせあがっていた。腰を揺らし、さらに口を開けて舌を奥へ突っこんでくるので、歯がぶつかった。彼の喉からぞっとするような声が漏れ、ペニスが一段と大きさを増すのがわかった。

サンダーズに唇を噛まれて血がにじんだらしく、血の味がした。彼も気づいたはずだ。サンダーズはペニスを欲望に脈打たせ、股間をぐりぐりと回転させながらうなった。キャロラインの血の味に興奮しているようだった。

まさかこんなことになるなんて。サンダーズとは何度かベッドをともにしたが、行為は淡泊そのものだった。悪くもなければ、よくもない。まったく印象に残らない交わりだった。ところがいま、思いがけないことにサンダーズには残酷なところがあるらしいとわかった。女性の苦痛に欲情するのだ。どう見ても、キャロラインの血の味と痛みに興奮している。

キャロラインはなりふりかまわずもがき、サンダーズを蹴り、唇をふさがれたまま叫んだ。彼を殴りつけたくても、がっちりと抱きすくめられていて、手を上げることができない。

憤《いきどお》りに体を震わせ、逃げようとむなしい抵抗を続けていると、ふいに体が自由になった。

よろめきながら態勢を立て直し、目をみはった。

ジャックに腕を背中の後ろできつくねじあげられたサンダーズが、かかとを上げて、痛そうにあえいでいた。

その顔はまっ青だった。ほつれたブロンドの髪を額に垂らし、焦点の定まらない目をして、口角には血がついている。キャロラインの血だ。

目は興奮で大きく見ひらかれ、瞳のまわりの白目がはっきりと見える。

サンダーズはジャックの手を振りほどこうと激しくあがいているものの、逃れることはできない。ジャックは両足を踏んばって動かず、サンダーズの手首を片手でつかんでいるだけなのに、その手は鋼鉄の手錠に等しかった。

「こんど彼女に触れたら、この腕を折るぞ、ウジ虫。いや、腕の前に首をへし折る」ジャックの声は低く、敵意に満ちていた。サンダーズはさらに目をみはり、ジャックにますます強く手首を握りしめられて悲鳴をあげた。

「放せ！　おまえ、何者だ？　キャロライン！　このおかしなやつに放せと言ってくれ！ あああ！」ジャックが腕をねじりあげ、サンダーズが取り乱して、大声をあげた。いままでは完全につま先立ちになっている。かかとを地面につけようものなら、手加減なしにひねりあげられている腕が折れてしまうだろう。すっかり血の気のひいた顔には、脂汗《あぶらあせ》がにじんでいた。「キャロライン、こいつに放せと言ってくれ！」ジャックはさらに三センチほど手を上げた。サンダーズが痛みに悲鳴をあげ、われを忘れて身をよじる。

ジャックはわれを忘れてはいなかった。落ち着きはらっているし、息もあがっていない。だが、そのまなざしに冷たく危険なものを見て取ったキャロラインは、前に出て彼の腕に触れた。こんなに手荒なふるまいをしている彼を目の当たりにしても少しも怖くないのはどういうことか、あとでよく考えてみなければならない。

たったいま、サンダーズに襲われたばかりではあるけれど、ジャックにくらべればサンダーズなど子犬のようなものだった。だが、キャロラインは、平然と恐ろしい暴力を振るうこともできるらしいジャックを、一瞬たりとも怖いと感じなかった。彼がけっして自分には手を上げないと、胸の奥深くの、自分が信用している静かで深遠な部分で、なんとなくわかっていたからだ。

ジャックに腕をまた三センチほど引っぱりあげられ、サンダーズは金切り声をあげた。見ている分には溜飲《りゅういん》が下がるが、このまま腕を折らせるわけにはいかない。「ジャック」キャロラインはささやきかけ、彼の腕に手をかけた。「やめて。もう充分よ」

ジャックの黒い目はせばまり、凶暴な光を宿していた。まだもがいているサンダーズを苦もなくつかまえたまま、もう片方の手を伸ばし、キャロラインの口元に触れ、血をぬぐった。

「これだけでもこいつを殺していい」ジャックは言った。サンダーズが震えあがって目をむくような口調だった。

「だめよ」たしかなことがあるとすれば、これ以上の暴力は耐えられないということだ。ただでさえサンダーズと組みあったせいで胸がむかついているし、彼の正体を見抜くことができなかったのも情けなかった。胃がきりきりと痛む。「その人を放して、ジャック」

ジャックは歯を食いしばってキャロラインを凝視した。彼の全身が、報復したいと叫んでいた。たやすいことだろう。サンダーズはジム通いに熱心とはいえ、どう見てもジャックの相手ではない。ジャックはまったく別種の強さを持ち、武術に精通している。笑ってしまうほどやすやすとサンダーズを押さえつけてしまった。その気になれば、徹底的に叩きのめすこともできるはずだ。

ジャックの目元の険しい皺や、瞳に灯った熱い怒りの光、そのたたずまいに、すさまじい暴力の気配がみなぎり、それがあたりを満たした。このままだとサンダーズを殺しかねない、とキャロラインは本気で思った。肉体的にもその力があるし、情け容赦なくやってのけるだけの精神力もある。

結局のところ、ジャックは軍人であり、軍人の仕事はそれ、敵を殺すことなのだから。

「その人を放して。早く、ジャック」キャロラインはそっと言った。それで充分だった。ジャックはやにわにサンダーズを放した。サンダーズはよろめきながらも足を踏んばった。肩を揉みながらまずジャックをにらみつけ、ひどい扱いを受けたと言わんばかりにキャロラインをねめつけた。髪は乱れ、ひどく汗をかいている。

「くそったれ、こんなことをしたのを後悔させてやるからな」サンダーズは早口で啖呵《たんか》を切った。度を失っている証拠だ。ふだんはもったいぶってゆっくりと話すのに、いまはしきりにあえいで、まくしたてている。「おれは弁護士だぞ、この野郎。きさまを訴えて、一生かかっても払いきれないくらいの賠償金をふんだくってやる!」

ジャックはサンダーズを放すや、キャロラインに向き直っていた。唇の血をぬぐって、ほつれた髪を耳にかけてくれた。だが、サンダーズの言葉を聞くと、くるりとふり返って、彼を見据えた。

とくになにをするでもなく、ただ見据えただけだ。キャロラインには見えなかったけれど、その表情がサンダーズを怯えさせたのはまちがいない。ジャックにひとにらみされると、怒りで顔を紅潮させていたサンダーズがふたたびまっ青になり、両手を前に出してあとずさりをしたからだ。

たぶんキャロラインが止めていなければ、ジャックはさらに暴力を重ねていただろう。彼に脅《おど》し文句は必要なかった。その大きく屈強な体全体が、こけおどしではなく、本物の脅威《きょうい》だった。

ジャックに解放されて五秒後には、サンダーズは帽子とコートを取り、大あわてで外へ出ていった。彼の車が角を曲がって姿を消しても、ドアの上のベルはまだ鳴っていた。

サンダーズとやりあったために、そして、店内に渦巻いていた暴力の気配に耐えるべくほとばしっていたアドレナリンが急激に引いたせいで、キャロラインは力なく震えだした。体の芯が冷えきってエネルギーが奪われ、わななきが止まらず、少しふらついた。目がちかちかする……。

とたんに、力強くやさしい手に首筋をそっと押され、立てた膝のあいだに頭を入れて坐らされた。首筋にのっていたジャックの手が、ほどなく消えた。「しばらくその姿勢で、深呼吸してろよ。すぐに戻る」

しばしなにも考えずに目を閉じ、深く呼吸していると、ジャックの声がした。「ほら」彼は湯気のあがる紅茶をキャロラインの前に置いた。「できるだけ早く飲みほしてくれ」

キャロラインはカップを取ってひとくち含み、口を満たす熱さと甘ったるさに顔をしかめた。「どれだけ砂糖を入れたの？　紅茶というより砂糖そのものを飲んでいるみたい」

ジャックはすぐには答えず、キャロラインの手に手を添えてカップを傾け、無理やりもうひとくち飲ませた。「きみは軽いショック状態にあるから、体を温めて、水分と糖分をとらなきゃならない。戦場の兵士だったら、山ほど砂糖の入った紅茶ではなくてブドウ糖をとる。こんなに甘いのは嫌いだろうが、全部飲んでくれ。悪いことは言わない、そのうち気分がよくなる」

キャロラインは直感で彼の言うことを信じた。文句をつけたのが少し恥ずかしく、笑みを浮かべようとした。「わたしは戦場で倒れた兵士じゃないのよ。お茶を飲まなければならないほど動転するなんて、バカみたい」

「そんなことはない」ジャックはキャロラインが紅茶を飲むのを見守りながら、静かに言った。「ショックを受けて当然だ。あいつが乱暴するとは、思ってもいなかったんだろう？」

問題はそれだ。「ええ、全然。サンダーズがあんな真似をするなんて、夢にも思っていなかった。彼のことはずいぶん前から知っているのに」この機会に、できれば認めたくない事実を明かしておくべきかもしれない。「それだけじゃなくて……ときどきふたりきりで会っていたわ。あの人とは長いこと、別れてはよりを戻してのくり返しだったの」

ジャックの視線が鋭くなった。「十代のころから？」

キャロラインはカップ越しに彼を見つめた。「ええ、でもなぜ知っているの？」

ジャックは肩をすくめた。「ただの推測だ。それより、気分はどうだ？」

悪寒と震えは——収まっている。「ええ、よくなったわ、ほんとうに。でも、やっぱり、わたしはバカで意気地《いくじ》なしだった。サンダーズに不意をつかれたと思いたいけど、ほんとうのところは、わたしの防御が下手だったのよ」サンダーズの舌を噛んで、むこうずねをしたたかに蹴ってやることくらい、できたはずだ。「あなたが護身術のスクールを開いたら、最初の生徒にしてもらわなきゃ。うまくお尻を蹴りつける方法を習いたいの」

「きみが？」ジャックの大きな体から緊張が抜けた。かすかな笑みを浮かべてこちらを見ている。

「ええ、絶対に」

「だったら、好きなだけ無料でレッスンを受けてくれ」

「急所を膝蹴りする方法も教えてくれる？」

ジャックはうなずいた。「もちろんだ。それから、頸《けい》動脈を親指で押さえる方法も。正しくやれば、スタンガンで雄牛を感電させるように敵を倒すことができる」

「すごい」それに、役に立つ。「二度とあんな目にはあいたくない。無力で、自分を守ることもできないなんて」

「そのとおりだ」ジャックは真顔で言った。「二度とあんな目にはあわないでくれ。きみが傷つけられるのを見ると、寿命が縮まる。とにかく、あんな軟弱野郎のケツを蹴り飛ばすくらいの力はつけてもらうぞ——ところで、あいつの名前は?」

「サンダーズ。サンダーズ・マカリン」

「くだらない名前だ」ジャックはかぶりを振った。「そんな名前のやつが相手なら、十回もレッスンを受ければ撃退できるようになる。こんど近づいてきたら、投げ飛ばしてやれ」

キャロラインは顔をほころばせた。いい考えだ。すっかり気分がよくなった。護身術の初歩を習おうと決めたのと——よい運動にもなるはず——大量の糖分を摂取したおかげだ。

ジャックはまだこちらを見つめている。

「気分がよくなったようだな。安心した」彼は窓からみぞれの降る午後の町を眺めた。ここ三十分ほど、通りにはだれもいなかった。彼はキャロラインの手を取り、やさしく握った。

「もう店を閉めて、家に帰らないか?」握った手を口元へ持っていく。「早めに夕食をとって、少しふざけよう。おれを投げ飛ばしてもいいぞ。な?」

椅子に坐っているジャック・プレスコットは、揺るぎない宇宙の力のようだった。彼を投げ飛ばすなど、絶対にできるはずがないけれど、そう言ってくれたのはうれしかった。

ジャックとこうして坐っているのはすてきだ。手を重ね、今夜とそのあとのことを——あぁ!——楽しみにしながら。なにかを楽しみに待つのはほんとうに久しぶり。そのよろこびをくれたのはジャックだった。

「ありがとう」キャロラインは小さく言った。

通りを眺めていたジャックが、怪訝《けげん》そうな顔でふり向いた。「なにが？」

「サンダーズの腕を折らずに追い払ってくれて。折りたくてたまらなかったんでしょうけど。それから、迎えにきてくれたことも。そして――そばにいてくれて、ありがとう」

キャロラインは身を乗りだし、ジャックに口づけした。彼が即座にキャロラインの頭を抱えて、キスを返してくる。

サンダーズがしたのと同じ動作なのに、まるで違った。おそらくサンダーズの十倍は力があるだろうに、けっして力ずくで支配しようとしない。キャロラインを傷つけないことだけを考えて、とても丁寧に触れてくれる。

ジャックは軽くキスをすると体を起こし、キャロラインの目を見つめてささやいた。「家に帰ろう、戦う姫よ」

ビンセント・ディーバーは、〈ファーストページ〉の向かいのダイナーのボックス席で、二時間ほど前からちびちび飲んでいたコーヒーのカップにおおいかぶさるように背を丸め、ジャック・プレスコットがキャロライン・レークの腰を抱いて店を出てくるのを見ていた。

気づかれる心配はなかった。毛編みの防寒帽をかぶり、ありふれた黒縁の濃いサングラスをかけている。それに、プレスコットは追われているのに気づいておらず、なんといっても、あの赤毛しか目に入っていない。習慣で通りに目を走らせてはいたが、ダイナーに危険人物が潜んでいるとまでは考えていない。左右を見わたし、通りにだれもいないのを確認すると、ふたたび女だけを見はじめた。

おもしろい。

先ほど、ダイヤを手に入れたら買おうと思っているようなカシミヤのコートに身を包んだ、背が高くてハンサムで上品な金髪の男が〈ファーストページ〉に入っていくのを見た瞬間から、ディーバーは多くのことを知った。女は――キャロライン・レークは――友人のように男を迎え入れた。話をしているあいだ、女はとくに変わったそぶりは見せなかったが、やがていさかいになり、カシミヤコートの男は女を抱きすくめ、喉に舌を突っこまんばかりにキスを始めた。女はあらがったが、逃げられなかった。

そこへ、角を曲がってプレスコットがやってきた。プレスコットは店のウインドウ越しになかの騒ぎを目にすると、いきなり走りだした。

カシミヤ男は腑抜けだった。

彼は店から走りでてきて、黒いポルシェに乗りこんだ。すぐさまエンジンをかけ、車の尻を振って凍った道路の角を曲がり、走り去った。

車のナンバーはわかっている。持ち主を突きとめるのはたやすい。

女にプレスコットを止める力があって、カシミヤ男は運がよかった。なぜなら、戦いを知りつくしたプレスコットは、敵にまわすと厄介な男だからだ。それに、かならずコンバットナイフを隠し持っている。カシミヤ男は刺されていてもおかしくなかった。

プレスコットが打ち負かされたり、戦いを放棄したりするのは、見たことがなかった。それなのに、あの女は腕に手をやり、ひとことふたこと声をかけるだけで、プレスコットを止めた。魔法の杖をひと振りしたかのような妙技だった。

戦いを降りるプレスコット。それは、ディーバーがはじめて見るものだった。

ディーバーは、プレスコットとキャロラインが角を曲がって消えるのを見送り、こぶしを握りしめた。いますぐ立ちあがってプレスコットを追いかけ、撃ち殺してやりたいという衝動に呑まれそうだった。かならず女を先に殺さなければならない。プレスコットを苦しめるためだ。そして、頭部に一発。それで、あいつも消える。

その光景が浮かび、感触を感じ、匂いまで嗅いだ気がした。強い衝撃を受け、全身にどっと汗をかいた。

早くプレスコットと女を殺したいが、まずはダイヤを取り戻さなければならない。

楽しむのはそれからだ。

14

ジャックはあやうくそれを見逃すところだった。

早くキャロラインを無事に連れ帰り、暖炉の前でくつろごうと、そればかり考えていたせいで、戦闘時のように目の前しか見えていなかった。見えるのはキャロラインだけ、考えるのもキャロラインのことばかり。頭のなかは彼女でいっぱいだった。

まだ戦意が高揚していて、アドレナリンがはけ口を求めて体じゅうを駆けめぐっている。サンダーズの顔を殴りつけ、脅迫暴行罪で最寄りの警察署に突きだしてやれば、それがはけ口になったのだが。

書店の大きなガラス窓の向こうに、男から逃げようともがいているキャロラインが見えた瞬間のことは、いつまでたっても忘れられそうにない。

ジャックは自身の最高記録を破るスピードで店に駆けこみ、男をキャロラインから引き離した。

キャロラインはショック状態だったにもかかわらず、冗談を言う余裕さえ見せて立ち直った。とはいえ、やはり上着で温かくくるみ、できるだけ早く家に入れてやりたかった。

ジャックは周囲の状況を見取る能力に長けている。なにかに気を取られていても、まわりのようすに目を配るのをおこたらない。唯一キャロラインだけが判断力を鈍《にぶ》らせ、そのせいで、玄関の鍵穴にうっすらとひっかき傷がついていることに気づいたのは、鍵を差しこんでまわしたあとだった。今朝はそんな傷などなかった。

とっさにグロックをつかみ、急いでキャロラインをレンタルのSUVまで連れ戻した。彼女を運転席に押しこみ、キーを持っているのを確認してからドアを閉めた。

「ジャック！」ドア越しに、彼女の声がくぐもって聞こえた。その視線がジャックの持っている拳銃へ落ち、また顔に戻る。ひどくとまどっているようだった。「どうしたの？」

説明したり、心配ないと言い聞かせたりしている余裕はなかった。侵入者がまだ屋敷のなかにいるかもしれないので、急いで確かめにいかなければならない。

「そこでじっとしていてくれ！」ささやいて、車の窓を軽く叩いた。キャロラインはシルバーグレーの目をみはり、血の気の引いた顔でうなずいた。

いい子だ。

ジャックは大股で玄関まで引き返し、二秒間に百八十度の範囲を射撃できる構えをとりつつ、音をたてずに鍵を差しこんだ。

玄関、異状なし。リビング、異状なし。キッチン、異状なし。

すばやく、音もなく動きながら、地下室から屋根裏まで順番に調べた。

習慣から、寝室には侵入者があればわかるものを残していたが、明らかにジャックの荷物と、キャロラインのクロゼットとドレッサーを探った痕跡があった。何者かが——複数の可能性もある——ふたりの私物を調べたのだ。屋敷のほかの部屋については、警戒していなかったのでわからなかった。

見たところ、なにも盗まれてはいないようだった。テレビとステレオは残っているし、壁から消えた絵画もない。ジャックの私物もなにひとつ盗まれていない。ここにあるのは汚れた靴下と下着ぐらいで、価値のあるものはすべて、新しい銀行口座と金庫室に保管してある。キャロラインのテレビとステレオは買ってから十年はたつ代物なので、もちろん転売はできないし、美術品にうといジャックの目で見ても、壁に残っているものに盗む価値はなさそうだった。金になるものはひとつ残らず、とうに売り払われている。どんなに腕利きの泥棒でも、壁や屋根を盗むことはできない。

邸内が無人であることを確認できると、ジーンズのウエストバンドに銃を突っこみ、キャロラインのもとへ戻った。

彼女をせきたてるように、玄関階段をのぼらせた。

「どうしたの、ジャック？　家にだれかいるの？　泥棒でも入った？」

彼女がこんなに不安そうに、緊張して青ざめているのを見たくない。屋敷に侵入したクソ野郎をつかまえたら、手の指を一本一本折って、生きているかぎり二度とピッキングができないようにしてやる。

もっとも、屋敷の鍵は、ピッキングがむずかしいものではなかった。二歳児でも開けられる簡単な鍵だから、なんの役にも立たない。ジャックなら目隠しされて手を縛られていても、開けることができるだろう。

ドアを閉め、ヒーターの温度をあげてから、キャロラインを抱きしめた。

いろいろなことがありすぎた。全部、よくないことばかりだ。息をせずにいられないのと同じように、腕のなかに彼女を感じずにいられなかった。

「ジャック？」キャロラインの声はジャックの上着にこもり、ウールの帽子からはみでた艶やかな赤毛が上着の上で波打っていた。ジャックはかがんで短くキスし、やわらかい首筋に触れた。速く小さく脈打っている部分を親指でそっと撫でた。

腕のなかでキャロラインが無事でいるのを感じ、彼女の拍動を感じると、少し落ち着いた。

「ジャック」キャロラインがさっきより大きな声で言い、軽くジャックを押した。ジャックが腕をゆるめると、あとずさりをしてジャックの顔をまともに見据えた。「どういうことなのか、教えて」用心深くまわりを見わたし、また顔に目を戻す。「なにも盗まれていないみたいだけど」

「ああ、盗まれたものはない。侵入した連中がなにを探していたかは知らないが、ここにはなかったようだ。泥棒が狙うものといえば、ふつうはプラズマテレビとか、高級な電化製品、あるいは高価な美術品とか、溶かすことのできる銀製品とか」

「そんなものはとうに全部なくなったわ」キャロラインは眉根を寄せてジャックを見あげた。「ジャック……玄関のそばへ着いたとき、銃を構えていたわね。あなた、銃を持ってた。いったい、どこでそんなものを手に入れたの？」

おっと。ここは慎重に答えなければならない。

やっとキャロラインが人生に入ってきてくれたばかりなのだ。

ジャックは、キャロラインを怯えさせることなく、安全に気をつけさせたかった。たいていの人が自分のような人間を猜疑心《さいぎ》にとらわれすぎだと考えるのは、よくわかっている。ずっと安楽に暮らしてきた人、ジャックが転々としてきたような、人間のいちばん野蛮で残酷な部分がむきだしになり、欲望に歯止めのきかない場所に行ったことがない人なら、こんなふうに絶えず警戒するのを異常だと感じるだろう。

「おれはつねに銃を携帯している」やさしく言った。背中のくぼみに当たるグロックの重みは心地よく、しっくりくる。「それに、すばやく銃を構えるのも得意だ」

「つまり、わたしたちふたりでいるときもずっと——」キャロラインがピンク色がかった指先で、ふたりを交互に指す。「銃を持っていたの?」

「ああ、持っていた」ジャックは、キャロラインとのあいだにその言葉を石のように放った。銃は自分の一部、切り離せない一部分だ。ほかのことならともかく、これだけは譲れない。

キャロラインはまばたきし、半端な笑い声をあげた。「嘘でしょう」

「嘘じゃない。おれは銃を隠して携行する許可を持っているし、使い方も心得ている。だから、心配はいらない」

彼女は目を丸くしてこちらを見ていた。「正直言って、いままで考えもしなかったわ。まだどういうことか理解できないの、自分と——」ごくりと唾を呑む。「自分と一緒にいる人が、実際に銃を持ち歩いているなんて。保安官以外に、銃を持っている人に会ったのは、はじめてよ。とにかく、知り合いにはいなかった」

「外の世界は悪意に満ちているんだ、キャロライン」ジャックはそっと言った。「用心しなければならない」

胸くそ悪いが、真実だ。そんな世界をこの目で見てきたし、そのなかで生きてきた。ジャックが子ども時代を過ごしたシェルターでは、キャロラインのような美しい女は、年頃になったとたんに、いや、おそらくそれより前に暴行されていたはずだ。アフガニスタンにいれば、頭からつま先まですっぽりおおうブルカをまとわなければならず、足音をたてれば男に殴られる。それにやはり暴行され、おまけに姦淫《かんいん》の罪で死刑を言いわたされていただろう。シエラレオネにいれば――ジャックは奥歯を食いしばった。革命軍につかまって、ぼろぼろにされた女たちの骸《むくろ》を見てきた。彼女たちにとっては、死が救いだった。

世界がどんなところか、ジャックは知っている。武装し、大切なものを守る意志と能力は、ジャックの核に、DNAそのものに深く埋めこまれている。そしていま、命を懸けても守りたいものは、なににもましてキャロラインだった。

「もうひとつ、話がある」キャロラインの両肩をつかんだ。分厚いダウンのコート越しに、いまにも折れそうなほど華奢な肩の骨を感じた。美しいもの、はかないものを憎む世界において、彼女のすべてが繊細でやさしい。巷《ちまた》の卑劣なやからに、いつ彼女を奪われてもおかしくないという現実を肝に銘じておかなければならない。「この家に金庫はあるか?」

キャロラインは大きな目でジャックの顔を見つめ、うなずいた。「ええ、場所は――」

「いいんだ」ジャックは長い人さし指をキャロラインの唇に当てた。「言わないでいい。知る必要はない。ただ、金庫に入っているものがなくなっていないかどうか、確かめてきてもらいたい。やってくれるか？」

キャロラインが黙って二階へ消えると、もう一度、より入念にリビングを調べた。やはり、なにもなくなっていない。ジャックの視覚による記憶力はすぐれている。

たいていの人が大事なものをリビングや寝室に隠していることには、いつもあきれてしまう。ノースカロライナのジャックの自宅では、トイレの後ろの壁に金庫を埋めこんでいた。

キャロラインが階段をおりてきた。

「なにかなくなってたか？」

「いいえ」彼女は当惑顔でかぶりを振った。「金庫の中身はそっくり残っていたわ。寝室も変わりなかった」リビングについては、さっと見わたすだけでことたりた。いつもいる場所であり、見慣れている。「ここも、なにも盗られていない。実際、盗む価値のあるようなものはないし。だれかがこの家に侵入したというのはたしかなの？」

百聞は一見にしかず。ジャックはキャロラインの手を取り、玄関のドアへ連れていった。ドアを開け、艶やかな真鍮《しんちゅう》の鍵穴を指先でこすらせる。「わかるか？　細かいひっかき傷やかすり傷があるだろう？」

キャロラインは真鍮と鋼鉄の上にそっと指をすべらせてうなずいた。「前からあったのかもしれない。今日ついた傷だとどうしてわかるの？」

「今朝まではなかったんだ、まちがいない。こういう傷はピッキングによってつく。せいぜい一分半もあれば、入りこめただろう」

「なぜそんなことを知っているの？　それに、こんな小さなひっかき傷によく気づいたわね」

ジャックのダッフルバッグにもピッキングの道具が入っている。だが、それは伏せておいたほうがよさそうだ。ただでさえ、キャロラインは驚いている。「陸軍では訓練の一環でピッキングを学ぶから、見ればわかる。それに、兵士はまず、陣地の安全を確保して、そのなかのようすに絶えず気を配るものだ。おれがこういうことに気づくのも、訓練を積んでいるからだ。ここに着いたとき、最初に気づいたのは、鍵がお粗末な代物だということだった。そこそこ腕利きの泥棒はもちろんのこと、子どもだって侵入できる」

キャロラインが目を見ひらき、かすかに頰を紅潮させた。「うちの鍵が役立たずなのは申し訳ないけど、あれしかないんだもの、我慢して」

怒っている。それでいい。あの青ざめた不安そうな表情が消えて、うれしかった。「明日の朝いちばんに、まともな防犯システムを入れよう。適当なのがある――」

「ちょっと待って、ジャック」いま、キャロラインの頰はまっ赤だった。中断の合図に両手を上げている。「ごめんなさい、あなたが安全に気をつけているのはわかるけれど、防犯システムを買う余裕はないの。電線を張りめぐらして、窓やドアに警報器をつけるような類いのものはとても買えないし、全部のドアの鍵を付け替えるのも無理だと思う。とにかく、待ってもらうしかないわ」

ジャックの胸のなかで、なにかがぎゅっと縮んだ。「きみに金を出させるつもりはないんだ、キャロライン。おれに任せてくれて一向にかまわない。それに、父の会社の名前で買えば、業務用として値引きしてもらえるかもしれない」

「それはできないわ」キャロラインは美しい唇を頑固に引き結び、かぶりを振った。「その分をお家賃から差し引くことはできないし、あなたに高価な防犯システムを買っていただくわけにもいかないわ。だから、申し訳ないけれど、新しいシステムはしばらくつけられないから、泥棒が戻ってこないことを祈るしかないの。たぶん、泥棒業界でも噂が広まっているはずよ。グリーンブライアースには盗む価値のあるものはない、せいぜい不揃《ふぞろ》いの銀器と半端なお皿、それに持ち主の母親の水彩画くらいだって」

キャロラインと婚約するまでにあと何週間かかるかわからないが、ジャックはとにかくそれまでの時間を早送りしたくなった。そうすれば、金を受け取れないというたわごとを聞かなくてよくなる。

だがさしあたっては無理なので、人さし指の背でキャロラインの首から華奢な鎖骨をなぞった。彼女は金庫の中身を確認しに二階へ上がったおりにダウンのコートを脱いでいた――なにを賭けてもよい、金庫は寝室にあるはずだ。コートの下に着ていたVネックセーターの明るいターコイズ色を映して、瞳までが鮮やかなブルーに見えた。

しばし彼女を見つめながら、セーターの襟ぐりに指をすべらせ、温かいサテンのような肌の感触を味わった。「おれがなにをしたいか、わかるか？」

キャロラインは首を振った。

ジャックは声をひそめ、首に視線を落とした。「きみにパールのネックレスを買ってやりたい。完璧なパールのネックレスを。きみの肌にはパールが似合う。ほんの少し薔薇色がかったやつがいい、そういうのをなんとかって言うんだよな――」

「オーバートーンよ」

「そうだ、ピンク・オーバートーンだ。そのネックレスをきみに買いたい。それをつけたきみはきっときれいだ。そのきみを眺めるのは、さぞ楽しいだろう。おれがなにを言いたいかわかるか？」

キャロラインはジャックの目を見て、また首を振った。

「きみはもうパールのネックレスを持っている。そうだろう？」

「いくつか持っているわ。どれも、とてもきれいよ。母のものだったの」

「そう、おれが言いたいのはそこさ。きみの親父さんは、お袋さんにパールのネックレスを買い与えるのが好きだった。きみも言っていただろう、親父さんはお袋さんに甘かったと。たぶん、自分の選んだパールをつけた美しい妻を眺めるのは、親父さんにとって無上のよろこびだったんだろう」

なにを思いだしたのか、キャロラインが顔をほころばせた。効き目があったようだ。ジャックは、相手をなだめすかして説得することに慣れていなかった。軍隊では、命令すれば部下が従う。説得とは、まったく未知の領域だ。早急に説得上手になる必要がある。キャロラインは自分の考えをしっかりと持っているうえに、くみしやすい相手ではない。

「つまり、こういうことだ。きみにパールのネックレスを買いたいのはやまやまだが、おれはクソ――いまいましいことに、そういうものにうとい。種類やサイズなんかをまちがえるかもしれないし、粗悪品をつかまされるかもしれない。なにかしら、しくじりそうだ。宝石店に入るのを想像しただけで冷や汗をかいてしまう。いままでパールのネックレスなんかには私生活でもとんと縁がなかったし、訓練生活でもお目にかかったことがないから、見知らぬ水域で立ち往生するようなものだ。だが、おれが知りつくしていることがあるとすれば、それはセキュリティだ。おれを助けると思って、防犯システムを買わせてくれ。そうすれば、また強盗が入るんじゃないか、こんどこそナイフか拳銃を持っていて、おれの留守中に、ひとりでいるきみに危害をくわえるんじゃないかと、死ぬほど心配せずにすむ。求婚者がパールのネックレスのかわりに防犯システムを贈るんだと考えてくれないか？　おれを助けると思ってくれないか？」

ジャックの手がキャロラインの肌を温め、いつも股間を直撃するあのかすかな薔薇の香りが立ちのぼった。ジャックはなによりもいま、人間の力で可能なかぎりの速さで彼女を二階へ連れていき、ベッドに横たえ、抱きたかった。だが、キャロラインは動揺している。くそったれマカリンと、侵入者のせいだ——とりあえず彼女に食事をさせて、緊張をほぐすのが先で、ファックするのはそれからだ。

いや、そうじゃない。愛を交わすのだ。

おっと。そんな言葉であのことを考えたのは、はじめてだった。それに、相手の気持ちを考え、精神的に参っているだろうから先延ばしにしようと決めたのもはじめてだった。

「だれかが自分のうちにこっそり入って、いろいろあさっていったなんて、いやな気分」キャロラインがつぶやいた。

「ああ」ジャックは短く答えた。

「だれにも破られないような防犯システムを入れてくれる？」

いい、このおれでも破ることのできないシステムを入れるよ。ジャックはうなずいた。

「そう、あなたには負けたわ」キャロラインは深呼吸した。ジャックは雄々しくも彼女の顔だけを見つめるようにしていたが、周辺視野が人並みはずれてよいため、セーターの下で胸がわずかにふくらむのが目に入ってしまった。「ありがたく贈り物をお受けする。それから、あなたにささやかなお返しをしたいの。ディナーをね」

キャロラインはつま先立ちになり、ジャックの唇の脇にぎこちないキスをした。ジャックは不意をつかれ、ただぽかんと立ちつくした。キスを返そうと思ったときには、彼女はキッチンに消えていた。

ジャックは長いあいだその場に突っ立ったまま、キッチンでキャロラインが鍋《なべ》を使う音や水を流す音を聞きながら、キスをされたときに胸ではじけた鋭い感覚を思いだしていた。胸を手でこすった。そこが痛かった。

サンダーズは机の前に坐り、歯を食いしばっていた。車のなかで髪をとかし、服を整えてからオフィスへ戻ったが、ほかにも目に見えて妙なところがあったにちがいない――怒りが蒸気よろしく噴きでていたのかもしれない――脇を通りすぎたときに、秘書がぎょっとしていた。

キャロラインはいなくなってしまった。二重の意味で。たしかに、あんなに強引に迫るのはまずかったかもしれない。だが、店に入ったとたん、いきなりむらむらとしてしまった。あのときまで、キャロラインの美しさを、自分にぴったりの女だということを忘れていた。それで、家賃を払うのもやっとにちがいない、あの狭苦しい一部屋だけの店のなかで、彼女が誘いを――このぼくの誘いを！――断り、ワシントン州屈指の高級ホテルには泊まりたくないし、オペラのボックスシートのチケットもいらないと言った瞬間、ついわれを忘れてしまった。

無理強いはまずかったが、くそっ、断られた瞬間に、なにかがぶち切れたのだ。キャロラインはベッドで燃えるたちではないのに、歯向かわれたときに彼女の激しさを感じて、興奮した。あんなにごり押しで迫ったのはよくなかったのだろうが、すっかりもよおしてしまった。

ところが蓋を開けてみれば、キャロラインは意のままにはならなかった。彼女はすっかり別人になっていた。縄張り意識の強い、がさつな女に。

この数年、サンダーズは心の奥で、いつか身を固めようと覚悟を決めるなら、相手は当然キャロラインであり、彼女のほうもよろこんで腕に飛びこんでくるものと信じていた。結局のところ、彼女が両親の死で失った、本来のぜいたくな生活をふたたび授《さず》けてやると申し出ることになるのだから。

キャロラインとはいつでもよりを戻せると、ずっと思っていた。それなのに、彼女はサンダーズの腕を折ろうとしたあのクソいまいましい男とできている。もはやこちらの意のままにはならない。

急いで手を打たなければならない。キャロラインと結婚すると決めたからには、小汚い身なりの荒くれ者にみすみす盗られてなるものか。

インターコムが鳴った。「ミスター・マカリン、お客さまがいらしてます」

サンダーズはボタンを押した。「いまはだれにも会いたくないんだ、ロリ。午後の来客はすべて断ってくれ」

「あの……ミスター・マカリン、この方にはお会いになったほうがいいかも……待ってください！」スピーカー越しに、秘書の声がノイズ混じりに聞こえた。「許可なくそちらに入らないでください！ ちょっと、お客さま……」

サンダーズのオフィスのドアが開き、胸の高さにバッジを持った男が入ってきた。背はさほど高くなく、砂色の髪に、黒縁の眼鏡、安っぽいてかてかしたダークスーツ。「ミスター・マカリンですね？ ミスター・サンダーズ・マカリン？」

サンダーズはバッジがよく見えなかった。「ええ。そうですが。秘書にも言ったんですが、今日の午後は忙しくて――」

「ミスター・マカリン、わたしはダレル・バトラー、FBIニューヨーク支局の特別捜査官です。あなたはミズ・キャロライン・レークという女性をご存じですね。われわれは、この女性が交際している男を追っています。最近では、ジャック・プレスコットと名乗っているようですが。きわめて危険な犯罪者です。アフリカで戦争犯罪を犯し、ダイヤモンドを盗んだと目《もく》されています」

サンダーズは椅子に深く坐り、男をじっと見つめた。ふたたび胸に希望が広がるのを感じた。「どうぞ」と、そのFBI捜査官に言った。「おかけください」

ジャックは気分が落ち着かないので、キャロラインが料理をしているあいだ、一階のバスルームのシンクの排水管を修理しにいった。排水管から水が漏れ、あたりにぽたぽたと落ちている。なんともはや、この排水管はおれの人生を象徴しているようだ。ぽたぽたと、感情をそこらじゅうに垂れ流している。

なんだか、自分がよくわからない。道端におのれの一部を少しずつ落としているようだ。キャロラインに頭を混乱させられ、胸の鼓動をもつれさせられていた。もう何年も彼女の夢を見て——頭のなかのもっとも奥まった秘密の部分で——ベッドをともにするのを夢想してきたのに、彼女と一緒にいることで自分の根幹が変わることになろうとは、よもや想像もしていなかった。

ジャックは自分自身をよくわかっていて、充分満足していた。苦労の多い人生を送ってきたが、そのおかげで自立し、冷静さを身につけ、なにをしていても感情的に深入りしないことを覚えた。

ところが、そんなものはなにひとつあてにならないと、キャロラインに思い知らされた。くそったれマカリンがキャロラインに襲いかかっているのを見たとき、頭が爆発しそうになった。彼こそが、かつてクリスマスイブにベンが窓越しに見たハンサムな金髪男だと知らなくて、かえってよかった。この十二年間、キャロラインはあんな男と結婚して子どもをもうけるのだろうかと思い詰め、憎悪をいだいていたのだから。

マカリンが何者か知らなくとも、完全に見境がつかなくなっていた。あと一分あれば、腕をへし折っていただろう。あのとき、頭のなかを占めていた怒りはあまりに大きく、相手を殺しかねなかった。殺せば刑務所に送られ、刑務所に入れられれば、二十五年間、塀のなかから出られないのは言うまでもなく、文字どおりキャロラインに別れのキスをしなければならなかった。

すんでのところで止めてくれたのは、腕に触れた彼女の手だった。

それからついさっき、屋敷に入るときはどうだ。注意していれば、鍵穴がいじられたことに車道からでも気づいたはずだ。それなのに、あやうく見落とすところだった。ありえない。いつもなら絶えず安全に気を配り、セキュリティを破って侵入してくる者には第六感どころか第七感がはたらくのだが。

そんなわけで、寒々とした一階の狭いバスルームのシンクの下であおむけになり、シンクの水漏れを止め、便器を床に留めているボルトを締めつけ、シャワーヘッドを修繕すると、心が落ち着いたが、作業をしながらずっと思っていた。おれ自身も修理できればいいのに、と。冷静で現実的で何事にもとらわれない、BCの——キャロライン以前《ビフォー・キャロライン》の——自分に戻したい。

キャロラインが美しい顔を戸口からのぞかせ、ほほえんだ。稲妻に打たれるようなものだ。「食事ができたわ、ジャック」彼女は言い、キッチンへ戻っていった。ジャックはその後ろ姿を目で追い、肩のあたりではずむ艶やかな髪や、かすかに揺れるヒップを眺め、彼自身の胸の鼓動のこだまのような、大理石の床を踏む軽やかなヒールの音に耳を傾けた。

ほんのりと薔薇の香りが空中に漂っている。

ジャックはまた胸をこすった。そこが痛かった。くそっ、心臓外科にでも行くか？

ＦＢＩの捜査官が帰ったあと、サンダーズは机について、身じろぎもせずに両手を見つめていた。

オフィスは静まり返っていた。従業員は、総務の秘書がひとり、法律関係の秘書がふたり、研修生がふたり。悪天候のために早めに業務を終えることにして、全員がしばらく前に帰っていた。サンダーズはひとり事務所に残り、考えに耽《ふけ》っていた。

たったいま、キャロラインとやり直すチャンスを与えられたが、次のステップを慎重に進めなければならないことは、よくわかっていた。

FBI捜査官にはしなければならないことがあり、優先すべき問題があるが、キャロライン・レークとサンダーズ・マカリンがよりを戻そうが、なんのさしさわりもない。

その点については、バトラー特別捜査官ははっきりしていた。また、サンダーズの干渉は無用だとも明言した。バトラーはいくつか質問をしたあと、この件については忘れるようにと言い残していった。もちろん、忘れるつもりはない。キャロラインを取り戻せるかどうかの瀬戸際だった。

いったい、キャロラインはいつからあいつの――ジャック・プレスコットだかなんだか知らないが――女になったのだろう？　ここ何日かのことにちがいない。先週、ジェナに会ったとき、キャロラインに男ができたとは言っていなかった。

これで彼女にはまともな人生の送り方がわかっていないらしいことが判明した。トビーを施設に入れるよう勧めたときも耳を貸そうとしなかったし、グリーンブライアースを売れと言っても聞かなかった。そしてこんどは、犯罪者とつきあっている。

サンダーズはふと、キャロラインと結婚したあと、この件がすばらしい攻撃材料になることに気づいた。これで彼女と言い争いになったとき、弾の詰まったバカでかい曲射砲を取りだしてやれる。ほお？　ところで、大量殺人犯とファックしてたのは、どこのどいつだ？

彼女は黙りこくり、こちらの言いなりになるだろう。まちがいない。

この二十四時間で、サンダーズは自分自身について驚くべき新発見をしていた。ここ何年か、キャロラインとはくっついたり別れたりをくり返していた。むろん、ほかの女ともやりまくっていたが——男とはそういうものだろう？　それでも、いつも頭のどこかにキャロラインがいた。しかるべきときが来るのを待っていたのだ。そして、彼女の家族という邪魔がなくなったいま、ようやくそのときが来たわけだ。

発見はまだあった。キャロラインを支配するのがすこぶる気持ちがよかったことだ。自分にそんな一面があるなど、ほかの女が相手ではけっしてわからなかった。つきあう女はみんな経験豊富でセックスがうまかった。サンダーズとしては、ベッドで楽しみ、ときには仕事で役立つコネ作りができれば、それで満足だった。相手を服従させたくなる前に、女を替えていた。

ところが、実は、女を支配するのがかなり好きだったようだ。支配。

キャロラインは支配される必要がある。強い主人が必要なのだ。そして、思いがけずも愉快なことに、彼女が抵抗してきたとき、猛烈に興奮した。結婚したら、さぞかし従順な妻になることだろう。経済的に夫に依存し、夫に逆らいたくても逆らえない妻。かつて悪い男と寝たせいで。キャロラインには、絶対にそのことを忘れさせてはならない。

サンダーズは、バトラー特別捜査官が残していった名刺のいちばん下に書いてある電話番号に目をやった。

抜け目のない弁護士として、つねに手持ちの情報はすべて確認するようにしている。そんな性格だからこそ、めったに議論に負けず、ひいては裁判にも負けないのだ。

受話器を取り、バトラーの番号を押した。二度の呼び出し音で応答があった。「ＦＢＩニューヨーク支局です。どういったご用件でしょう？」強いヒスパニック訛りの女だった。

「ダレル・バトラー特別捜査官と話したいのですが」

「申し訳ありませんが、バトラー特別捜査官は外出しております。ご伝言をうけたまわりましょうか？」

「いや、結構です」

サンダーズは、笑みを浮かべてそっと受話器を置いた。

よし、なかなかいい展開だ。

15

「食べてくれ」ジャックは眉をひそめてキャロラインの皿を見やった。三十分ほど前から、キャロラインは同じチキンの切れ端をつついて、不安そうになっていくばかりだった。

彼女はすばらしいディナーを用意していた。レンズ豆のスープ、サワーブレッド、それからチキンなんとか——テラーゾに似たイタリア語の名だった——と、四種類の豆のサラダ、アップル・クランブル。たっぷり四人分はあったが、三人半分はジャックが平らげた。残りの半人前はキャロラインの皿にのっており、彼女にうわの空でつつきまわされている。

フォークの先が鶏の胸肉に奇妙な模様をつくるのをじっと見おろしていたキャロラインが、目を上げた。「あの——その人がキッチンにも入ったと思う？」

だれのことなのか、ジャックには尋ねずともわかった。この屋敷に侵入し、キャロラインを青ざめさせ、怖《お》じ気《け》づかせたそったれのことだ。「たぶん、入っていないだろう。ふつう、キッチンには貴重品を置かない。キッチンこそ貴重品の保管にうってつけなんだが。まさに泥棒が目をつけない場所だからな。どうしてそんなことを訊くんだ？」

キャロラインは肩をすくめた。フォークの先で皿の上に豆で模様をつくっている。「とくに理由はないの。ただ――」フォークが緑の豆を皿の端から端へ動かすのを見ている。「下宿人を受け入れるようになってから、このうちを他人と分けあうことに違和感はなくなったわ。でも、寝室とキッチンはわたしだけのスペースなの。それに、知らない人がわたしのものに勝手にさわるなんて、考えただけでいや」

ジャックは大きなチキンの切れ端をフォークで刺し、キャロラインの口元に運んだ。「なるほど、だったら、明日からだれもここに入れなくなってよかったじゃないか。ほら、大きく口を開けて」

肉を彼女の口にすべりこませ、嚙むのを待った。彼女が呑みこむと、またフォークで次の切れ端を突き刺した。「もうひとくち」

キャロラインは顔をしかめたが、差しだされたものを食べた。三度めはかぶりを振った。

「ほんとうはお腹《なか》がすいていないの、ジャック」

ジャックはいらいらとフォークをおろした。キャロラインに食べてほしかったが、どんな形であれ、無理強いはできそうにない。

テーブルを見おろしているキャロラインの顔に、艶やかな髪がひと筋、長く垂れかかっていた。ジャックは人さし指でその髪を後ろへやり、彼女のおとがいに手を添えて自分のほうへ向かせた。

「気になっていることがまだあるんじゃないのか？」

うなずいたキャロラインから、料理の強い匂いに増してかすかな薔薇の香りが漂ってきた。

「ええ」

「きみの――友だちのことか？　今日の午後はショックを受けていたからな。あんなことになるとは思ってもいなかったんだろう？」

「ええ、思ってもいなかった」キャロラインは顎をわななかせてジャックを見あげた。目が潤んでいるが、けんめいにまばたきして涙をこらえている。そんな彼女を見ていると、胸が締めつけられた。キャロラインはずっと前から何度もこんなふうに泣きたいのを我慢してきたのではないだろうか。「わたしはサンダーズのことを……それはもう、大昔から知っているわ。十代のころにつきあっていたことは話したわね。彼のことは知りつくしているつもりだった。あの人にもいいところはあるの。頭がいいし、仕事もできる。芸術やデザインに詳しい。ディナーの相手としても悪くないし、息抜きに夜出かけたければ、楽しませてくれる。映画やお芝居の趣味もいい。多くを期待しなければいいの。あの人はうぬぼれ屋で自分勝手で、なによりもサンダーズ・マカリンが大事なんだけど、それを埋めあわせる美点を持っている。欠点があるのはかまわない。無理な期待をしないくらいには、彼のことがわかっているから。だけど、今日は――」かぶりを振る。「自信がなくなってしまって」

ジャックはキャロラインの手に手を重ねた。「話してみて」静かにうながした。なにもかも吐き出させなければならない。そうできる場所をつくってやりたかった。

キャロラインは大きな目でジャックの顔をまともに見た。「あの人、わたしが抵抗したらよろこんでいた」ゆっくりとかぶりを振った。明らかに、まだそのことが信じられないようすだ。「興奮していたの。あれは……ええ、まちがいない。最初にキスされかけたとき、あの人を押し戻せばやめてくれると思ったから、そうしたの。というか、押し戻そうとしたわ。そうしたら、ますます抱きすくめられた。でも――」また首を振る。「たいていの女はそういう経験がある。好きでもない人に迫られたこともある。でもふつうは、その気がないとはっきりさせれば、そんなに抵抗しなくても、相手もあっさりあきらめる。だから、サンダーズもそうだと思った――押し返せば、やめてくれると思ったの。でも、あの人はやめなかった。わたしが激しく抵抗しはじめたとたんに……」深く息を吸う。「硬くなって――ぞっとしたわ」

あの野郎。許してやったのはまちがいだった。殺すべきだった。

マカリンはキャロラインの自信に、女としての自信に穴を開けた。ジャックは、その穴を繕《つくろ》い、彼女に少しでも冷静さを取り戻させたかった。

「おれはそんな連中を知っている」ジャックはキャロラインの手を握った。「そういうやつらは、どこか根本的におかしなところがある。壊れているというかな。ふつうの男は、女性が怯えたりいやがっていると感じたら、興奮しないものだ。ほんとうだ。軍隊には、あのクソ――マカリンのような連中が集まってくる。力を誇示し、力で相手を支配する訓練を受けられると思っているんだろう。

幸い軍隊には、そういうやつらを除外する検査があって、現に除外される。なぜなら、兵士としては役に立たないからだ。連中には、性的な面以外にもおかしなところがある。チームワークがとれない。軍隊にとってチームワークはすべてだ。それから、命令に従わないし、しばしば自分の力を過信する。戦闘では致命的なミスをもたらしかねない。だから、たいていは検査ではねられる。全員ではないにしろ、ほとんどはそうだ」ジャックはキャロラインのおとがいを持ちあげ、軽く唇を触れあわせるだけのキスをした。「マカリンはまともじゃない。あんなやつのことはさっさと忘れて、心配するのはやめたほうがいい」

キャロラインは小さく笑った。「はっきり言って、あなたこそ心配すべきだと思うけど。あの人、あなたを訴えるって脅してなかった？　言っておくけど、サンダーズは弁護士としては優秀なのよ。わたしのせいで、あなたに迷惑をかけたくないわ」

友人だと思っていた男に襲われ、家に何者かが侵入したというのに、おれのことを心配してくれている。「きみは心配するな」手を伸ばし、親指で彼女の眉間のかすかな皺を消した。「おれはあんなやつのことなど怖くない、ほんとうだ」

「ええ、そうでしょうね。だけど、間一髪で助けにきてくれたお礼を、まだ言っていなかったわ。まるで映画みたい。ジャック・プレスコット救出に現わる、なんてね。ありがとう」

「いや」きゅうに喉が詰まり、咳払いしなければ声が出なかった。

キャロラインはワイングラスの足を持って中身を揺らし、深紅のワインがクリスタルの壁を伝いのぼっていくのをぼんやりと眺めている。

グラスの足を持つ指は華奢で、手首もほっそりしていた。グラスをくるくるとまわすと、彼女の瞼が動く。彼女のどこもかしこもが繊細で、壊れそうですらあった。いつもは象牙色の肌に薔薇色が透けて見えるのに、今夜は違う——青ざめて、疲れているように見えた。

キャロラインはこの屋敷と店を外の世界から守られた安息地にしようとひとり奮闘しているものの、外の世界は鋭い牙をむいてその両方に踏みこみ、容赦なく彼女に食らいつく。

この世界は、やさしい人間にやさしくない。

ジャックの胸のなかで心臓が暴れていた。

たったいま、はじめてキャロラインに会ったかのようだ。いままでずっと、キャロラインは頭のなかに存在していたにすぎない気がする。謎めいていて、この世のものとは思えないほど美しく、けっして手の届かない、近づくことのできない存在。荒涼とした場所でひとり寝の夜に思い浮かべる存在。ユニコーン。神話の女。

だが、この——この女は実在する。この気高く温かい心を持つ女は、神話の登場人物ではなく、本物の生身の人間なのだ。強いけれど傷つきやすく、堅固だけれど脆弱《ぜいじゃく》で。

それに、キャロラインほど精神力の強い人間がいるだろうか。

度胸はあるかと尋ねられれば、あるとジャックも答える。根っからの兵士なのだ。参加した実戦は数えきれない。戦いに出るときは、つねに死を覚悟している。人間だろうが獣だろうが、敵にはけっして背中を見せない。

だが、そんなことはなんの役にも立たない。ジャックの精神力が真に試されたのは、大佐が病に倒れたときだった。あの三週間はまさに地獄だった。時間が許すかぎり病院で過ごしながらも、そのあいだじゅう、逃げだしたくてたまらなかった。大佐が日を追うごとに衰弱し、じわじわと死んでいくのを見守るには、強い精神が必要だった。

毎晩、家に帰ると地下室へおり、一時間ほどサンドバッグを殴ったが、それでも絶望を抑えることはできなかった。

最期《さいご》のころには、まともに大佐を見ることもできなくなっていた。いまでもそのことは恥じている。けれど、痩せ衰え、肌が紙のように薄くなり、血の気の失せた大佐を見るのは耐えられなかった。体に差しこまれた何本もの管、苦しげな呼吸の音。

シーツの交換や投薬のために看護師が入ってくると、それを口実に食堂へおり、コーヒーとはとても呼べない代物を飲んだ。そのあと大佐の病室へ戻るたびに入口で立ちすくみ、汗ばんだ手をドアに当て、開けろと自分に言い聞かせた。ときには、病室に入って、養父の死をただ待つ勇気を奮い立たせるのに、三十分かかったこともある。

死ぬほどつらかったが、三週間で終わった。

ところがキャロラインは、弟のそばでそのつらい思いを六年間も味わいつづけ、しかも金銭的な負担を一身に背負ってきた。

名誉勲章ものじゃないか。

まれに見る女だ。

いつなんどき、キャロラインに危害がくわえられ、自分から奪い取られてもおかしくない。世界は大きく冷酷な場所だ。ジャックはだれよりもそのことを知っている。人生がどんなに厳しく過酷なものになりうるか、だれよりも知っている。運命がかぎ爪のあるその手をひと振りするだけで、キャロラインは地上から消える。ばらばらになって、永久に帰ってこない。

ロウソクの火を吹き消すように、彼女の美しさもやさしさも一瞬で消えてしまう。

そのときジャックは、骨ほどに深く、血潮《ちしお》ほどに力強い真理に達するように、あることを悟った。この心は永遠にキャロラインのものであり、一生の使命は彼女を守り、幸せにすること。彼女をほほえませ、薔薇色の頬を取り戻してやること。息をしているかぎり、キャロラインに危害が及ばないように全力を尽くす。だが、キャロラインを守りたいという気持ちにもまして、本来の彼女になってほしかった。なんの屈託もない、恵まれた娘に戻すことはできない。けれど、先週末に何度かかいま見た女を取り戻したい。気立てがよく魅力的で、みずからの美しさのせいで追い詰められることもなく、安心していた女。博識で、ユーモアのセンスがあり、俗っぽいジョークすら言う。それがキャロライン、キャロラインの本質だ。人生に太い棍棒で殴りつけられる以前の。

時間を巻き戻して今日をやり直すのは不可能だが、一日の締めくくりに、キャロラインを快楽に溺れさせることならできる。

「おいで」ジャックは出し抜けにいい、立ちあがった。きょとんとしているキャロラインに、使っていないワイングラス二個と、それまで飲んでいたすばらしいワインのボトルを渡し、やにわに抱きあげた。彼女が短く悲鳴をあげた。

「どこへ――」彼女は言いかけて口をつぐんだ。ジャックが階段をのぼりはじめた瞬間に、行き先ははっきりした。

「ここで一杯やろう」ジャックはキャロラインの目を見てほほえみながら、二階の廊下を彼女の寝室へと進んだ。いや、ふたりの寝室だ。

部屋の明かりはつけなかったが、廊下の明かりが差しこんでいた。親密な薄暗がりに包まれつつも、キャロラインの姿はちゃんと見える。愛しながら、彼女を見つめていたい。いまでは触れただけでどうなっているかわかるほど彼女の体を熟知しているが、それでも目で確かめたかった。

この世でなによりもそそられるのは、感じているキャロラインのまぶたが、こらえきれないかのように少しずつ閉じていくのを眺めることだ。いや、触れたところから、薔薇色の肌がさらに深みを増すさまを目の当たりにすることだろうか？　それとも、左の乳房越しに鼓動が速まっていくのをごくかすかに感じること？

いや、そのすべてがいい。キャロラインのすべてが股間を刺激し、胸を高鳴らせ、血を沸き立たせるようにできている。姿も声も、肌ざわりも匂いも——なにもかも、彼女のそばにいるだけで、いや、頭に思い浮かべただけで、なかば興奮してしまう。

いまでは、股間はなかばを過ぎて限界までいきりたっている。きつめのジーンズを買っておいてよかった。もうしばらく一物をしまっておかなければならない。

今宵《こよい》はロマンチックな夜にすると決めているが、ロマンチックな夜に欠かせないのは前戯だ。だが、前戯は得意じゃなかった。いつもは女を裸にしたら、いくらもしないうちにことに及ぶ。ペース配分とか我慢とか、そういうものには慣れていない。

今夜は自制心の特訓コースだ。なぜなら、この夜はキャロラインのものだから。

ジャックはベッドにキャロラインを坐らせ、グラスに半分までワインをついで渡した。自分の分もつぎ、彼女のグラスと軽く合わせる。クリスタルの澄んだ音が、花が咲くように響きわたった。

「おれたちに」グラス越しにキャロラインを見ながら、ワインを飲んだ。

「わたしたちに」キャロラインがほほえみ、グラスをまわしてワインの香りを深く吸いこみ、ひとくち含んだ。その調子、とジャックは思った。今夜は五感を楽しませるんだ。

楽しもう。

そう、楽しむ。

ジャックはしゃがみ、股間がジーンズでこすれたとたんに少し顔をしかめた。くそっ、痛い。痛みを防ぎたければ、キャロラインのそばにいるときは、いつも裸でいたほうがよさそうだ。

キャロラインの右の靴をゆっくりと脱がせ、それから左も脱がせた。小さな足と、ストッキング越しに淡いピンクのペディキュアがほのかに輝くのを見て、いっきに昂った。

静かな部屋で、時間をかけてキャロラインの服を脱がせた。すてきなクリスマスプレゼントの包装紙をはがすように。ストッキング、スカート、ショーツ、ブラジャー。彼女は裸になった。ジャックだけのために。

股間が痛いほどに脈打っている。心臓が痛いほど脈打っている。

キャロラインの足首はほっそりとしていて、すっぽりと手で包むことができた。「すごくきれいな足だ」ジャックはささやき、目を上げて彼女の瞳を見つめた。

薄明かりのなかで、瞳はいつもより濃いブルーに縁取られた銀色に見えた。「ありがとう」彼女が小さな声で言った。

ジャックは身をかがめ、足首から太腿の外側へ、そして腰へと撫であげながら、やわらかな下腹に鼻をすり寄せた。

さらにもう少し身を乗りだし、肩で彼女の膝を割った。

「あおむけになってくれ」いくぶんかすれた声で言った。「ちょっと時間がかかる」

そう言うと、キャロラインの口元に笑みが浮かんだ。彼女はジャックの髪を手で梳《す》き、そろそろとあおむけになると、片方の腕で目をおおった。

それでいい。きみはなにも見なくていい。ただ、感じてくれれば。

裸のキャロラインは心臓が止まりそうなほど美しい。輪郭《りんかく》のくっきりした腰も、くぼんだ腹も、ベッドの端からゆったりとたれている脚も、全部おれのものだ。

ジャックはめったに口で愛さない。いやではないが、ことさら好きでもなかった。だが、いまは、彼女のその部分にキスをすることで頭のなかがいっぱいだった。そこにジャック自身が入っていく――だが、それはあとだ。両手でやさしく押すと、彼女がさらに脚を広げた。目を離すことができなかった。赤みがかった金色のふわりとした繁みに囲まれた、淡い桃色の美しい割れ目。

親密な雰囲気を守るために、明かりはつけなかった。だが、ジャックの目は暗いところでもよく見える。なにもかも申し分なく見えた。なめらかに続く真珠色の太腿、やさしげに丸い腰、小振りで張りつめた乳房。

花を開くように、親指でキャロラインを分けた。経験はあるが、はじめてのような気がした。もっとも、キャロラインの脚を押し広げ、温かく濡れた襞を愛《め》でるのははじめてだが。

唇にキスをするのと同じように、そこに口づけをした。ぬくもりと芳香があり、海の味がした。キャロラインの荒い呼吸の音と、ジャックが舌を動かすたびにあげる小さなあえぎ声が、静かな部屋に響いた。ジャックはつかのま目を閉じ、彼女に集中した――あふれでてくる潤い、小刻みに震える太腿。舌を入れると緊張する下腹。

「ジャック」キャロラインは声にならない声をあげ、ジャックがさらに深く舐めると、鋭く息を吸いこんだ。ジャックは角度を変えて奥を味わい、彼女の内側がわななき、ぎゅっと締まるのを感じた。

　ああ、すごくいい。

　シルクのようにやわらかくて、濡れている。海の味、薔薇とセックスの香り。ジャックは、女神の前でひざまずいて恵みを請《こ》う男のように、キャロラインの前にひざまずき、夢中で舐め、しゃぶった。

　キャロラインが頂点に達し、ひときわ強く舌を締めつけた。それは、このうえなくすばらしい感覚だった。

「ジャック」彼女の声には、切迫した響きがあった。

　キャロラインがなにかを求めている……ジャックは求めに応じずにいられなかった。ジャックの一部が、いつまでもこうしてベッドの脇にひざまずいて、口で愛していたがっている一方で、残りは彼女のなかに入れろと叫んでいた。

　一秒後には、長いひと突きでキャロラインを貫いていた。ふたりして安堵の声をあげた。かがんでキャロラインにキスをすると、彼女のうめき声が口のなかでくぐもった。

　大きく深く、ゆるゆると腰を動かす。全世界はジャックの下にいる女に、ふたりがつながっている一点に集約されていた。

キャロラインという神秘の地では、考えることなど不可能だ——ただ感じることしかできない。彼女のぬくもりとやわらかさ、ペニス全体に感じる歓迎の潤い、きつく巻きついてくる腕と脚。

力の強いジャックといえども、キャロラインのいましめを破ることはできない。

生まれてはじめて、完全にわれを忘れていた。キャロラインの肌の下に、頭のなかに入りこんだようで、彼女の求めを正確に理解できた。キャロラインがのぼりつめると、挿入の角度を変えてオルガスムを長引かせた。やがて、彼女はジャックに抱かれた頭をのけぞらせ、腕と脚をぐったりとベッドにおろした。

それと同時に、ジャックは激しく性急にみずからのよろこびへと突き進んだ。キャロラインは充分に濡れてやわらかく、ジャックをすっぽりと包みこみ——ああ——ジャックは頭のてっぺんからつま先まで全身で爆発し、果てた。

すべてを出し切り、キャロラインの上に崩れた。頭のなかはキャロラインでいっぱいのまま、別人になったような気分だった。彼女は今日、ひどい目にあったが、少しでもよい一日にしてやりたい。たったいまこの瞬間から、なにものにも彼女に指一本触れさせない。

彼女の耳に鼻をこすりつけ、髪に頭をあずけた。薔薇の香りが鼻孔を刺す。

「防犯システムを取りつけたら、ふたりで部屋を改装しよう。キッチンとベッドルームの壁を塗るんだ。ダイニングの壁はまた黄色にしよう。きみもそうしたいだろう？　終わったら見違えるぞ」ジャックは快楽の余韻で眠くなり、ろれつが怪しくなっていた。

キャロラインのこめかみにキスをし、明かりが消えるように、意識をなくした。

キャロラインはあおむけでじっとしていた。心地よい疲労で全身がゆるみ、先ほどの強烈なオルガスムで体の内側がまだ過敏なままだったので、太腿を動かしただけで痛いような快感が突き抜けてしまう。

体は大きな快感の塊を力強く頭に向けて送っているが、まるで遠くの出来事のようだった。顔はショックで硬直していた。ジャックに抱き寄せられそうになったが、とうに眠ったふりをして動かずにいると、このまま休ませてやろうと思ったのだろう。彼は毛布をキャロラインの肩にかけ、自分も隣りで横になった。キャロラインはジャックの熱さを感じたが、彼はそれ以上は手を伸ばしてこず、じきに眠りに落ちた。

もう一度彼に触れられたら、なにをするか自分でもわからなかった。逃げるか。悲鳴をあげるか。キャロラインはぎゅっと歯を食いしばった。

食べたものとワインが凝固しているかのように胃がむかついた。ごくりと唾を呑みこみ、喉元まで込みあげる吐き気をこらえた。

ベッドから出て逃げろと直感が告げている——でも、どこへ逃げればいいの？

答えなどないのを承知で、闇のなかを探して暗い天井を渇いた目で見あげていると、頭がずきずきと痛んだ。自分がとんでもない思い違いをしているのでなければ、いままでずっと、ジャックにだまされていたことになる。

隣りで寝ている大男は、さっきまでずっと愛しあい、この体のなかにいて、頭が吹き飛びそうなほどの快感をくれた男は、名乗ったとおりの人物ではない。

彼の話など忘れてしまえればいいのに。彼が並はずれてセクシーで、セックスもすばらしく、ここへ来てからというもの、さんざん助けてくれたのはわかっている。礼儀正しく、魅力的で、ベッドのなかではキャロラインにだけ集中してくれる夢のような男。

ジェナがからかっていたのでなければ、お金も持っている。

理想の男。ハイスクール時代、ジェナがよく言っていた。

けれど、ジャックの言葉は、キャロラインをあざけるように頭のなかで果てしなくぐるぐるとまわりつづけた。足元の地面を揺さぶり、キャロライン自身の正気を疑わせたあの言葉。彼の口から出てくるはずのない言葉。四日前にはじめて会った男の口から。

ダイニングの壁はまた黄色にしよう。きみもそうしたいだろう？

もちろん、そうしたい。汚い緑色ではなく、明るいカナリア色に。そうしたいに決まっている。

こんなすてきなことを思いついてくれたのはうれしい。

ただし、そう、ダイニングの壁が黄色だったのは、六年以上も前のことだ。

16

サンダーズが〈ファーストページ〉に入ってきたとたん、ただでさえひどい一日がますますひどくなった。

午前中は、ぽつぽつとしか客が入ってこなかった。キャロラインの見たところ、そのわずかな客も、おもしろい本が欲しくてたまらないのではなく、寒さがたまらないから、店に入ってきたようだった。午前十一時の時点で売上げは二十七ドル十五セント。史上二番めに悪い日だ。最悪は金曜日、総売上げがゼロだった。

それでも、天候がまだ悪く、人びとが〈ファーストページ〉へ買い物に来るより手持ちの本を読み返すほうを選んでいてくれて、かえって好都合だったかもしれない。店に入ってきてくれたほんの数人の客にも、まともに注意を払うことができずにいたからだ。客に話しかけられてもぼんやりしてしまい、やがて話を聞いていなかったことに気づかれ、あわてて謝るはめになった。そんなふうだったから、ほとんどひとりで考えに耽るひまができたのは幸いだった。

実際、ひとりで考えてばかりいた。

どの方向から見ても——逆さにしても、裏返しにしても——ダイニングの壁が六年前まで黄色だったことをなぜジャックが知っていたのか、わからなかった。

決壊したダムから最初の一滴がこぼれるように、頭のなかで冷たい疑念の洪水が起きかけるのを感じ、胸がむかついた。いまではははっきりとわかるが、ジャックがダイニングの色だけでなく、グリーンブライアースのなかをなぜかよく知っていることは、キャロラインもなんとなく感づいていた。最初の晩、ジャックは案内されずともひとりで寝室へ行った。道具の置き場所も、ワインセラーの場所も、キャロラインの寝室の場所さえも——やはり最初の晩から——わかっていたようだ。彼はキャロラインの匂いがしたからと言っていたが、いまとなってはほんとうとは思えない。

ジャックは知っていたのだ。

なぜ知っていたのか。

そして、なによりも怖いことに、ときどき彼に見覚えがあるような気がするのは、なぜだろう？

前夜はひと晩じゅう眠れず、天井を見あげ、頭を休みなくからまわりさせているうちに、窓の外の闇がゆっくりと青い灰色になっていた。

ジャックも、なにかがおかしいことに気づいたようだ。あの敏感な黒い瞳から動揺を隠せるわけがなかった。風邪をひいたせいだと嘘をつき、そのせいで、熱い紅茶と毛布を山ほど持ってきたジャックに、ベッドに閉じこめられそうになった。

あげくに、仕事を休めというジャックと押し問答になったが、キャロラインは頑として譲らず、しまいには送ってくれないのなら自分で車を運転していくと彼を脅した。それにはさすがのジャックも折れ、唇を引き結んで黙りこくったまま、店まで送ってくれた。

ちょうどよかった。ジャックが怒ってくれれば、ひとりで考えるひまができる。ジャックの正体を知りたい。今夜こそ。今夜こそ、彼と話をしなければ。

ジャックは、現実の男にしては完璧すぎた。孤独と悲しみのせいで、頭のなかでつくりあげた理想の恋人でしかなく、つまりただの空想なのかもしれない。

そのとき、ドアベルが鳴った。お客さんだ。よろこぶべきなのだろうけれど、いまはひとりで考えたかった。それでも、お客さまはすなわちお金なので、作り笑いを顔に張りつけて出迎えた。

「あら」キャロラインはサンダーズを認めてぴたりと立ち止まった。そのすぐ後ろにもうひとり男を連れている。「サンダーズ」キャロラインは冷淡に言った。なにが目的なのだろう？　謝りにきたの？　今日は来てほしくなかった。「ここに来られても困るんだけど。早く帰ったほうがいいんじゃないかしら」

「キャロライン、そんなにつれなくするなよ。ぼくがなにをしにきたのか、聞いてもいないじゃないか」

なにがあったのか、サンダーズはみじめに打ちのめされるかわりに、自信に満ちた以前の彼に戻っていた——洗練され、落ち着きはらった男に。にやけているように見える薄笑いまであって、ますますいやらしく見えた。

「サンダーズ、悪いけどとても忙しいの。またこんどにして」

彼は高そうな手袋を片手に持ち、ゆっくりと店のなかを見やった。からっぽの店内を。ことさらのろのろと店を見まわし、ようやくキャロラインに目を戻した。

「ぼくの話を聞いたほうがいいぞ。というか、こちらの方の話をね」サンダーズは一歩脇へしりぞき、もうひとりの男をキャロラインにはっきりと見せた。

身長は高くもなく低くもなく、短い髪は砂色、大きすぎて野暮《やぼ》ったい眼鏡。痩せているというよりは、引き締まっている。安っぽく光って、サイズの合っていない化繊のダークスーツに白いシャツ。やはりてかてかした黒いネクタイ。これといった特徴がまるでなかった。目をのぞいて。薄いブルーの瞳は、冷ややかで生気がなかった。

「はじめまして」男が口を開き、革のホルダーを開いて真鍮のバッジを見せた。「FBIのダレル・バトラー特別捜査官です。ニューヨーク支局から来ました」

FBI？

サンダーズは冗談のつもりだろうか？　昨日、ジャックに店から追いだされたからといって、ほんとうにFBIを呼んだの？　いくらサンダーズでもやりすぎだ。

それに、サンダーズの話を真に受けるとは、FBIもあきれたものだ。ほかに仕事はないの？　恐ろしいテロリストが人や建物を爆弾で吹っ飛ばそうと企《たくら》んでいるかもしれないのに、なにをしているのだろう？　サンダーズが髪をくしゃくしゃにされて、ちょっと痛い目にあったからといって、わざわざ大陸の反対側から飛んでくるとは。

キャロラインは険しい声でサンダーズに文句をつけた。「ねえ、たしかにあなたは訴えると言っていたけれど、FBIを呼ぶなんてどういうつもりなの？　ここまで非常識だとは思わなかった。昨日あんなことがあったからといって、度を超してるわ。こんなの――」

「お嬢さん」FBIの捜査官が――特別捜査官が――割りこんだ。「かけていただいたほうがよさそうだ。わたしはミスター・マカリンに呼ばれたわけではありません」サンダーズに冷淡な目を向ける。「それどころか、ミスター・マカリンがここまでついてくる予定はなかったのですが。まあ、いいでしょう。折り入って話があります、ミズ・レーク」

わたしに話？　キャロラインは当惑し、店の奥、本で山積みのカウンターで仕切ったオフィスまで、特別捜査官を案内した。机の前の席につき、向かい側に特別捜査官を坐らせた。オフィスに椅子は二脚しかないため、サンダーズが店から勝手に椅子を持ってきた。

特別捜査官はサンダーズを完全に無視していた。ブリーフケースを膝に置き、バインダーを取りだした。だが、閉じたまま膝の手前に置き、守るように手をのせた。

「ミズ・レーク、あなたはジャック・プレスコットと自称している男をご存じですね。知りあったのはいつですか？」

「いつって、彼とは会ったばかり――」キャロラインはふと口をつぐみ、眉をひそめた。「どういう意味ですか――ジャック・プレスコットと自称しているというのは？　本名じゃないんですか？」

バトラーはまたブリーフケースを開き、一枚の写真をキャロラインのほうに向けて机に置いた。それは、軍隊の身分証明書に使われるような、制服姿のジャックの顔写真を拡大したものだった。いまより若く、短い角刈りにベレー帽をかぶっている。

「これが、あなたがご存じのジャック・プレスコットですね？」特別捜査官は荒れた指で写真をとんと叩いた。

キャロラインは唾を呑みこみ、冷たい水色の目を見やった。「この人がジャック・プレスコットじゃないというのが、よくわからないんですけど。どういうことなんですか？　どうしてそんなことを訊くんですか？」

「質問に答えてください」特別捜査官は容赦なかった。「この男は、あなたの知っているジャック・プレスコットですか？」

「そうです」

「知りあったのはいつ？」

特別捜査官がバッジを開いたままにしていたので、真鍮が天井の明かりを照り返していた。いかにも公的機関のものらしい物々しさがあり、室内のなによりも輝いている。キャロラインは、答えを教えてくれとばかりにバッジを見つめた。

「ミズ・レーク」捜査官はそれだけしか言わなかった。それ以上、言う必要がなかった。

キャロラインは喉を締めつけられているように感じた。「ジャックと——ミスター・プレスコットとはじめて会ったのは、先週の金曜日です。この町に来たばかりで、部屋を借りたいとのことでした。うちは部屋を貸しているんです」

「町に来たばかりで、どうしてあなたが部屋を貸しているのを知ったんでしょう？」

「空港からここへ来るときに、タクシーの運転手さんに聞いたそうです」

「彼がこの店に来たのは何時ごろですか？」

「たしか、四時ごろだと。お天気が悪かったので、早じまいしようと思っていました。あの日の午後はお客さまがひとりもなくて、お店に入ってきたのは、彼だけでした」

「持ち物は？」

「彼はなにを持っていましたか？　それとも、荷物は持っていなかった？」

「あの、ええと、ダッフルバッグとスーツケースを」

「重さは？」

「さあ。彼が自分で運び入れて、運びだすときも自分でやっていましたから」

「銃器は持っていましたか？」

キャロラインはふっつりと口を閉じた。彼はたしかに拳銃を持っているが、あのときはまだ知らなかった。銃を持っていると知っていたら、家に入れるはずがない。沈黙は続いた。

「ミズ・レーク。質問に答えてください」

「ジャックはなにか罪を犯したんですか？」

「とにかく質問に答えていただきたい。ここで答えられないのであれば、シアトルまで来てもらいます。あなたしだいだ」

答えるのは裏切りのように感じた——もはや、信じてもよいのかわからない男にたいする裏切り。それでも、やはりほんとうのことは言いづらかった。「ええ」しばらくして、ようやく言った。「銃を持っていました。でも、あのときは知りませんでした」

「どんな種類の銃ですか？」

キャロラインは目をみはって捜査官を見つめた。「なにかの冗談なんですよね？」

彼はまったく内心を感じさせない無表情な目でじっと見返している。冗談ではないようだ。

「ミスター――バトラー特別捜査官、わたしは銃のことはなにも知りません。黒くて大きな銃だったとしか言えません」

「彼が銃を持っているのをなぜご存じなのですか？」

「昨日、うちに侵入者があって」いや、ジャックがそう言ったのだ。こんなのはいやだ、自分のしたことをいまさら後悔し、ジャックのことをいまさら怪しみ、疑うのは。犯罪者と愛を交わし――本気で好きになったと思いたくない。「そのとき、彼が――銃を持っているのを知りました。それまでは知りませんでした」

「これでわかっただろう、キャロライン」サンダーズがいきなり割って入った。「もっと考えるべきだったんだ。きみは人を見る目がない。これで、見知らぬ他人を信用しちゃいけないと思い知ったはずだ」

バトラーはふり向きもせずに言った。「ミスター・マカリン、あとひとことでも口を挟んだら、公務執行妨害で逮捕します。いいですね？」

「すみません」サンダーズは申し訳なさそうな顔をしようとしたが、あまりうまくいかなかった。椅子の背にもたれ、胸の前で腕を組んだ。

「では、ミズ・レーク。彼はどこから来たと言っていましたか？」

ジャックがほとんど自分のことをしゃべっていないことに、キャロラインは気づきはじめていた。「あの、アフガニスタンにいたそうです。ごく最近、ノースカロライナでお父さまを亡くしたとか。アフガニスタンから直接こちらへ来たのか、途中でノースカロライナに行ったのか、それは知りません」

「われわれの記録では、彼はアフリカから来たことになっています。フリータウンから」

「シエラレオネの首都の？　いったい、なぜそんなところに？　アフリカにいたとは聞いていませんけれど」

「聞いていない？　ありそうな話だ。彼はほかの傭兵三人とともに、女性と子どもしかいない村を襲ったのです」

「嘘よ！」腹の底から言葉が飛びだしてきた。キャロラインはとっさに立ちあがった。「そんな話、聞きたくない――」

特別捜査官は大声を出さなかった。出す必要がなかったからだ。「坐ってください、ミズ・レーク。あなたを公務執行妨害で逮捕しますよ。坐って!」

キャロラインは腰をおろし、手が震えないように机の上で組みあわせた。「ジャック・プレスコットがそんなことをするはずがありません」

捜査官は返事をせず、冷たい目でキャロラインを見据えた。

「この週末、ニュースを見ましたか?」

週末に自分がなにをしていようと、他人には関係がない。「答える必要は——」

「答えてください、ミズ・キャロライン」捜査官は硬い声で言った。「シアトルの支局に来てもらって、そこで質問に答えていただいてもいいんだ。そのほうが不愉快な目にあうでしょうがね。どちらにしますか? あなたしだいです」

「わたしは——いいえ、さっきの質問の答えですけれど、クリスマス休暇のあいだは、ニュースを見ていません」ジャックにかまけていたうえに——いま思えば——ラジオもテレビも調子が悪かった。たったいま気づいたが、両方が同時に故障するのはいくらなんでもおかしいのではないか。「ニュースがどうして関係あるのか、わかりませんけれど」

「テレビはこの話題で持ちきりだったんだぞ」サンダーズが身を乗りだした。「それなのに見逃したなんて、信じられないよ」

特別捜査官に一瞥されたサンダーズは、悪いとばかりに両手を上げ、椅子に深くかけ直した。捜査官はキャロラインに向き直った。キャロラインは、気力を奮い立たせて体の震えをこらえていた。こんなに冷たい目をした人間は見たことがない。

「ミズ・レーク、ご存じないようだが、六日前、ENPセキュリティという民間の警備会社に雇われていたアメリカ人傭兵四名が、シエラレオネの村で女性と子どもを大量虐殺し、ダイヤモンドの原石を奪って逃走したんです。最終的にはシエラレオネの兵士が四名のうち三名を殺しましたが、うちひとりがダイヤを持って逃亡中でしてね」

なんという恐ろしい話だろう。テレビとラジオが同情し、このニュースをあるじであるキャロラインに聞かせまいと故障したのかもしれない。「あの、それがわたしにどんな関係があるんでしょう?」

「ダイヤを持ち逃げしたのはビンセント・ディーバーといい、四名のアメリカ人のリーダー格でした。あなたがジャック・プレスコットだと思っておられる男です。ひじょうに危険な人物だ。彼を逮捕するために、あなたの力をお借りしたい」

そのとき、氷のような冷たい風と同時にひとりの客が店に入ってきた。キャロラインには、ベルの音がはるか遠くで鳴っているかのように聞こえた。客は市長の妻ローレル・ホリーだった。なにかしなければ。立ちあがってローレルのもとへ行き、この恐ろしい男から離れなければ。キャロラインは机に手をついたが、なぜか立ちあがれなかった。脚が変だ。

すぐにサンダーズが立ちあがり、ローレルのそばへ行った。ふたりが小声で話しているのが聞こえる。やがてローレルが帰っていくと、サンダーズが〝オープン〟の看板をひっくり返して〝クローズ〟にし、キャロラインの顔を見つめながら戻ってきた。「これでもう邪魔は入らないよ」

サンダーズはひどく醜い顔をしていた。勝ち誇り、自己満足に浸りきっている。嬉々《きき》としている。わたしが大量殺人犯と寝たかもしれないのが、そんなにうれしいの？

心のどこかに、昔のよしみでほんのわずかでもサンダーズにたいする親しみが残っていたとしても、この瞬間に消えはてた。サンダーズはジャックを怪物に、戦争犯罪者にしたがっている。ジャックが犯罪者だとうれしいのだ。

おあいにくさま、わたしはそんなこと、一瞬たりとも信じないから。

ジャックが——大量殺人犯？　あのジャックが？　ダイヤが欲しくて人を殺す？　ありえない。キャロラインは信じなかった。体が信じるのを拒んでいた。

あんなにやさしく抱いてくれた人が、情熱のさなかでも、たとえうっかりであってもキャロラインを傷つけまいと、たびたび自分を抑えてくれたほど自制心のある人が。そんな人が、人を殺すはずがない。

とはいえ、彼は兵士だった。ときには任務のために人を手にかけてきたはず。

心臓がきゅうに凍りついたかのように、体が激しく震えた。口のなかで、今朝なんとか飲みくだした朝食の味がした。喉に酸っぱいものが込みあげ、歯を食いしばる。

ジャックを疑ったことはもう忘れよう。グリーンブライアースのことをよく知っているのはおかしいけれど、彼が怪物でないのはわかりきっている。

キャロラインは、特別捜査官の顔をまともににらんだ。「バカげています。ジャックが大量殺人犯のはずがありません！　それに、彼はこの冬、アフリカではなくアフガニスタンにいたんです。人違いだわ」

バトラー捜査官は、もう一枚の写真を机の向こうからすべらせてよこした。キャロラインは腕を組んでまっすぐ前を見つめ、見たくないと意思表示した。だが、捜査官のほうがうわてだった。彼の視線は冷徹で少しも揺るがなかった。キャロラインはぞくりとし、ため息をついて写真に目を落とした。ちらりと一瞥しただけだが、それで充分だった。

写真はごく鮮明だった。

無精ヒゲを生やし、いまより少し痩せたジャックが、迷彩服を着て大きな黒い銃を抱えている。背景は隙間もないように見えるほどみっしりと繁った森で、ブリキの屋根をのせた木造の小屋がならび、アフリカ系の子どもたちがほこりにまみれて遊ぶそばで、アフリカ系の兵士たちが警備をしている。

写真の下の余白に、撮影日時が印字されていた。十二月二十一日午前十一時二十一分。

「それはアフガニスタンじゃない」捜査官が言った。

「ええ」キャロラインはつぶやいた。「違うわ」

写真を引き寄せてもっとよく見たいが、それはできない。芯から冷えきった体を抱いた。

「フリータウン駐留の国連監視団の兵士が七日前に撮ったものです。この翌日、ディーバーはアブジャという奥地の村へ向かった。そこにダイヤモンドの原石が大量に隠されているという噂が流れていたんです。ディーバーは小舟でアブジャまで川をのぼった。その写真が撮影されて二十四時間後には、アブジャの住民全員が死亡し、ディーバーはダイヤを発見した。国連はまだ現地でディーバーを捜していますが、われわれは彼がアメリカに帰国したという情報をつかみました」

キャロラインは喉が詰まり、咳払いをした。乾ききった唇を舐め、日にちを数えた。「でも――でも、そうだとしたら、彼はアフリカから直接ここへ来たことになるわ」喉が痛み、言葉を切った。「だけど……なぜなの。なぜここに来たの？　地球の裏側から。わけがわからない。なぜここに？」

「あなたに会いに」バトラー捜査官は言った。

静かな言葉が部屋に満ち、壁に跳ね返って、キャロラインの頭のなかでこだました。言葉の意味を呑みこむのにしばらくかかり、その間、捜査官はせかすことなく、ただじっとキャロラインを見つめていた。

飲んだばかりの紅茶が込みあげ、キャロラインはごくりと唾を呑みこんだ。

「あの——よくわからないんですけど。わたしに会いに、アフリカから直接帰ってきたと言うんですか？　ジャック・プレスコットはわたしのことを知らなかったんですよ。彼とはクリスマスイブにはじめて会ったんです。わたしに会うために、そんな遠くから飛んでくるわけがないわ」

こんどは、二枚のコピーが机の向こうからすべってきた。キャロラインはどちらも見なかった。見たくなかった。バトラーは一枚を叩いてから、もう一枚を叩いた。

「彼はたしかにあなたを知っていた。これは村に残っていた彼のバックパックから発見されたものでしてね。国連監視団の下士官がファックスしてきました。よくごらんなさい、ミズ・レーク。彼はあなたに会いに、ここへ来たんですよ」

キャロラインは捜査官の目を見つめたが、彼がなにを考えているのか、まったくわからなかった。ついに、すべてが変わりそうな予感とともに視線を落とし、すぐに目をそらした。冷たい手に心臓をぎゅっとつかまれたようだった。

「これが、ア、フ、リ、カ、にあったと？」

「そうです」

キャロラインは体を抱いた手に力を込めた。寒気がして苦しく、胃がむかつく。耳のなかで笛のような音がかすかに聞こえ、失神するかもしれないと思った。

「この写真に見覚えは、ミズ・レーク？」

言葉が出なかった。息をすることすらむずかしい。

「ミズ・レーク？」

サンダーズが身を乗りだした。「キャロライン、きみのハイスクールのポートレートじゃないか、わからないのか？　それと、もう一枚は――」

「黙って」バトラー捜査官は、ふり向きもせず、またたきもせずにキャロラインから目をそらさずに言った。

「ミズ・レーク、もう一度尋ねます――この写真に見覚えはありますか？　嘘はつかないように。そんなことをしたら、あなたをシアトル支局に引きずっていって、宣誓のもとに供述してもらいますよ。宣誓後に虚偽の証言をすると、罰せられるのはご存じですね」

キャロラインはぎこちなくうなずいた。「ええ」とつぶやく。「知っています」

「では、これはだれの写真ですか？」

「わたしです」声はか細く、あえぎ声と言ってもよいほど弱々しかった。「一枚は、ハイスクール二年生のときのポートレート。もう一枚は――地元の新聞の切り抜きです。ピアノのリサイタルに出たときのもの。たしか――いくつだったかしら？　十六？　なぜこんなものがジャック・プレスコットの持ち物のなかにあったんですか？」

「うかがいたいのは、こちらのほうだ」捜査官はにこりともせずに言った。「以前、彼と交際していたことは？」

「なんですって？」キャロラインは衝撃を受け、つぶやいた。

バトラー捜査官はうなずいた。「あなたは偽《にせ》のアリバイを証言しているかもしれない。デイーバーが村人を殺してダイヤを盗んだなどありえない、なぜならクリスマス休暇のあいだ、恋人のあなたと一緒に過ごしていたのだから、というわけだ。彼は偽名で移動していたので、完全なアリバイになります。さっきの撮影日時が印字された写真がなければ、彼はあなたと愛の巣にこもっていたことにできた。じつに狡猾だ」

「そのとおり」サンダーズが言った、「キャロライン、九死に一生を得るとはこのことだよ。まったく、ＦＢＩがこいつを追っていなかったら、きみがどんなことになっていたか……あいつは凶暴なやつだ、ほんとうにきみに危害をくわえていたかもしれない。それどころか、その気になったら殺していたかもしれないんだぞ」そう言いながらも、案じているふうはまるでなかった。ジャックの形勢が不利になるほど、彼は有利になる。

キャロラインはサンダーズの満足そうな顔から、FBI捜査官の冷たく険しい容貌に目を移した。店の壁が迫ってくるようで、罠《わな》にかけられたような気がした。冷たい汗が額ににじみ、頭がくらくらし、胸が苦しい。

人生の残酷さをあざわらうかのように、若く幸福だったころの自分が、机の上からこちらを見あげている。キャロラインは震える指を伸ばし、ジャックの一枚めの写真に触れ、自分のハイスクールのポートレートに触れた。このはつらつとした女子生徒と、迷彩服に身を固めた、不機嫌そうで見るからに危険な男のあいだに、どんなつながりがあるのだろう？

サンダーズに手を取られ、握りしめられた。キャロラインはさっと手を引いた。

我慢の限界だった。

触らないで！　歯を食いしばり、喉元まで出かかっていた言葉を呑みこんだ。

ふいに、ふたりの男と同じ部屋にいて、写真を突きつけられ、週末ずっと愛しあっていた男にたいする疑念を抱えていることに耐えられなくなった。本気で好きになった男、そしていまでもなかば愛している男。これ以上、ここにいたら、そこらじゅうにこのやり場のなさをぶちまけてしまう。キャロラインは、激しく震えながら立ちあがり、ドアから飛びだした。

ジャックがハミルトン・パークの反対側に車を停めたとき、雪が降りはじめた。べつにかまわなかった。寒さは気にならないし、事務所まわりで一日じゅうSUVに乗っていたので、少し脚を動かしたい。キャロラインの店まで歩けば、頭がすっきりするだろう。

キャロラインのようすが変だった。それはまちがいなかった。今日一日、用事を片付けながらも、小さなノイズのような不安に頭のなかをちくちくと刺されていた。

残念だ。それさえなければ、申し分のない一日だった。明日、グリーンブライアースに完璧な防犯システムが設置される。五千ドル近くかかったが、それだけの価値はある。キャロラインに値段を教えるつもりはなかった。

それから、会社の事務所にちょうどよさそうな、にぎやかなダウンタウンのビルの一室が妥当な値段で売りに出ているのを知り、明後日、不動産屋と会うことになった。うまくいけば、一月のなかばには会社を立ちあげることができるだろう。

そのあと、弁護士事務所へ行き、ずっと気になっていたことを処理した。今日からジャックに万一のことがあっても、たとえこの瞬間に急死したとしても、キャロラインの生活は保障される。彼女はただひとりのジャックの財産相続人として、彼の資産からの収入で暮らしていける。

おおむね満足だったが、キャロラインがなにを悩んでいるのか突きとめるまでは、安心できなかった。彼女は朝食のあいだじゅう、思い詰めたように青ざめた顔で黙りこくっていた。

だめだ。キャロラインのあんな顔は見ていられない。おそらく、金の心配と、友人だと思っていた男に襲われたことと、どこかのくそったれが家に侵入したことが、すべて一緒くたになって彼女を悩ませているのだろう。

だが、そんなことは二度と起きない。新しい防犯システムは一分の隙もないので、明日以降キャロラインの家に押し入りたければ、玄関のドアをプラスチック爆弾で爆破するか、リビングの窓から対戦車ロケット弾をぶちこむしかない。

彼女の家がおれの家になる。あと少しで。

この忙しい一日の締めくくりとなる仕事は、ダイヤモンドの指輪の値段を調べることだった。宝石店めぐりはおもしろくもなんともなかったが、避けて通ることはできなかった。専門知識が頭のなかに渦巻いている。カラットだのクラリティだのカラーだの。知ったことか。わかっているのは、とにかくでかいのを買って、キャロラインの薬指にはめたいということだけだった。でかくてぴかぴかできらきらしていて、彼女の半径三十メートル以内に入ってきた男に近寄るな、と威嚇《いかく》できるようなやつを。

貸金庫にダイヤモンドの原石がどっさり入っているのに、ダイヤの指輪を買うという皮肉は、ジャックも理解していた。

それでも、布袋に入った原石を使いたいとは、これっぽっちも思わなかった。あの石は血と絶望と苦しみで汚《けが》れている。ほんの一個でもキャロラインに近づけたくない。準備ができしだい、かならず手放して、キャロラインと自分の人生には立ち入らせない。悪いカルマを落とすのに、よい方法がひとつある。彼女にも賛成してもらえる方法だ。

だが、それはあとでいい。まずは、一緒になることをキャロラインに了承してもらわなければならない。ふたりは一生をともにする運命にある。

いつ婚約指輪を渡したらいいのだろう？　今日はだめだ――今日は、キャロラインが疲れて悩みを抱えていて、冷静ではない。今夜はいつも以上に念入りに彼女を愛してやらなければならない。といっても、少しも苦にはならないが。

一週間待とう。その間に、セックスと食事と休息、そして家を手入れして、安全で住み心地よい空間をつくりあげる。彼女の頰を薔薇色に戻し、不安な表情をぬぐい取る。

そう、来週のいまごろには、近所によいレストランを見つけ、彼女を誘って結婚を申しこもう。シアトルまで出かけてもいい。それとも――ええい――アルバ島へ行くか。それがいいかもしれない。ぜいたくなリゾート地で、昼は日差しを浴び、夜は愛しあう。キャンドルの明かりのなかでディナー、それから指輪を出し、死ぬまで愛すると誓う。

そして、死ぬまでキャロラインを放さない。

いったん考えはじめると、なかなかやめられなかった。キャロラインを――永遠に自分のものに。子どもをもうけ、彼女とともに年を重ねる。彼女のことを思いだしてばかりいた孤独な夜には、そんな未来を夢にも思い浮かべたことがなかった。ところが、いまや、もう少しでその夢に手が届きそうになっている。

思い浮かべたイメージがあまりに鮮明で、ほんとうに目の前に彼女が見えた……。

ジャックは眉をひそめた。あれは幻じゃない——本物のキャロラインだ。この吹雪のなか、公園に駆けこんでくる。ジャックは歯を食いしばった。なんてことだ、キャロラインはコートも着ていない、それに、暖房の効いた店内ならよくても、雪のなかでは非常識なヒール靴をはいている。

ジャックはさらに顔をしかめた。肺炎になるぞ。その前に、足をすべらせて首の骨を折るかもしれない。

「キャロライン！」声を張りあげた。「店に戻れ。ひどい風邪をひくぞ！」

彼女は顔を上げ、ジャックを認めると、動揺と恐怖で顔をこわばらせてぴたりと足を止めた。それから、くるりと身を翻《ひるがえ》し、小道沿いの低木の繁みに姿を消した。たちまち、小道には吹きすさぶ雪しか見えなくなった。

突然、東から冷たい突風が押し寄せて雪を吹き払い、公園の先にあるキャロラインの店までが見とおせた。ふたたび雪の幕がおりるまでの一瞬だったが、それで充分だった。

店の入口に立っていたのは、ビンス・ディーバーだった。

はるか遠くの地で拘禁されているはずの男を目にした衝撃に、めまいがした。

震える手で拳銃を抜き、弾倉を確認した。癖のようなもので、弾倉はつねにいっぱいにしてある。だが、いまは頭の半分しかはたらいておらず、あとの半分は、死ぬほどの恐怖にとらわれていた。

ビンス・ディーバー――子どもの頭を吹き飛ばすのをジャックが目撃した男――が、目の前でこちらに銃口を向けている。あいだにとらえられているのは、キャロラインだった。

銃を手にしたジャックは腰をかがめ、円を描くようにしてキャロラインへ近づいた。


うっかりあの女に虚をつかれてしまった。そうでなければ、店の外へ出しはしなかったのだが。少なくとも、生きたまま逃がすようなへまはしなかった。

ディーバーはキャロライン・レークを追いかけたが、店から出たときには、雪の幕がおりて姿が見えなくなっていた。どちらの方向へ逃げたのかもわからない。

そこで入口に立ったまま、五感を研ぎすませた。キャロライン・レークを逃がしてはならない。ダイヤモンドを手に入れる鍵であり、復讐の手段なのだから。

「キャロライン!」そのとき道路の向こうから、野太い声がした。「店に戻れ。ひどい風邪をひくぞ！」

ジャック・プレスコット！　どこにいても、あの声の持ち主はわかる。やつがここにいる！　吹雪に声がかき消されて、どのあたりにいるのかわからないが、やつがここにいて、キャロライン・レークがいて、つまりはダイヤモンドも近くにある。ほとんど匂いが嗅ぎ取れるほどだ。

上着のなかに手を入れ、ドレークから購入したベレッタM92を抜いた。セーフティを解除する音が店内に響き、同時に背後で息を呑む音がした。

くそっ、マカリンがいるのをすっかり忘れていた。

「おい！」マカリンが声をあげた。「銃はだめだぞ。キャロラインに当たったらどうするんだ。FBIにも、拳銃を使用する際の規則ってものがあるんだろ？」

「黙ってろ」ディーバーはうなった。後ろの男がきゃんきゃん吠えているせいで気が散ってしかたがない。プレスコットと女の位置を確認しなければ、女をつかまえる前に撃たれてしまう。プレスコットは射撃の名手だ。

もっとも、こちらも負けてはいないが。

開け放したドアから雪が吹きこみ、硬い木の床で溶けていた。通常の銃撃戦なら、不利なポジションだ。明かりのついた戸口に立つバカはいない。だが、これほどの荒天であればそれも関係なかった。ディーバーは銃を構え、前方百八十度に目を走らせた。まず四十五度、まばたき、次の四十五度……。

マカリンに強く肩を叩かれた。もし引き金を引こうとしていたら、ミスショットしていたところだ。「銃をおろせよ。怪我人が出るかもしれないだろう?」金持ち特有の短気な声。銃をしまえったら。人に怪我をさせたらどうするんだ。また、思いきり肩を叩かれた。「聞こえないのか?」

あそこだ! 雪が散り、プレスコットが見えた。黒い服を着ているせいで、白い雪のなかに浮かびあがって見える。ほんの一瞬ながら、はっきりと輪郭を確認できた。銃は見えなかったが、丸腰とはかぎらない。だが、キャロライン・レークが近くにいるのを知っている以上、状況を把握するまでは撃ってこないだろう。

ここにきて、小さな好機の窓が開けたようだ。プレスコットは生かしておきたい――さしあたっては。殺さない程度に痛めつけ、体の自由を奪ってから、キャロライン・レークを人質にダイヤのありかを聞きだす。

昨日、周辺を下見しておいてよかった。書店の向かいは小さな公園だった。身を隠す場所といったら――低木の繁みと、中央のあずまやくらいしかない。完璧だ。プレスコットは発砲するのをためらい、女はまんなかで身をすくめることになる。

また見えた！　プレスコットは公園のまんなかに立つ大きなオークを背に、形勢を見極めようとしていた。ディーバーは次に雪の幕が上がる瞬間に備え、できるだけ小さな標的を狙うつもりで、腰を落として両手で銃を構えた。ひときわ吹雪が激しくなった直後、一陣の風が雪の幕の一部を分けた。ディーバーは呼吸を整え、心臓が拍動するのをひとつひとつ感じながら、そのときを待った。この距離なら、ほぼはずすことはない。

いまだ！　雪がつかのま割れた。狙いを定め……。

引き金をそっと絞ろうとした瞬間、背中を強く叩かれ、集中力がとぎれた。ふたたび狙いを定めようとしたときには、ステージの幕のように雪がおり、プレスコットが見えなくなっていた。

ディーバーはくるりとふり向き、血相を変えたマカリンの傲慢そうな顔をにらんだ。

マカリンは人さし指をディーバーに突きつけた。「いいか、いま銃なんか――」

ディーバーは表情ひとつ変えず、邪魔者の肩をつかんで動きを封じると、その胸にベレッタの銃口を当て、心臓に一発見舞った。とたんにうるさい声がやみ、一瞬ののち、尊大な表情はうつろになった。

死んだ男が床に倒れ伏したときには、前に向き直っていた。

ドアの開いた戸口から、一帯を見わたした。雪が激しく降っているせいで街灯より先は見えないが、プレスコットが近くにいるのはわかっていた。キャロライン・レークが公園にいるので、遠くへは行かない。だが、どこにいるんだ？　ディーバーはまた雪が割れるのを待ったものの、チャンスはなかなか訪れなかった。

これではだめだ。戦闘ゾーンに入っていくしかない。

雪にまぎれて通りを渡り、大きなニレの陰で立ち止まると、耳を澄ませて待った。これでいい。あとは好機を逃しさえしなければ、じきに二千万ドルと敵の命を奪い、この陰気くさく凍てついた町を出ていける。

「ミズ・レーク、戻って！　殺人犯がうろついているんですよ！　命が惜しければ、逃げてください！」

キャロラインは、雪にくぐもった声を聞きつけた。ＦＢＩの捜査官がジャックのことを言っているのだと、すぐにはわからなかった。捜査官は、殺人犯のジャックが公園にいると言っている。ジャックに殺されるかもしれない、と。

だからこそ、こうしてあずまやの裏に隠れたのでしょう？　いいえ、そんなことは考えもしなかった。肩幅の広い、ジャックの黒っぽい人影を見たとたん、なにも考えずに繁みに駆けこんでいた。

「ミズ・レーク！」捜査官が叫んでいる。「あなたを守るためです。頼むから店に戻ってください」

そう、いま自分は満足な隠れ場所もないところで、大量殺人犯のそばにいる。いつも銃を携帯していると豪語していた男のそばに。いや、豪語していたのではなく、こともなげに言ったのだけれど。いまも彼が銃を持っているのはまちがいない。

自分の命を守りたければ、逃げてください、と捜査官は言っている。

ジャックは銃を持っている、彼に撃たれるかもしれない。そう思うのはつらいけれど、実際、撃たれるかもしれない。そうでしょう？

店の前には、保護してくれるFBI捜査官がいる。いまはともかく彼のもとへ走ればいい。それなのに、なぜこうしてあずまやの裏にしゃがみ、寒さで両手をまっ青にして、ぎざぎざした幅木に頰を押しあてているのだろう？

寒さはすさまじく、歯がちがちと鳴る音がジャックと捜査官に聞こえないのが不思議なほどだった。はいている靴は店用のもの――黒いきれいなパンプスで、この天気ではまったく役に立たない。水浸しで、冷えて固まっている。雪はもはやすねのなかばまで達していて、冷たく濡れた雪に足が埋まっていた。足の感覚はほとんどなかった。逃げるならいましかない。じきに足が凍りついて、公園から運びだしてもらわなければならなくなる。

キャロラインは胸をどきどきさせながら、円形のあずまやの土台を囲んでいる真鍮の手すりにつかまった。逃げるのよ、逃げなければ……。

「キャロライン！」ジャックの大声がした。「こっちへ来い！」ああ。彼の声を聞いて、目をつぶった。どっしりとした、頼もしい声。さらに深く雪のなかにしゃがみこむ。溶けた雪と涙で頰が冷たく濡れた。

「ミズ・レーク！」バトラー捜査官の声が、先ほどより近くで聞こえた。声はくぐもっているが、距離ではなく雪のせいだ。「わたしの話を思いだしてください！　ディーバーは殺人犯です。あなたを人質に取って逃亡するつもりだ。わたしのほうへ走ってください。援護します」

「だめだ、キャロライン！」ジャックの太い声がひび割れた。「そいつの言うことを信じるな！　そいつこそビンス・ディーバーなんだ。虫を叩きつぶすように、平然ときみを殺すぞ。おれはアフリカでそいつが女性や子どもを殺すのを見た。じっとしててくれ！　おれがそっちへ行く」

「いや！」キャロラインは叫び、ジャックがこちらへ来たら逃げるつもりで立ちあがった。風で氷の粒が目に入り、ぬぐわないと、たちまち視界がぼやけた。両手が冷えきって思うように動かず、目を叩いてしまった。「近づかないで」頰に涙をあふれさせ、泣きながら言い放った。「来ないで、ジャック、そこから動かないで」

沈黙。聞こえるのは、雪とキャロライン自身の鼓動のせいでくぐもって聞こえる、木立《こだち》を抜ける風の音ばかりだった。

ちくしょう！

ジャックは、あえてキャロラインに近づかなかった。円形のあずまやの裏にしゃがんでいる彼女が、かろうじて見えた。顔は見えなくとも、声を聞けば、泣いているのがわかる。キャロラインは、ディーバーの嘘で頭がいっぱいで、怯えて混乱している。だが、そんなことはどうでもいい。いま大事なのは、彼女をディーバーから引き離しておくこと。やつがここに来たのは、キャロラインを人質にダイヤモンドを奪うためだ。

ジャックには、ディーバーがどんな手を使って国連軍から逃れ、キャロラインの居場所を調べたのか、見当もつかなかった。そもそもジャックがここへ来たのを突きとめたからには、以前から彼はキャロラインのことを知っていたはずだが、どうして知ったのか？　なにもわからないけれど、現にディーバーはここにいた。キャロラインに危害をくわえるか――くそっ！――殺すつもりであり、その能力も持っている。

いますぐキャロラインを殺すことはないだろう。ディーバーはもっとあくどい。膝頭《ひざがしら》か肘を撃ち、苦しめる気だ。

もっとよく考えていれば、ダイヤモンドなんぞ奪ってこなかった。ダイヤが欲しかったわけではない。キャロラインの髪の毛ほどの価値もないものだ。できるならば、いますぐ銀行に行って貸金庫を開け、ダイヤを取りだしてディーバーの顔に投げつけてやりたい。だが、それは無理だ。ここでまちがいを犯せば、キャロラインに危害が及ぶ。それどころか、殺される。

ジャックには戦闘の最中でも冷静で、動じないだけの経験がある。実際、銃撃戦のあいだは心拍数が落ちるし、頭上を弾丸が飛び交っていても戦略を練ることができる。だが、いまは違った。いまはびっしょりと汗をかき、恐怖に取りつかれてパニックを起こしていた。キャロラインはわずか十二メートルほどの距離にいて、いつ残忍な殺人者の手に逃げていくかもしれない。

どうすれば考えることができるんだ？　キャロラインが撃たれ、命のもとである血が雪に染みこんでいく恐ろしい映像で頭がいっぱいなのに、計画など立てられるのか？　頭は撃たれたキャロラインが、雪のなかで死んでいく姿でいっぱいだった。腹に銃弾を受け、苦痛に叫ぶ彼女しか思い浮かばなかった。

ジャックはかつて、ディーバーが精確に狙いをつけて女の腕を撃つのを目の当たりにしたことがある。目を閉じれば、あの光景がまぶたの裏に浮かぶ。ただし、狙われている女の顔はキャロラインであり、それが死ぬほど怖かった。胸郭《きょうかく》のなかで心臓が激しく高鳴り、銃がすべってつかめない。両手が汗ばんでいる。全身、汗まみれだった。

どうすればいい？　キャロラインのほうへ走れば、驚いた彼女がディーバーのもとへ逃げるかもしれない。じっとしていれば、ディーバーが動くかもしれない。どちらにしても最悪だった。

「ミズ・レーク！」ディーバーが怒鳴った。「早く、手遅れになる前に逃げてくれ！　もうすぐ応援がやってくる、あなたを安全に保護する。まずはあなたに店へ戻ってきてもらわなければ。走ってください、わたしが援護します！」

ディーバーの声がさっきより大きくなっていた。じりじりとキャロラインに迫っている。じきにキャロラインが出てこなくとも、狙いをつけることができるようになる。

「信じるなよ、ハニー」ジャックはディーバーに聞こえないよう声をひそめた。「あいつは嘘をついている」

「どうして――どうしてあの人が嘘をつくの？」キャロラインの声は震えていた。「FBIの捜査官なのよ」

「違う」大股で二歩歩き、キャロラインとの距離を二メートル近く縮めつつ、別のオークの巨木の陰に身を隠した。「あいつはFBIじゃない。戦争犯罪者だ。犯した罪は――」

「アフリカの村で人びとを虐殺した。ダイヤを盗んだ。知っているわ」キャロラインも声を小さくしていた。「あの人から聞いたの。ただ、やったのはあなただって。あなたが戦争犯罪者で、大量のダイヤを盗んで逃げたと言っていたわ。あなたの写真も見せられたのよ、ジャック。あなたはアフガニスタンから来たと言っていたけれど、写真にはアフリカにいるあなたが写っていて、日付は十二月二十一日だった。それから、ジェナ・ジョンソンから、あなたが銀行の口座に八百万ドル預けたとも聞いた。それなのに、どうしたらあなたを信じられるの？」

ああ。

説明し、納得してもらっている余裕はなかった。いつディーバーが襲ってくるかもわからない。キャロラインのかわりに銃弾を受ける覚悟はできているが、彼女がこれ以上は近づかせてくれないだろう。

汗が背中を伝い、目に流れこむ。恐怖で吐き気がした。

道路沿いの街灯が見えた――吹雪はわずかに弱まってきた。ディーバーは、木陰から木陰へと移動している。あと少しでキャロラインにたどり着く。彼女を出てこさせる必要はない。背後から忍び寄って、するりと首に腕を巻きつけ、ジャックに銃を捨てろと怒鳴れば、やつの目的は達成する。

　銃を捨ててもよかった。確実に死は免れないとわかっていても、キャロラインを救うためならかまわなかった。ただし、それではキャロラインを救えない。次に死ぬのは彼女だ。

　ジャックは込みあげる胃液を、敗北の味を呑みこんだ。

　あそこだ！　木立のなかで、ぼんやりした人影がさっと動いた。ディーバーだ。こちらへ近づいてくる。

　キャロラインを逃がさなければ、五分とたたないうちに殺されてしまう。けれど、ディーバーに山ほどの嘘を吹きこまれた彼女は、自分を頼ってはくれまい。

　彼女を逃がさなければ、いますぐ！

　ジャックはポケットに手を突っこみ、キャロラインのほうへ金属の塊を放った。吹雪の薄暗がりのなかでも、狙いは正しかった。それは彼女の足元に落ち、雪のなかに沈んだ。

　キャロラインはかがんでそれを拾い、手のひらでひっくり返した。いまや、ジャックには彼女がよく見えた。彼女が目を上げ、ジャックを見た。その表情に胸が締めつけられた――悔恨、恐怖、悲嘆。

「キャロライン」ジャックは張りつめた声で言った。「それはエクスプローラーのキーだ。ハリソン・ストリートに停めてある。できるだけ早く、そいつに乗って逃げろ。シアトルかスポケーンを目指せ。グローブボックスにいくらか現金が入ってるから、使ってくれ。とにかく、ここから離れろ。おれに万一のことが——万一のことがあったら、フィリップ・ネイピアに連絡を取れよ。ヒューイット・ストリートに事務所がある弁護士だ。遺言を託してある。おれの持っているもののすべてを、きみに譲る。ネイピアに送金してもらって、行方をくらませ。絶対に、ここへ戻ってくるな。戻ってくれば、ディーバーに殺される」

キャロラインはジャックの目を見つめた。「そのお金はどこで手に入れたの?」とささやいた。

ふたたび人影がかろうじて見えたが、ジャックが狙いを定める前に、それは公衆トイレのコンクリート塀の陰へ逃げこんだ。ディーバーがあずまやに接近している。塀の右側から、銃身がのぞいているのが見えた。キャロラインは、あずまやの反対側にいる。ジャックは一瞬で状況を見て取り、彼女のもとへ走った。残された時間はわずか。

「よく聞いてくれ。金のでどころはダイヤじゃない、ほんとうだ。父の会社と自宅を売却した。その金で遠くへ行ってくれ。行くと約束するんだ。きみの安全を確保しておきたい」

「あなたはわたしの写真も持っていたわ」キャロラインの頬に涙が伝った。「グリーンブライアースのこともよく知っていた。いったい、あなたはだれなの?」

いますぐ彼女を逃がさなければならない。それには、真実を明かすしかない。

「ベンだ」

「え？」

「ベンだよ。ホームレスのシェルターにいたやつを覚えていないか？　十二年前だ。きみはおれに食べ物や本を持ってきてくれた」

キャロラインの目が見ひらかれ、ジャックに釘付けになった。ジャックには彼女がはっきりと見えた。雪はほとんどやんでいる。十五メートルほど先で、ディーバーがコンクリート塀の陰から姿を現わし、銃を構えた。

「ベン？　ベンなの？」

ジャックは銃を上げ、狙いを定めた。時間切れだ。

「走れ、キャロライン！　走れ！」ジャックは叫んだ。

キャロラインがはじかれたように立ちあがった。だが、エクスプローラーのほうではなく、ジャックのほうへまっすぐに走ってくる。

ディーバーがコンクリート塀のかたわらで、彼女のほうへ銃口を向け……引き金に指をかける……。

ジャックはキャロラインを片方の腕で抱きとめ、もう片方の腕で銃を構えると、相手を確実に即死させる一発を放った——弾はディーバーの鼻梁《びりょう》をとらえた。ディーバーは純白の雪に鮮血をまき散らしながら、後ろに倒れた。

ジャックはそれだけ見届けると、無事に戻ってきたキャロライン、これからもずっと守ると決めたキャロラインを抱きしめ、涙で冷たく光った顔を彼女の髪にうずめた。

二週間後
シカゴの児童保護施設の事務局

シスター・メアリー・マイケルは、机の上の封筒にほほえみかけた。この十年間、何度も届いてきた封筒――すべて同じ内容だった。特定の宗派に属さないこの慈善団体気付で、宛名は自分になっている。ここは、ホームレスのシェルターで行き場を失った子どもたちに教育をほどこすのを目的に設立された児童保護施設だ。

どの封筒の宛名も、黒いインクで書かれ、筆跡は力強い。差出人はいつも同じ――バハマの財団だ。グランド・バハマ、フリーポート、私書箱一三四一号、JPファウンデーション。

どの封筒にも、小切手が入っていた。

送り主が男性なのか女性なのかを知るすべはないが、シスター・メアリー・マイケルはなんとなく男性ではないかと思っていた。ペン書きの力強い文字、文字と文字の余白、いつも変わらない文面……重ねて受け取るうちに、心のなかで送り主のイメージができていった。背が高く屈強そうで、感謝されることなど求めていない男性。

それでも、彼にお礼を言いたかった。何度も試みたのだ。何枚かの小切手を受け取ったあと、トム・ピントに協力してもらった。この施設で育ったトムは、十二歳で文字を読めるようになり、アメリカでも屈指の私立探偵になった。シスターはそのトムに頼んで、ＪＰファウンデーションの背後にいる個人あるいは集団がだれなのか、調査してもらった。だが、有能なトムでさえ、幾重もの防壁に阻《はば》まれて、ファウンデーションの後援者を突きとめることができなかった。最後には、放っておいたほうがいいとやさしく言われ、シスターはあきらめた。

ファウンデーションは、神のご意志がこの地上に顕現《けんげん》した例なのだ。シスター・メアリー・マイケルは、封筒を目の前の机に置き、指先で触れながら、送り主の永遠なる魂に祈りを捧げた。送り主が特別に神の恩寵《おんちょう》を受けているのはわかっているけれど、この謎めいた親切な恩人がいなければ、施設はとうの昔に閉鎖されていただろう。

木のペーパーナイフを手に取った。このナイフは、かつて施設で保護した迷い子でありながら、いまではボストンで外科レジデント二年めとして立派にやっている子が、彫ってくれたものだ。それから、封筒を開けた。

小切手の額面も最初のころは少額だった。一年めは千ドルずつを二度。年月を重ねるにつれて、ありがたいことに送り主は裕福になっていったのか、金額が増えていった。

この前届いた小切手は、三万ドルだった。

笑みを浮かべ、シスター・メアリー・マイケルは小切手を取りだし、額面を眺めた。二万ドル。あら、お仕事がうまくいっていないのかしら……。

いや、見まちがいだった。二万ドルではなかった――まさか。シスター・メアリー・マイケルは息を止めてまばたきし、見慣れた力強い筆跡で書かれた黒い数字を見つめた。

――二千万ドル。

訳者あとがき

エロティックなロマンスといったらこの人――リサ・マリー・ライスの新シリーズの第一弾『危険すぎる恋人（原題 *Dangerous Lover*）』をお届けします。大胆に要約すると、元レンジャー（陸軍の特殊作戦部隊のひとつ）に所属していた男が、思春期の恋を実らせる話ということになりますが、そんな要約から受ける甘い印象とは異なり、息詰まるような緊張感のある作品にしあがっています。

クリスマスイブの日、十二年の歳月をへて、ある男女が再会した。男――ジャック・プレスコット――はこの十二年間、女――キャロライン・レーク――を思いつづけながら、イラクやアフガニスタンといった紛争地域で命を張って働いてきた。養父を失ったいま、新しい人生を踏みだすにあたって、唯一忘れることのできないキャロラインをひと目見たくて、十二年前に住んでいた町に舞い戻る。ジャックの予想とは異なり、家族を失ったキャロラインは、独身のまま苦しい生活を送っていた。

キャロラインにとってその日は、弟を失ってはじめて迎えるクリスマスイブだった。両親は六年前のクリスマスに事故で亡くなった。ただでさえ憂鬱なのに、ひどいブリザードで、経営している書店を訪れるお客もない。このままでは、来月の支払いが滞《とどこお》ってしまう。そこへ、ひとりの男が現われ、部屋を借りたいと言われる。ジャック・プレスコットと名乗った男は、危険な雰囲気をまとっている——だが、かかとのすり減った戦闘用のブーツを見て、キャロラインは困っているであろう彼を下宿人として受け入れることを決める。

ジャックは頼りになる男だった。雪のなかでの運転や、タイヤの交換、力仕事など、キャロラインが苦手とすることをすべて肩代わりし、彼女のつくった料理をうれしそうに平らげた。そして彼から請われるまま、弟が最期《さいご》の日々に聞きたがった『オペラ座の怪人』をピアノで弾き終わったとき、キャロラインはジャックに向かって、「今夜はひとりになりたくないの」とつぶやいていた。

ふたりの思いが交錯し、イブの日に奇跡のような夜が生まれる。ジャックはこのまま、ふたりの絆を深めたいと願う。だが、ジャックを追ってひとりの男がキャロラインに近づきつつあった……。

熱烈なセックスシーンで有名なリサ・マリー・ライスですが、彼女の場合はあくまでも実質的で本格派。つまりちゃらちゃらとした遊びの部分は、ほとんどありません。それが強い緊迫感を生みだし、読んでいて寝室のなかに引きずりこまれるような濃密さにつながっています。ある部分、この〝きまじめさ〟は、大御所リンダ・ハワードにも通じるかも。ラストについては賛否両論あるようですが、読んでくださったみなさんは、どのように感じられたでしょう？

過激でありながら、すっかり日本での人気も定着した感のある著者リサ・マリー・ライスについて。本国アメリカでは、この間ロマンス作家のデビュー媒体のひとつとなっている Ellora's Cave Publishing（ロマンス小説に特化してネット上でeブックを販売している会社）で人気を得て――複数の名義を使って、書き分けているようです――本作『危険すぎる恋人』は大手ハーパーコリンズ社から出版されるという、現在もっともいきおいのあるロマンス作家のひとりです。今回このあとがきを書くに当たって彼女のことを調べてみたのですが、いまどき珍しく本人の公式サイトはなく、シャノン・マッケナやリンダ・ハワードが覆面で書いているのではないか、いや実は男性なのでは、といった噂がひとり歩きするほど謎めいた人物です。〝どうやら〟イタリアに住んでおり、〝どうやら〟シャノン・マッケナと友人らしいことはわかりましたが、あとは、原書のあとがきの人物紹介欄に〝リサ・マリー・ライスはバーチャルな女性で、エロティックロマンスを書くときだけキーボード上に現われ、モニターが切れると同時に姿を消す〟と記す、ユーモラスで秘密めいた人物ということしかわかりません。

さて、〝三十歳から年をとらず、柳のように長身でたおやかな美女〟（同じ人物紹介欄より）であるリサ・マリー・ライスの次の作品は、*Dangerous Secrets*。田舎町の図書館に司書として勤めるチャリティ・プレウイットの前に、ある日、忽然と現われたハンサムで魅力的な大富豪ニコラス・エイムズ。チャリティはまたたく間に彼の虜《とりこ》となるものの、実はニコラスは陸軍特殊部隊に所属していた元兵士で、いまは〝アイスマン〟と呼ばれる秘密捜査員——任務のためなら、なんでもする男だった。チャリティは彼の凍った心を溶かすことができるのか？　あるインタビューによると、本人にとっても新しい地平をひらく意欲作だったようです。どうぞ、お楽しみに。

二〇〇九年一月

ザ・ミステリ・コレクション

危険《きけん》すぎる恋人《こいびと》

著者　リサ・マリー・ライス

訳者　林《はやし》 啓恵《ひろえ》

発行所　株式会社 二見書房
東京都千代田区三崎町2-18-11
電話 03(3515)2311 [営業]
03(3515)2313 [編集]
振替 00170-4-2639

印刷　株式会社 堀内印刷所
製本　村上製本

落丁・乱丁本はお取り替えいたします。
定価は、カバーに表示してあります。

ISBN978-4-576-09018-4
http://www.futami.co.jp/

かなわない愛に…
エリザベス・ローウェル
中西和美［訳］

愛してはいけない男性を好きになったとき……陰謀と暴力が渦巻く世界でヒロインが救いを求めるのは？　RITA賞作家が贈る全米の読者が感動した究極の愛の選択

嵐の丘での誓い
アイリス・ジョハンセン
青山陽子［訳］

華やかなハリウッドで運命的に出会った駆けだしの女優と映画プロデューサー。亡き姉の子どもを守るためふたりは結婚の約束を交わすが…。感動のロマンス！

誘惑のトレモロ
アイリス・ジョハンセン
坂本あおい［訳］

若き天才作曲家に見いだされ、スターの座と恋人を同時に手に入れたミュージカル女優・デイジー。だが知られざる男の悲しい過去が、二人の愛に影を落としはじめて……

氷に閉ざされて
リンダ・ハワード
加藤洋子［訳］

一機の飛行機がアイダホの雪山に不時着した。乗客の若き未亡人とパイロットのジャスティスは、何者かの陰謀ではないかと感じはじめるが…傑作アドベンチャーロマンス！

夜を抱きしめて
リンダ・ハワード
加藤洋子［訳］

山奥の平和な寒村に住む若き未亡人に突如襲いかかる恐怖。彼女を救ったのは心やさしいが謎めいた村人の男だった。夜のとばりのなかで男と女は愛に目覚める！

くちづけは眠りの中で
リンダ・ハワード
加藤洋子［訳］

パリで起きた元CIAエージェントの一家殺害事件。復讐に燃える女暗殺者と、彼女を追う凄腕のスパイ。危険なゲームの先に待ち受ける致命的な誤算とは!?

めぐり逢う絆
バーバラ・フリーシー
宮崎 槙［訳］

親友の死亡事故に酷似した内容の本――一体誰が、何のために？　医師のナタリーは、元恋人コールと謎を追う。過去と現在が交錯する甘くほろ苦いロマンティック・サスペンス！

その愛に守られて
バーバラ・フリーシー
嵯峨静江［訳］

ひと夏の恋に落ち、シングルマザーとなったジェニー。13年後愛息ダニエルの事故が別々の人生を歩んでいたはずのかつての恋人たちの運命を結びあわせる…RITA賞受賞作

その腕のなかで
ルーシー・モンロー
小林さゆり［訳］

謎のストーカーにつけ狙われる、新進の女流作家リズの前に傭兵のジョシュアが現われ、ボディガードを買って出る。やがて二人は激しくお互いを求め合うようになるが…

やすらぎに包まれて
ルーシー・モンロー
小林さゆり［訳］

傭兵養成学校で起こった爆破事件。経営者の娘・ジョシーは共同経営者のニトロとともに真相を追う。反発しながらも惹かれあう二人…元傭兵同士の緊迫のラブロマンス

いつまでもこの夜を
ルーシー・モンロー
小林さゆり［訳］

殺人事件に巻き込まれたクレアと、彼女を守る元傭兵のホットワイヤー。互いを繋ぐこの感情は欲望か、愛か。悩み衝突しあうふたりの運命は…。〈ボディガード三部作〉完結篇

燃える瞳の奥に
ルーシー・モンロー
小林さゆり［訳］

政府の防諜機関に勤めるベスは、同僚と恋人同士を装い潜入捜査を試みることに。奥手なベスと魅力的なイーサン、敵の本拠地に「恋人」として潜入したふたりの運命は？

優しい週末

ジェイン・アン・クレンツ
中村三千恵［訳］

エリート学者ハリーと筋金入りの実業家モリー。迷走する二人の恋をよそに発明財団を狙う脅迫はエスカレート。真相究明に乗りだした二人に危機が迫る！

曇り時々ラテ

ジェイン・アン・クレンツ
中村三千恵［訳］

デズデモーナの惚れた相手はちょっぴりオタクな天才IT企業家スターク。けれどハッカーに殺人、次々事件に巻き込まれ、二人の恋も怪しい雲行きに…

ささやく水

ジェイン・アン・クレンツ
中村三千恵［訳］

誰もが羨む結婚と、CEOの座をフイにしたチャリティ。彼女が選んだ新天地には、怪しげなカルト教団が…。きな臭い噂のなか教祖が何者かに殺される。

追いつめられて

ジル・マリー・ランディス
橋本夕子［訳］

亡き夫の両親から息子の親権を守るため、身分を偽り住処を転々として逃げる母子に危機が迫る！ カルフォルニアを舞台に繰り広げられる、緊迫のラブロマンス！

悲しみを乗りこえて

ジル・マリー・ランディス
橋本夕子［訳］

かつて婚約者に裏切られ、事故で身ごもった子供を失った女性私立探偵と、娘の捜索を依頼しにきた男との激しくも波乱に満ちた恋を描いた感動のラブロマンス！

ただもう一度の夢

ジル・マリー・ランディス
橋本夕子［訳］

霧雨の夜、廃屋同然で改装中の〈ハートブレイク・ホテル〉にやってきた傷心の作家と、若き女主人との短いが濃密な恋の行方！ 哀切なラブロマンスの最高傑作！

あなただけ見つめて
スーザン・エリザベス・フィリップス
宮崎 槙［訳］
〔シカゴスターズ シリーズ〕
父の遺言でアメフトチームのオーナーになったフィービーは、ヘッドコーチのダンと熱く激しい恋に落ちてゆく。しかし、勝ち続けるチームと彼女の前には悪辣な罠が…

あの夢の果てに
スーザン・エリザベス・フィリップス
宮崎 槙［訳］
〔シカゴスターズ シリーズ〕
元伝道師の未亡人レイチェルは幼い息子との旅路の果てに、妻子を交通事故で亡くしたゲイブに出会う。過酷な人生を歩んできた二人にやがて愛が芽生え…

湖に映る影
スーザン・エリザベス・フィリップス
宮崎 槙［訳］
〔シカゴスターズ シリーズ〕
湖畔を舞台に、新進童話作家モリーとアメリカン・フットボールのスター選手ケヴィンとのユーモアあふれる恋の駆け引き。迷い込んだふたりの恋の行方は？

まだ見ぬ恋人
スーザン・エリザベス・フィリップス
宮崎 槙［訳］
〔シカゴスターズ シリーズ〕
VIP専用の結婚相談所を始めたアナベルの最初の依頼人はアメフトの大物代理人ヒース。彼に相手を紹介していくうちに、二人はたがいに惹かれあうようになるが…

いつか見た夢を
スーザン・エリザベス・フィリップス
宮崎 槙［訳］
〔シカゴスターズ シリーズ〕
休暇中のアメフトスター選手ディーンは、ひょんなことから画家のブルーとひと夏を過ごすことになる。東テネシーを舞台に描かれる、切なく爽やかな傑作ラブロマンス！

幻想を求めて
スーザン・エリザベス・フィリップス
宮崎 槙［訳］
かつて町一番の裕福な家庭で育ったヒロインが三度の離婚を経て15年ぶりに故郷に帰ってきたとき……彼女を待ち受ける屈辱的な運命と、男との皮肉な再会！

二見文庫 ザ・ミステリ・コレクション

レディ・エマの微笑み
スーザン・エリザベス・フィリップス
宮崎 槇［訳］

意に染まぬ結婚から逃れようとする英国貴族の娘と、トーナメントに出場できなくなったプロゴルファー。そんなふたりが出会ったとき、女と男の短い旅が始まる。

ファースト・レディ
スーザン・エリザベス・フィリップス
宮崎 槇［訳］

未亡人と呼ぶには若すぎる憂いを秘めた瞳のニーリーが逃避の旅の途中で逞しく謎めいた男と出会ったとき…RITA賞（米国ロマンス作家協会賞）受賞作！

トスカーナの晩夏
スーザン・エリザベス・フィリップス
宮崎 槇［訳］

傷心の女性心理学者が静養のため訪れたトスカーナ地方で出会ったのは、美しき殺人鬼などが当たり役の大物俳優。何度もベッドに誘われた彼女は…イタリア男の恋の作法！

愛こそすべて
リンダ・カスティロ
酒井裕美［訳］

養父母を亡くし、親探しを始めたアディソンが見つけた実母は惨殺されていた。彼女も命を狙われるが、私立探偵のランドールに助けられ、惹かれあうようになるが…

幻想を求めて
リンダ・カスティロ
酒井裕美［訳］

行方不明の妹を探しにシアトルに飛んだリンジーは、元警官で私立探偵の助けで捜索に当たるが、思いがけない事実を知り……戦慄のロマンティック・サスペンス！

再会
カレン・ケリー
米山裕子［訳］

かつて父を殺した伯父に命を狙われる女性警官ジョディと、スクープに賭ける新聞記者ローガンの恋。異国情緒あふれるニューオリンズを舞台にしたラブ・ロマンス！

エデンの彼方に
キャサリン・コールター
林 啓恵［訳］

過去の傷を抱えながら、NYでエデンという名で人気モデルになったリンジー。私立探偵のテイラーと恋に落ちるが素直になれない。そんなとき彼女の身に再び災難が…

死のエンジェル
ナンシー・テイラー・ローゼンバーグ
中西和美［訳］

保護観察官キャロリンは担当する元殺人犯が実は冤罪ではないか、と思うようになる。やがてその疑念を裏付けるような事件が起き、二人の命も狙われるようになり…

エンジェルの怒り
ナンシー・テイラー・ローゼンバーグ
中西和美［訳］

保護観察官キャロリンは大量殺人犯モレノを担当する。事件の背後で暗躍する組織の狙う赤いフェラーリをめぐり、死の危機が彼女に迫る！ノンストップ・サスペンス

ロザリオの誘惑
M・J・ローズ
井野上悦子［訳］

ホテルの一室で女が殺された。尼僧の格好をさせられ、脚のあいだにロザリオを突き込まれ…。女性精神科医と刑事は事件に迫るが、それはあまりにも危険な行為だった…

スカーレットの輝き
M・J・ローズ
井野上悦子［訳］

敏腕女性記者に送られてきた全裸の遺体写真。ニューヨーク市警の刑事ノアとともに死体なき連続殺人事件を追う女性精神科医モーガンを描くシリーズ第二弾！

ヴィーナスの償い
M・J・ローズ
井野上悦子［訳］

インターネットポルノに生出演中の女性が死亡する事件が相次いだ。精神科医モーガンと刑事ノアは、再び底知れぬ欲望の闇へと巻きこまれていく…。シリーズ完結巻！

二見文庫 ザ・ミステリ・コレクション

そのドアの向こうで
シャノン・マッケナ
中西和美［訳］
〔マクラウド兄弟シリーズ〕

影のなかの恋人
シャノン・マッケナ
中西和美［訳］
〔マクラウド兄弟シリーズ〕

運命に導かれて
シャノン・マッケナ
中西和美［訳］
〔マクラウド兄弟シリーズ〕

真夜中を過ぎても
シャノン・マッケナ
松井里弥［訳］
〔マクラウド兄弟シリーズ〕

夜の扉を
シャノン・マッケナ
松井里弥［訳］

黒き戦士の恋人
J・R・ウォード
安原和見［訳］

亡き父のため11年前の謎の真相究明を誓う女と、最愛の弟を殺されすべてを捨て去った男。復讐という名の赤い糸が激しくも狂おしい愛を呼ぶ…衝撃の話題作！

サディスティックな殺人者が演じる、狂った恋のキューピッド。愛する者を守るため、燃え尽きた元FBI捜査官コナーは危険な賭に出る！　絶賛ラブサスペンス

殺人の濡れ衣をきせられ、過去を捨てたマーゴットは、彼女に惚れ、力になろうとする私立探偵デイビーと激しい愛に溺れる。しかしそれをじっと見つめる狂気の眼が…

かつてショーンが愛したリヴの書店が何者かによって放火された。さらに車に時限爆弾が。執拗に命を狙う犯人の目的は？　彼女の身を守るためショーンは謎の男との戦いを誓う。

美術館に特別展示された〈海賊の財宝〉をめぐる陰謀に、巻き込まれた男と女。危険のなかで熱く燃えあがる二人を描くホットなロマンティック・サスペンス！

NY郊外の地方新聞社に勤める女性記者ベスは、謎の男ラスに出生の秘密を告げられ、運命が一変する！　読みだしたら止まらない全米ナンバーワンのパラノーマル・ロマンス